Pierre Magnan

Le secret
des Andrônes

Gallimard

Retrouver Pierre Magnan sur son site Internet :
www.lemda.com.fr

ESSAI D'AUTOBIOGRAPHIE

Auteur français né à Manosque le 19 septembre 1922. Études succinctes au collège de sa ville natale jusqu'à douze ans. De treize à vingt ans, typographe dans une imprimerie locale, chantiers de jeunesse (équivalent d'alors du service militaire) puis réfractaire au Service du Travail Obligatoire, réfugié dans un maquis de l'Isère.

Publie son premier roman, *L'aube insolite,* en 1946 avec un certain succès d'estime, critique favorable notamment de Robert Kemp, Robert Kanters, mais le public n'adhère pas. Trois autres romans suivront avec un égal insuccès. L'auteur, pour vivre, entre alors dans une société de transports frigorifiques où il demeure vingt-sept ans, continuant toutefois à écrire des romans que personne ne publie.

En 1976, il est licencié pour raisons économiques et profite de ses loisirs forcés pour écrire un roman policier, *Le sang des Atrides,* qui obtient le prix du Quai des Orfèvres en 1978. C'est, à cinquante-six ans, le départ d'une nouvelle carrière où il obtient le prix RTL-Grand public pour *La maison assassinée,* le prix de la nouvelle Rotary-Club pour *Les secrets de Laviolette* et quelques autres.

Pierre Magnan vit avec son épouse en Haute-Provence dans un pigeonnier sur trois niveaux très étroits mais donnant sur une vue imprenable. L'exiguïté de sa maison l'oblige à une sélection stricte de ses livres, de ses meubles, de ses amis. Il aime les vins de Bordeaux (rouges), les promenades solitaires ou en groupe, les animaux, les conversations avec ses amis des Basses-Alpes, la contemplation de son cadre de vie.

Il est apolitique, asocial, atrabilaire, agnostique et, si l'on ose écrire, aphilosophique.

P.M.

A Lucien Henry

1

« Venez, venez, ma chère Jeanne, puisque cette sans-cœur a eu le front d'aller au spectacle sans vous.

— Elle a dit que j'étais trop sensible... Que ça me ferait mal de voir ça !

— Beau prétexte pour ne pas débourser cinquante francs !

— Oui, mais j'ai peur ! On va nous surprendre !

— Non !... Venez, je connais le chemin ! Et puis tenez, puisque vous avez peur, je vais vous rassurer tout de suite. Vous avez remarqué que les officiels portent tous un carton fixé au revers de la veste ? Eh bien, vous allez voir ! J'en ai justement deux de cartons ! Nous allons nous les épingler... Là ! Tenez ! Vous voyez ! Comme ça, vous avez tout à fait l'air d'en faire partie...

— Moi ! Une officielle ?

— Oh ! pas très importante, bien sûr !... Mais enfin : une dame des secours d'urgence... Une serveuse de la buvette... Venez ! Hâtez-vous ! Que vous voyiez au moins le dernier acte de *La Tour de Nesle* ! »

Les deux silhouettes gravissaient les marches qui

conduisent au chemin de ronde. Le cratère de la scène illuminée rendait l'ombre alentour plus profonde encore.

C'était en juillet, à la Citadelle de Sisteron. Dans la nuit, au sommet des remparts, les gonfanons claquaient doucement à l'éternel vent du Nord. Sous les murs de la forteresse qui tranche dans le vif entre Provence et Dauphiné, une vieille histoire se déroulait. Ces défenses, autrefois inviolables, ne servaient plus que de décor dérisoire pour simuler un Paris du Moyen Âge.

On y entendait hennir des chevaux, rire des actrices habillées en princesses, ferrailler à coups d'épée factices des bretteurs dépenaillés. De perfides intrigues se tramaient au pied de l'escarpe vertigineuse. Les exclamations de vengeance, de triomphe, d'horreur, frappaient les échos des citernes, allaient se répercuter là-bas, de l'autre côté de la Durance, contre le rocher de la Baume. Ils n'interrompaient ni ne gênaient le crissement tranquille des grillons entre les pierres ni le dernier trille des cigales sur les pins tièdes du cimetière. Le donjon nimbé d'une froide clarté rouge se signalait maléfique à l'attention des spectateurs, trônant sur le drame, attendant son heure.

« Venez, Jeanne ! Hâtons-nous ! Vous allez tout rater ! »

Tirée en avant à force de gestes impérieux, Jeanne trébuchait sur les galets du chemin de ronde. Le faisceau de lumière qui encadrait l'immense glacis de la scène l'éblouissait et l'attirait comme un soleil.

« Là, ma chère Jeanne ! Voyez ! Cette bicoque qui supporte la sirène d'alarme ! Nous y serons aux premières loges ! Bien à l'abri. Par cette fenêtre, nous verrons tout ! N'est-ce pas que c'est superbe ? »

La grande ombre s'était emparée du bras de Jeanne et la main de fer la poussait devant cette ouverture béante où soudain s'encadraient la scène et le public dans un creuset en fusion.

« Vous voyez ? Vous voyez bien ? En bas, dans le lit à baldaquin, c'est Marguerite de Bourgogne. Et cet homme à ses pieds, en costume vert pistache, c'est son amant, mais c'est aussi son fils !

— Mon Dieu ! s'exclama Jeanne en mettant la main devant sa bouche.

— Hé oui, ma pauvre Jeanne, c'est ça la vie !... Mais ce n'est pas tout encore... Regardez le public... Et vous la voyez, elle, dans la travée ! Dominant tout le monde dans son fauteuil plus haut que les autres ? En plein milieu ! Vous la voyez ?

— Mme Gobert ! Oh ! comme elle paraît petite, vue d'ici !

— C'est parce qu'elle est loin, Jeanne... Regardez-la comme elle se tient droite dans son fauteuil d'infirme... Elle en oublie qu'elle n'a plus de jambes. Ça l'amuse cette sanglante histoire !

— Et cet homme, à côté d'elle, qui porte un chapeau et un grand cache-col, qui est-ce ? Je ne le connais pas...

— Personne, répondit l'ombre entre ses dents. Mais moi, je le reconnais... C'est une espèce de policier... Mais peu importe ! Regardez plutôt votre tante. Voyez si elle a fière allure ! Si elle a de la superbe ! Grâce à vous, ma chère Jeanne, nous n'allons pas tarder à la lui rabattre, sa superbe...

11

— Grâce à moi ? Oh mon Dieu ! elle me fait peur, même à cette distance ! Mon Dieu si elle me voyait ! Si elle savait que je lui ai désobéi ! »

Jeanne reculait instinctivement, affolée, prête à fuir, mais la main de fer la retenait au premier plan, la voix ferme la rassurait.

« Mais non, ma pauvre Jeanne ! Comment voulez-vous ? Elle est toute au spectacle. Vous la dominez de plus de cinquante mètres. N'ayez pas peur, voyons ! Oh ! vous allez tout rater ! Vous avez vu ? Les rampes s'éteignent. Les projecteurs changent de couleur. Ça va être le clou du spectacle. Marguerite va faire jeter ses amants dans la Seine depuis le haut de la Tour de Nesle… Ah, le donjon ! Regardez ! Il s'éclaire et tout le reste plonge dans l'obscurité… Vous allez voir. Bientôt les amants vont jaillir des fenêtres… Malheureusement, il faut se pencher pour bien voir, d'ici… Nous sommes trop près du donjon. Mais penchez-vous, ma chère Jeanne. Penchez-vous bien… N'ayez pas peur, je vous tiens, solidement… Penchez-vous encore ! Vous allez voir défenestrer les amants… Penchez-vous ! Penchez-vous bien ! »

Le cri traversa l'espace. Le public pantelant vit jaillir du donjon rouge sombre ces formes oblongues et chatoyantes qui figuraient des amants de princesses, morts dans la joie. Mais pourquoi l'un des mannequins n'était-il pas illuminé dans sa chute ? Pourquoi, éjecté de la bicoque toute noire, hors du faisceau des projecteurs, échappait-il à cette orchestration lumineuse qui était le clou du spectacle ? Quelque chose avait dû se coincer dans le mécanisme de la mise en scène, conséquence, sans doute, d'un malentendu entre techniciens...

« En revanche, se dit Laviolette, ce cri était prodigieux ! Plus vrai que nature ! Il m'a fait frissonner moi ! Et pourtant Dieu sait !... »

Le commissaire Laviolette était bon public. Il s'amusait au mélodrame et jamais, étant en convalescence chez lui, à Piégut, il n'aurait manqué cette représentation de *La Tour de Nesle*, à la Citadelle de Sisteron. Il ne regrettait pas sa soirée. La nuit était envoûtante. Tout concourait à la félicité d'un homme qui savait goûter aux joies populaires avec un plaisir sans mélange. Sur le public même planait un certain mystère. On le sentait coriace, réservé, peu enclin aux démonstrations d'enthousiasme, « assez semblable, songeait Laviolette, à son imprenable citadelle ». « Assez semblable, se disait-il encore, à cette infirme qu'on a déposée tout à l'heure à côté de moi, dans son fauteuil roulant... »

C'était une grande femme rousse en tailleur bleu marine dont le revers s'ornait d'un ruban cramoisi. « Mâtin ! » avait songé Laviolette, qui ne portait jamais ses décorations. Il se posait au sujet de sa voisine une foule de questions, mais, étant parfaitement immobile, elle était aussi parfaitement hermétique. La plupart des êtres sont impatients de s'imposer à autrui, tant ils se jugent passionnants. Même seuls, même au théâtre, ils s'agitent, ils soupirent, ils s'inventent certains gestes propres — selon eux — à les révéler sous leur meilleur jour... Mais cette spectatrice ne trahissait aucune de ces faiblesses. Ses traits étaient immobiles, sa contenance modeste, et elle ne jetait pas un regard sur son entourage. Elle était lisse, sans aspérités. « Toutefois, se dit Laviolette, cette absence volontaire de toute manifestation extérieure porte en soi son propre aveu. Elle est secrète. Elle se surveille. Quelque chose l'habite qu'elle ne veut pas laisser voir. Mais dans ce cas, ce ruban ostensible est une erreur ! »

Quand le cri retentit, figeant d'horreur l'assistance, Laviolette sentit frémir contre son bras, celui de sa voisine. Il l'observa à la dérobée. Elle tanguait un peu de droite à gauche, le buste légèrement décollé du dossier. Il sembla à Laviolette que, valide, elle se fût jetée en avant.

« Curieux, se dit-il, cette soudaine émotion chez cette personne impassible ! »

Ce fut l'affaire d'un clin d'œil. L'infirme se referma sur son quant-à-soi. Mais elle n'était plus aussi sereine. Son attention parfois se détournait de la scène où les princesses aux seins nus mimaient tant bien que mal l'amour. Son regard escaladait l'escarpe, se fixait tour à tour sur le donjon écarlate et la bicoque sombre. Brusquement, elle tourna la tête vers les frondaisons où se dissimulaient les batteries de projecteurs. Et, quand elle se tint enfin tranquille, Laviolette remarqua que les doigts de sa voisine se crispaient sur le fermoir de son réticule à mailles d'argent.

Cependant, sur la scène tout était consommé. Marguerite contemplait fixement le sac ruisselant d'eau de Seine que Buridan déchirait d'un large coup de couteau. Lorsque surgit le cadavre du damoiseau au costume pistache, qui avait eu l'honneur de mourir

14

d'amour pour elle, le hurlement qu'elle poussa fut sublime. Une ondée froide inonda l'échine des spectateurs.

Parmi la foule debout qui s'en allait, une spectatrice glissa avec satisfaction à une autre :

« Tu vois, je te l'avais dit que c'était son fils ! »

« Mais qu'est-ce qu'elles attendent, bon Dieu ? Où ont-elles encore disparu ? »

Mme Gobert exprimait à haute voix son inquiétude, parmi les spectateurs qui gagnaient la sortie. Elle manœuvrait son fauteuil en tous sens, à la recherche de ses aides.

Sa cousine Évangéline arrivait, essoufflée d'avoir couru et fendu la foule à contre-courant.

« Eh bien, où lambiniez-vous ?

— Comment ? Jeanne n'est pas là ?

— Vous voyez bien que non !

— Mais je ne l'ai plus vue depuis le début de la soirée ! Je la cherche ! »

Quelques spectateurs s'arrêtaient, attendant qu'on les sollicite pour aider l'infirme dans son fauteuil. Rogeraine, lèvres serrées, ne se résignait pas à réclamer de l'aide, furieuse qu'on osât la prendre en pitié, elle, Rogeraine Gobert ! Mais la cousine ne partageait pas cette fierté mal placée. Elle mobilisa rapidement deux ou trois gaillards de sa connaissance qui se chargèrent de faire franchir les marches des nombreux escaliers au fauteuil de l'infirme.

Laviolette, nez au vent, s'intéressait à tout ce remue-ménage. Machinalement, il se leva pour escorter le groupe. Mains aux poches, il assista à l'embarquement de l'infirme et vit s'éloigner la voiture.

Il avait eu le temps, cette fois, de bien observer sa voisine de la soirée. Il était difficile de préciser si elle était plus proche de quarante ans que de cinquante. Sa chevelure rousse était naturelle, puisque de nombreuses taches de son criblaient les pommettes autour des yeux. Et sous le maquillage discret, on devinait cette pâleur qui marque la peau des vraies rousses. Ses yeux étaient-ils vraiment violets ou bien était-ce le reflet des éclairages irréels qui baignaient le théâtre ? Le regard gardait encore quelque trace de cette expression inquiète que Laviolette avait cru y voir tout à l'heure. Les joues creuses étaient légèrement couperosées et les oreilles cramoisies au sommet. Quand elle avait fait pivoter son fauteuil, Laviolette avait distingué ses épaules, anormalement carrées chez une femme. Et il se souvenait aussi de sa haute poitrine qui respirait largement. Il semblait que toute la force des membres inférieurs paralysés ait afflué vers les bras et le torse. Quel drame avait fauché aux pieds cette superbe gaillarde ?

« Cette femme, se dit Laviolette, doit bouillir comme une chaudière. Elle croit sans doute souffrir d'orgueil blessé, mais c'est d'amour inassouvi qu'elle meurt. J'aurais dû m'approcher et lui dire : " Madame, depuis combien d'années n'avez-vous plus fait l'amour ? " Je l'aurais désarçonnée et sans doute m'aurait-elle insulté, mais j'aurais fait une bonne action. J'aurais ouvert ses écluses. Il est des plaies dangereuses qu'il faut savoir ne jamais refermer. »

Il se moqua de lui-même :

« Toi et ton esprit de l'escalier ! Tu n'avais rien à lui dire, aussi ne lui as-tu rien dit ! Et puis, qu'est-ce que tu en sais si, même dans son état, elle ne fait pas l'amour ? Non, elle ne le fait pas... Elle avait cet air rageur d'un rat qui tourne depuis longtemps dans une nasse. »

Il haussa les épaules, mais, au fond de lui-même, l'image de cette femme superbe clouée impuissante dans son fauteuil, le troublait.

Pour dissiper son malaise, il alla rôder parmi la pagaille des comédiens. On enfournait dans un semi-remorque tous les trésors de la troupe qui jouait le lendemain à Vaison-la-Romaine. Le lit à baldaquin de Marguerite y était porté en grande pompe, soigneusement protégé des chocs. Le régisseur, crayon en main, pointait chaque accessoire au passage :

« L'épée de Philippe le Bel !

— Voilà ! C'est moi qui l'ai !

— Attention de ne pas la tordre, comme tu as fait la semaine dernière... »

Chacun contribuait au déménagement, sauf la vedette, rentrée à son hôtel, et le metteur en scène qui se bassinait le front avec une compresse de *Synthol*.

« Les fourches patibulaires ! » réclamait le régisseur suivant sa liste.

Ployant sous le faix des potences factices et des marionnettes de chiffon rouge qui figuraient les pendus, un tire-laine encore en costume déposait le tout avec précaution.

« Attention au carrosse ! Ne me faussez pas les mortaises comme la dernière fois ! Et les cadavres ? Naturellement ! Toujours les derniers ! S'ils me les

17

oublient encore comme à Château-Chinon, je les fais refaire à leurs frais ! »

Il interpellait deux croquants aux longues jambes qui s'expliquaient aigrement sur quelque mystérieux passe-droit.

« Tu m'as piqué mon cri !

— Je ne t'ai rien piqué du tout !

— Si ! Au moment où j'ouvrais la bouche, je t'ai entendu crier ! Or : l'utilité parlante c'est moi !

— Utilité parlante de mes fesses ! J'ai pas crié, là ! C'est pas moi !

— Alors qui est-ce ? »

Le régisseur perdit patience.

« Alors ? Ces cadavres ? Vous attendez qu'ils descendent tout seuls ? »

Ils tournèrent les talons pour escalader allègrement la courtine vers le chemin des poternes où gisaient les faux corps des damoiseaux précipités tout à l'heure du haut de la Tour de Nesle.

« Zut ! Regarde où le mien est allé choir !

— Tu sais pas viser ! Moi je vise toujours un endroit commode ! Tiens ! Le tien il est là-haut, à cheval sur la poterne ! Ça va être pratique d'aller le chercher là !

— Mais dis donc, mais alors... Et celui qu'on aperçoit là-bas, sous la quatrième poterne, juste à l'aplomb de la bicoque... Qu'est-ce que c'est ?

— Dis donc c'est vrai ça... Je comprends tout ! Ils auront embauché un troisième lanceur sans nous le dire, pour faire plus riche, et c'est lui qui aura poussé le cri...

18

— Attends une minute, veux-tu ? Il ne te semble pas que, vu d'ici, ce mannequin est bien petit ? »

Il tirait son compagnon par le bras, vers ce pantin en surnombre qui les intriguait. Lorsqu'ils le distinguèrent mieux, il leur parut que le vent soufflant sur les remparts avait singulièrement fraîchi.

« Dis donc... Est-ce qu'il ne te semble pas... Est-ce que tu ne crois pas que c'est une vraie chevelure qui s'éparpille autour de sa tête. Que c'est du vrai sang qui a éclaboussé partout ? »

Un rayon de lune tranché par l'ombre portée de la poterne éclairait la moitié d'un visage éclaté. C'était un vrai corps désarticulé qu'ils venaient de découvrir.

Ils dévalèrent la courtine à toutes jambes. Leurs appels retentissaient, devant le mur du théâtre.

Insomniaque de nature et contraint, pendant la représentation, conformément au règlement, de ne pas fumer, Laviolette avait besoin de rouler plusieurs cigarettes pour rattraper le temps perdu.

Il flânait autour du chariot de Thespis, en quête d'illusions. Il ne reconnaissait pas les luxurieuses princesses du mélo dans ces mornes filles aux pantalons mal garnis qui réussissaient à peine à fermer les cantines en s'asseyant dessus, tant elles étaient maigres.

« Elles étaient pourtant bien en chair tout à l'heure, songeait Laviolette. Elles ont rétréci comme laine au lavage... »

Il secouait tristement la tête. Son illusion s'effilochait en un brouillard hétéroclite de hardes sans valeur, de bouts de bois, d'hommes tristes et de femmes amères. Des hurlements soudain l'arrachèrent à sa mélancolie. Des cris sauvages comblaient à nouveau la conque sonore du théâtre vide. Laviolette se retourna. Les deux utilités admonestées tout à l'heure par le régisseur dévalaient le glacis en catastrophe.

« Qu'est-ce qu'ils foutent encore ces deux battants ? »

Ils jaillissaient littéralement parmi leurs compagnons. L'un d'eux sautait au cou d'une fille, au risque de lui arracher son mégot.

« Tiens moi ! Je vais m'évanouir ! »

L'autre s'affalait sur le couvercle d'une cantine qu'il enfonçait. Essoufflés, haletants, ils désignaient l'escarpe du doigt :

« Là-haut ! Un mort.

— Non ! Une morte !

— Vous êtes givrés ou quoi !

— Allez-y voir !

— Appelez les flics ! » dit le régisseur, qui avait enfin compris.

C'était inutile. L'estafette de la gendarmerie débouchait au virage du bastion. Laviolette était coincé entre les phares des gendarmes et le groupe compact de la troupe qui barrait l'accès du sentier par lequel il comptait s'esquiver.

« Commissaire Laviolette !

— Bien le bonjour, Viaud ! »

Le gendarme descendait du fourgon, lui tendait la main. C'était le chef Viaud qu'il avait connu à Banon.

Ils n'eurent pas le temps de s'expliquer. Autour d'eux les baladins s'égosillaient à qui mieux mieux.

Laviolette suivait de loin, mais sa nature curieuse l'entraînait à l'encontre de sa volonté. Il se joignit donc au groupe compact autour du cadavre.

C'était une femme relativement jeune encore, mais ce qui était encore discernable sur ses traits et ses lèvres, déjà flétries, révélait qu'elle avait vieilli beaucoup trop vite.

« Vous la connaissiez ? murmura Laviolette.

— Nous étions là pour la rechercher. Je vous avoue que nous ne nous pressions pas. Nous étions à peu près sûrs de la retrouver saine et sauve.

— Qui est-ce ?

— C'est la nièce de Mme Gobert. »

Maintenant, le parquet examinait le théâtre du drame. Rassemblés dans un coin, les acteurs et le personnel de la troupe se tenaient à la disposition de la justice. Un gendarme relevait les identités.

« J'ai cru devoir vous alerter, madame le Substitut, dit le chef Viaud, parce que, en tout état de cause, l'accident est impossible. L'appui de la fenêtre de la bicoque, comme vous pourrez vous en convaincre tout à l'heure, est aussi large qu'est long le torse de la victime, des épaules au bassin, et l'appui devait lui arriver à la hauteur de l'estomac... Par conséquent, pour tomber, il a fallu qu'elle l'enjambe.

— Ou qu'on la pousse...

— Je n'osais pas vous le suggérer. »

Le vieux docteur de l'état civil se remettait péniblement debout en soutenant ses reins.

« Elle est littéralement concassée...

— Mis à part l'incidence de la chute, relevez-vous quelque autre trace de violence sur le corps ? Une blessure qui ne serait pas directement imputable à l'écrasement ? »

Le docteur soupira :

« Vous me posez là une de ces questions auxquelles je n'aimerais pas répondre, fût-ce devant un tribunal. Regardez ! »

Il esquissait du doigt la trajectoire du corps depuis la bicoque.

« Elle a pu percuter le rocher à plusieurs reprises. Elle a pu heurter les corbeaux de pierre qui truffent l'escarpe. Elle a pu se déchirer aux buissons des lentisques. Est-ce que je sais ? »

Il hocha la tête, considérant, désolé, le corps désarticulé à ses pieds.

« Non... En tout état de cause, il m'est impossible de préciser si l'un ou plusieurs des traumatismes apparents sont imputables à une autre cause qu'à la chute elle-même.

— Ce serait donc un suicide pur et simple ?

— Selon toute apparence, puisque le chef Viaud assure que l'accident est hors de question.

— Sauf... », murmura Laviolette comme pour lui-même.

Mais Mme le substitut avait l'oreille fine.

« Eh bien, dit-elle, mon cher commissaire en convalescence !... Votre bon sens n'est pas d'accord ? »

« Il faut toujours que tu ramènes ta science », se dit Laviolette. Mais il lui fallait bien s'expliquer.

« Mon Dieu... En ce qui concerne le suicide, elle avait tant d'autres moyens à sa disposition... Par exemple, se jeter dans la Durance, se pendre, faire dissoudre vingt comprimés de barbiturique dans un verre... surgir inopinément devant l'un de ces camions qui foncent dans le virage, à la sortie du tunnel.

— L'idée a pu germer dans son cerveau, comment dire... impromptu ?

— Sans doute, mais ce qui me gêne, c'est la simultanéité...

— Je vous suis assez mal...

— En clair, ça me paraît bizarre que cette pauvre fille ait éprouvé le besoin de se défenestrer à l'instant précis où les mannequins étaient éjectés hors du donjon...

— Justement ! Elle a pu être la proie d'une inspiration subite... Une espèce... d'invitation à la mort si vous voulez... Elle a pu être happée, aspirée...

— Sans doute, mais le cri qu'elle a poussé... Vous l'avez entendu comme moi, madame le substitut, puisque vous assistiez au spectacle... Ce cri... »

Laviolette esquissait un geste enveloppant comme s'il voulait enfermer en quelque creux une image rétive à se laisser décrire, comme s'il ne parvenait pas à préciser sa pensée.

« Eh bien quoi, ce cri ?

— Il n'exprimait pas seulement de la peur, de l'angoisse, de la détresse... Il m'a semblé qu'il contenait aussi comme... de l'étonnement ! Voilà ! C'est ça le mot que je cherchais ! Un grand fond d'étonnement !

— Je vous concède qu'il fut très long, soupira Mme le substitut, et il m'a paru bien trop parfait pour des acteurs de cette classe... »

Elle resserra son manteau autour des épaules.

« Mais, dit-elle, tout ceci est purement subjectif et n'est-il pas plus simple d'imaginer que cette pauvre fille en avait assez de la vie ?

— Nous serions ainsi plus tôt couchés... », souffla le chef Viaud à son brigadier.

Il poursuivit à voix haute :

« Ce dernier point sera peut-être éclairci par la personnalité de la victime que nous allons nous efforcer de cerner au plus près... »

A cet instant, Laviolette fut soudain alerté par la sensation que quelqu'un était là dont ce n'était pas la place. Il se retourna brusquement. Les gendarmes... le plumitif... Les spécialistes de l'identité, à quatre pattes comme d'habitude, cherchant on ne sait quoi sur le sol...

« Hep ! Vous là-bas ! »

Les membres de la troupe agglutinés ou vautrés sur une murette tournèrent la tête, mais ce n'était pas à eux que Laviolette en avait. Il se dirigeait, suivi du chef Viaud, intéressé, vers une arche qui trouait le mur du théâtre et où quelqu'un était tapi dans l'ombre.

« Qu'est-ce que vous faites-là ? »

Le personnage était nonchalamment appuyé contre l'arc-boutant et il mâchonnait une tige d'ortie. Il ne se pressait pas de répondre. C'était un gamin. Enfin : dix-sept ans... Long et flexible, cheveux blonds en boucles folles, il portait un jean, un tee-shirt à gros numéro et des sandales de baskett.

« J'attendais que vous m'interrogiez, dit-il enfin.

— Pourquoi ? demanda Viaud. Tu as quelque chose à dire ?

— J'aurais rien eu, mais je vous ai entendu parler de suicide. Alors, j'ai peut-être à dire...

— Tu as vu quelque chose ?

— J'ai vu deux ombres.

— Et où étais-tu ?

— Dans la poivrière du diable.

— Et qu'est-ce que tu faisais là-haut ?

— L'amour.

— Avec qui ? » demandèrent ensemble le chef Viaud et Mme le substitut.

Leur ton alarmé trahissait leur inquiétude de père et de mère de famille.

« Là n'est pas la question..., dit doucement Laviolette.

— Avec ma fiancée... Qu'est-ce que vous croyez ? répondit le garçon. On était à la représentation. Ça nous a emmerdés. Alors, on est allé faire l'amour dans la poivrière.

— Raconte, dit Laviolette. Tu as du talent. »

Le gamin dévisagea le commissaire qui venait en deux phrases d'éveiller sa sympathie. Il n'aimait pas les vieux, surtout parce qu'ils s'étonnent toujours de tout, mais celui-ci paraissait ne s'étonner de rien.

« Je m'appelle Robert Léonard. J'étais assis sur la pierre, face à l'entrée. Elle... Elle était sur moi... J'avais les yeux ouverts... Oui, faudra pas le lui dire... Y avait déjà un quart d'heure que ça m'intéressait plus... Alors, par-dessus son épaule, je voyais le chemin de ronde dans l'enfilade et c'est là que j'ai vu...

— La nuit était très noire... La lune n'était pas levée... Comment as-tu pu distinguer ?

— Les projecteurs faisaient un mur de lumière. Les silhouettes se découpaient dessus.

— *Les* silhouettes ?

— Oui. Deux, je vous ai dit.

— Les as-tu reconnues ?

— L'une, c'était elle. »

Il désignait le cadavre d'un mouvement de tête, mais il détournait le regard pour ne pas le voir.

« Tu en es sûr ?

— On la connaît bien... Elle a une épaule un peu plus haute que l'autre et de grands pieds. C'est le souffre-douleur de Mme Gobert.

— C'était..., soupira Mme le substitut.

— Et... l'autre ? demanda le chef Viaud.

— L'autre, je ne sais pas.

— Tâche, dit Laviolette, de savoir...

— Vous savez... J'ai dit que ça m'intéressait plus, mais quand même c'était pas tout le temps... Ça dépendait... Je n'avais quand même pas bien ma tête à moi...

— Tu as reconnu Jeanne. Tu es assez futé pour avoir une idée de l'autre... »

Le gamin secoua la tête.

« Non. C'était recouvert des pieds à la tête de quelque chose. Je sais pas quoi. Je me suis dit que c'était un acteur.

— Un homme ?

— Je ne sais pas.

— Grand ? Petit ?

— Plutôt moyen. Mais... C'était plus noir que

26

Jeanne. Plus noir et ça luisait comme si c'était mouillé. C'est tout ce que je peux dire. Enfin, ils étaient deux. Jeanne marchait derrière et l'autre faisait des signes, l'appelait du geste... lui demandait de suivre...

— Tu as entendu sa voix ?

— Non. Le vent traverse la poivrière. Les gonfanons claquaient. Non, la voix était couverte.

— Et tu ne t'es pas demandé ce que faisait Jeanne, là-haut ?

— Si. Je me le suis demandé. Sur le coup. Après j'ai oublié. C'est quand j'ai vu le remue-ménage... Je dormais pas... J'habite place du Tivoli. J'ai entendu les voitures vers trois heures ; j'ai mis le nez à la fenêtre. J'ai vu le clignotant des gendarmes qui grimpaient vers la Citadelle... Je me suis dit qu'il y avait peut-être quelque chose d'intéressant à voir... J'ai pris mon cyclo...

— Tu es sûr, demanda Viaud avec calme, que ce n'était pas avec Jeanne que tu faisais l'amour ? Tu es sûr qu'elle ne te résistait pas et que... »

Le gamin pâlit et recula d'un pas.

« Mais non ! Jeanne ? Elle était déjà moche de son vivant ! Et puis elle avait au moins vingt-cinq ans. Non ! Ma fiancée, je vous dis ! Sabine ! La fille du taillandier de la rue Droite... Vous pouvez lui demander, elle n'a rien à cacher ! »

Il tremblait. Il balbutiait. Il venait soudain de sentir claquer à portée de sa tête les mâchoires de la justice qui se referment parfois au petit bonheur, au hasard, où elles peuvent...

Laviolette lui posa la main sur l'épaule.

« Ça va, dit-il, va te coucher. Tu nous as rendu

service. On lui demandera à ta Sabine, mais ce sera pure routine... »

Projeté par la peur comme une balle de ping-pong, le gamin fusa vers la sortie. D'avoir frôlé la justice lui donnait des ailes.

Mme le substitut, le front barré d'inquiétude, le suivait des yeux. Sans doute y avait-il quelque part, à l'instant, dans cette nuit si douce, quelque enfant de substitut dont on ne savait exactement où ni avec qui il était couché...

« Il faudra tout de même s'assurer de ses dires...

— Bien entendu ! » répondit le chef Viaud.

Ils redescendaient de la courtine. Les gendarmes libérèrent la troupe qui s'enfuit vers le car bariolé. L'ambulance qui amenait le corps à la morgue disparut au tournant du bastion. Laviolette ouvrit la portière de la limousine où Mme le substitut monta avec élégance, abandonnant dans son sillage la trace d'un parfum discret.

Ils restèrent seuls, les gendarmes et Laviolette, qui regardaient s'éloigner la voiture.

« Deux ombres..., dit le commissaire, ce serait donc un crime.

— Ce n'est pas évident. C'est peut-être un accident... Et le compagnon de Jeanne aura fui pour éviter les ennuis.

— Vous songez à un rendez-vous d'amour ? »

Viaud hésita avant de répondre.

« Mon Dieu !... d'après ce que nous savons de la victime, ce n'est guère vraisemblable. Je la rencontrais souvent, Jeanne. Irréprochable, ponctuelle... D'ailleurs, Mme Gobert ne l'aurait pas soufferte autrement. Elle la tenait de fort court...

— Et déjà de son vivant elle n'était pas belle..., soupira Laviolette. De grands pieds, une épaule plus haute que l'autre... C'est le gamin qui l'a dit...

— Le menton en galoche, ajouta Viaud. Non, cette pauvre Jeanne ne respirait pas l'amour.

— Et elle n'avait pas un sou vaillant, si j'ai bien compris ?

— Non. Rien. Mme Gobert l'a recueillie par charité bien ordonnée.

— Je vous entends. En aurait-elle hérité ?

— Rien n'est moins sûr. Non, j'ai dit au substitut : " Quand nous connaîtrons sa vie ", mais, en réalité, sauf ce que nous avons pu en voir sous nos yeux et tout le temps, elle n'avait pas de vie.

— Ce qui corroborerait l'hypothèse du suicide. Mais non ! Ça ne colle pas. Il y a le cri. Vous ne l'avez pas entendu, vous ne pouvez pas comprendre...

— Alors ? Un sadique ? On tue aujourd'hui pour de bizarres raisons.

— Mais, au fait, pourquoi cherchiez-vous la victime ?

— Mme Gobert nous avait téléphoné. Elle était inquiète. " Je croyais à une escapade, a-t-elle dit, mais tout compte fait je me demande... "

— Dites-moi, cette Mme Gobert, n'est-ce pas une grande infirme rousse ?

— C'est ça ! C'était, paraît-il, une très belle femme... Son visage en fait rêver encore plus d'un. Je sais des hommes qui regrettent profondément qu'elle soit infirme... De plus, c'est une *persona grata* ici.

— Et médaillée de la Résistance, si mes yeux sont bons ?

— Comment le savez-vous ?

— Elle était ma voisine de travée, ce soir. J'ai même à ce sujet un souvenir lancinant, hélas tout à fait imprécis ! Un de ces détails, qui cachent parfois la clé du mystère, mais qu'on écarte pour leur invraisemblance apparente ou bien qu'on n'enregistre pas, tout simplement. Vous avez dû éprouver cela : lorsqu'une étoile filante s'abîme hors de votre vue... La lueur fugace dans le reste du ciel vous avertit trop tard. Vous tournez la tête mais elle est déjà éteinte. Et pourtant *vous savez* qu'elle vient de passer.

— C'est très curieux ce que vous dites là... »

Laviolette grommela :

« C'est tout simplement parce que je n'ai pas été fichu de vous expliquer le phénomène. »

Il saisit soudain le bras de son compagnon qui regagnait l'Estafette.

« Attendez donc ! Mais c'est cela même ! Chez cette grande femme qui a la tête bien accrochée sur les épaules, chez cette grande femme dure, soudain quelque chose de fugace... Attendez donc, je vais vous le préciser, on ne sait jamais ce qui peut servir ou pas. C'était juste pendant le cri... Vous savez, j'occupe toujours largement mon fauteuil, j'en déborde même parfois, sur l'espace du voisin... Et justement, là, pendant ce cri, mon coude touchait celui de Mᵐᵉ Gobert. Elle a tressailli. Je l'ai observée à la dérobée. Son visage était un peu en retrait, car son fauteuil n'était pas à l'alignement et, par conséquent, en me tournant vers elle, je pouvais pratiquement la dévisager de face.

Or, à cet instant, ses yeux et ses traits étaient figés en une expression... Ah, c'est difficile à définir... Une expression qui pour moi a duré l'espace d'une étoile filante qu'on n'a pas le temps de voir... Que j'ai peut-être imaginée.

— C'était l'effroi, sans doute ? Elle vivait intensément l'action. »

Laviolette fit claquer ses doigts impatiemment.

« Non, non, ce n'est pas ça ! C'était... comme lorsqu'on cherche dans ses souvenirs... Les yeux mi-clos... L'air très attentif, mais non pas à ce qui se passe autour de vous... Un regard... tourné vers l'intérieur...

— Vous avez de curieuses façons d'envisager les choses.

— Vos hommes ont interrogé tous les membres de la troupe ?

— Oui ! Dans un concert de protestations. Ils ne comprenaient pas pourquoi on les questionnait eux et non pas les mille spectateurs présents à la représentation. On leur a répondu que ce serait fait. Ils avaient l'air d'en douter. Et moi aussi, d'ailleurs... Il aurait fallu les retenir sur place. Or, lorsqu'ils se sont retirés, le corps n'avait pas été découvert.

— En tout cas, si crime il y a, la victime et l'assassin se connaissaient. Vous avez entendu le gamin ? Jeanne *suivait* l'ombre qui l'accompagnait.

— Ça ne nous avance pas. Les huit mille habitants de Sisteron connaissaient probablement Jeanne, au moins de vue.

— C'est ce que je souhaitais vous entendre dire : le meurtrier, connaissant Jeanne, savait constamment où

31

la trouver, où la guetter, où l'attaquer. Alors, pourquoi ce soir ? Pourquoi devant le mur de Sisteron ? Pourquoi faire crier la victime aussi imprudemment, au lieu de la bâillonner et de la pousser en secret dans quelque trou ? Pourquoi ? Et devant mille personnes ?

— Mais... pourquoi la tuer, tout simplement ? A qui Jeanne pouvait-elle nuire ? Quel mobile pour la supprimer ?

— Oui : quel mobile ? répéta Laviolette. Voilà la bonne question. Notez qu'il n'y a pas d'arme du crime. Et ça c'est un bon point pour l'assassin, car une arme ça finit toujours par parler, tandis qu'une chute libre de cinquante mètres...

— Ça ne simplifie pas notre tâche, soupira Viaud. Il va falloir interroger tout Sisteron. Et d'abord, cette corvée m'est réservée d'aller annoncer avec ménagements à Mme Gobert que sa nièce a été retrouvée morte. Oh ce n'est pas sa douleur que j'appréhende !... Mais elle va prendre ça pour une injure personnelle. Les recommandations infinies vont nous pleuvoir dessus par la voie hiérarchique. Vous redescendez avec nous ?

— Je vous remercie, mais je suis au *Tivoli*, juste là-dessous. Je vais revenir à pied tout doucement. J'irai peut-être même, tant le clair de lune est beau, me recueillir cinq minutes sur la tombe de notre poète, le pauvre Paul Arène... »

Il regardait avec sympathie le chef Viaud regagner l'Estafette et ses gendarmes. Pour eux, la nuit n'était pas finie...

Il était seul maintenant. Le théâtre était mort. Par-delà le mur de la Citadelle, on entendait le vent dans les hauts sapins du cimetière.

Laviolette, entre le pouce et l'index, tripotait machinalement la pièce à conviction indûment soustraite aux recherches des spécialistes de l'identité judiciaire, lesquels, d'ailleurs, ne l'avaient pas repérée.

Il trichait toujours un peu au cours d'une enquête. C'était son péché mignon que de dissimuler à son profit quelque détail secondaire qui aurait permis aux autres de découvrir la vérité tout aussi bien que lui. Mais il y mettait tant de naïve simplicité qu'il ne s'en tenait pas rigueur.

« Et d'ailleurs ! Pièce à conviction, se disait-il, c'est un bien grand mot pour une si petite chose. Est-ce qu'on peut vraiment appeler ça une pièce à conviction ? »

Il la mirait en vain au clair de lune, dans l'espoir d'en tirer quelque enseignement. Minuscule, insignifiante, c'était une épingle munie de sa boucle ronde, avec sa pointe acérée. Laviolette l'avait extirpée du chandail de la morte, à la hauteur du sein. C'était un chandail de pauvre, d'un vert innommable, fabriqué en Corée. Un de ces chandails vendus trente francs dans les grandes surfaces. Et la morte y avait sans doute piqué ce bijou à sa mesure : cette épingle, pour rêver peut-être aux billets de banque qu'elle ne réunirait jamais en une liasse.

« On ne sait pas, au fond, se disait Laviolette, comment ils se consolent, les malheureux... »

2

Les soirs d'été, à Sisteron, les gens chuchotent encore sous les vieilles charmilles. Chez Rogeraine Gobert, la terrasse qui domine la Durance s'abrite sous une opulente glycine plantée dix mètres plus bas, dans un trou de la Longue Andrône. D'abord chétive et anémique, il lui a fallu des années pour venir à la rencontre du soleil. Mais aujourd'hui elle est là, ses branches étalées sur le berceau de fer incurvé sous son poids. Elle a descellé le pavé de l'Andrône. Ses racines ont rampé jusqu'à la Font des Meules au bassin fissuré depuis tant d'années. Son cep a étranglé dans ses rouleaux le conduit des eaux pluviales qui la supportait à l'origine. Les guirlandes joyeuses de ses grappes embaument cette nuit de juillet.

« Mon Dieu, ma chère Rogeraine, comme cette glycine parle bien à l'âme ! »

Rogeraine, dans l'ombre, hausse les épaules. Cette pauvre Esther sera toujours aussi ingénue : une simple guirlande de fleurs et la voici ravie. Mais peut-être s'exclamait-elle ainsi par charité, afin que Rogeraine

n'entendît pas la phrase insidieuse de Rosa Chamboulive :

« Et alors, ma pauvre Rogeraine, que vas-tu faire si
tu ne trouves personne ? »

Mais cette remarque ne risquait pas de tomber à
plat, la cousine de Ribiers l'ayant déjà relevée :

« Et le plus ennuyeux de tout, c'est qu'il va falloir
trouver quelqu'un rapidement...

— Heureusement que tu es là, toi !

— Bien sûr que je suis là ! Comme toujours ! Mais
enfin, j'ai mes affaires. Si elles périclitent, qui me
nourrira ?

— Tu n'es pas sans rien.

— Sans rien, sans rien... Je n'ai plus vingt ans non
plus.

— Oh, mais dis, tu es robuste !

— Là, tu exagères, Rosa... Je suis robuste, mais
enfin, je suis femme...

— En tout cas, tu as Constance pour t'aider.

— Oh ! Constance ! Constance, à six heures moins
dix elle a déjà le manteau sur les épaules et le porte-
monnaie à la main...

— C'est pour ça que vous feriez mieux de...

— C'est ça, coupa Rogeraine, vous m'aimez tous
bien, mais vous voulez m'envoyer au bouillon d'onze
heures ! »

L'on se récria autour de la suspension baissée qui
éclairait la grille du *scrabble* sur la table, mais laissait
dans l'ombre les traits du visage.

« Qu'allez-vous chercher là, Rogeraine ? dit le docteur Gagnon. Dans l'un de ces établissements vous

seriez libre, et au moins vous auriez un service assuré, approprié à votre état... »

Rogeraine secoua la tête en regardant le jeu :

« Jamais ! dit-elle, n'y comptez pas. Plutôt... »

Elle n'acheva pas sa phrase et se consacra au jeu. Elle jouait sans passion, car elle ne goûtait pas beaucoup cette distraction et, d'autre part, elle était préoccupée, aux aguets.

A la suite de Rogeraine, Rosa se débarrassa prestement de toutes ses lettres.

« Une pareille analphabète ! » songeait la cousine de Ribiers.

Le jeu était terminé. Les commensaux sur la terrasse buvaient un peu de citronnade, jouissaient de cette belle heure. Une nuit toute bleue de clair de lune sertissait Sisteron sous le secret des charmilles. Au confluent, le courant du Buech et de la Durance clapotait doucement. Haut dans le ciel, mal à l'aise dans cette nuit trop claire, les corneilles embusquées au rocher de la Baume froissaient l'air d'un vol de velours. Quand les personnages immobiles sur la terrasse se taisaient, on percevait, au fond de l'Andrône, le halètement d'un couple trop impatient pour se réfugier dans quelque chambre. Ce chuchotement à peine audible horripilait Rogeraine.

Il lui était familier pourtant. De toute éternité, par son odeur indéfinissable et son obscurité, l'Andrône, semblait-il, rapprochait les couples indécis, ceux qui hésitent encore à devenir amants.

Bien que privés de soleil tout au long de l'année, les murs y conservaient une mystérieuse tiédeur. Parfois, comme ce soir, les amoureux s'appuyaient contre la glycine et les grappes mauves se balançaient tout au long du berceau au rythme de leur étreinte.

« Vincent! Ne regarde pas ça! » dit sévèrement Rosa.

Vincent, captivé par le frémissement des grappes, détourna vivement son regard. Le docteur Gagnon et le notaire Tournatoire se levèrent, s'appuyèrent à la balustrade qui dominait le lac. Ils contemplèrent longuement la Baume, tout en s'offrant mutuellement du feu. C'était deux hommes de sens rassis, la quarantaine robuste. Ils riaient rarement. Depuis longtemps ils enveloppaient Rogeraine de leur compétence. Ils n'étaient pas les seuls. Sa fortune et son malheur fascinaient ses amis.

Aglaé Tournatoire, épouse du notaire et de quinze ans sa cadette, s'était elle aussi retirée dans l'ombre pour suivre rêveusement les ondulations de la glycine. C'était une souple et flexible femme, au nez mutin, mais qui abritait au-dessous de la ceinture beaucoup trop d'esprit pour être fidèle. Elle soupira sans bruit. Si seulement elle avait eu un peu d'argent personnel... Cet été, aux îles du Cap-Vert, elle avait eu à peine le temps d'ébaucher un flirt avec un gaillard effilé comme une goélette et dont la peau bistre et les muscles longs évoquaient d'éternelles vacances. L'argent... C'était tous ces vieux qui le détenaient : les demoiselles Romance, son mari, Rogeraine... Tiens, Rogeraine... qui sait au fond si, maintenant, on ne pourrait pas essayer du côté de Rogeraine... Qu'est-ce qu'elle pouvait bien en faire de son argent?

Du fond du canapé paillé, les demoiselles Romance, Esther et Athalie, toutes deux en chapeau d'organdi, toutes deux de blanc vêtues, épiaient Rogeraine avec inquiétude.

Propriétaires d'un moulin sur le Buech, ces demoiselles Romance faisaient la charité. Elles vivaient en s'adonnant aux bonnes œuvres. Leur salon, aux murs ornés de tableaux obscurs, était toujours ouvert aux êtres qui appelaient au secours.

Rosa Chamboulive était une séduisante boiteuse blonde, autrefois camarade d'école de Rogeraine, chez les clarisses de Vilhosc. Avec elle, Rogeraine filait doux, car c'était la personne du monde qui la connaissait le mieux. Elle l'avait fréquentée chaque jour, durant ces années d'enfance où l'on pense qu'il suffira d'affirmer sa force pour l'imposer, où l'on se montre à nu, croyant que le monde s'inclinera devant votre évidente supériorité. Elle l'avait connue impérieuse, sournoise, rancunière et avide, ne souffrant pas de concurrence, parcimonieuse en amitié. Depuis, Rogeraine avait usé le tranchant de son caractère, camouflé ce qu'elle avait gardé de ses défauts. Mais à Rosa, qui l'avait connue depuis toujours, elle ne pouvait rien cacher.

De là venait que Rogeraine, en sa présence, prenait sur elle, dépensait à son endroit des trésors de patience dont elle était par ailleurs incapable.

Rosa avait déniché un homme qui ne pipait mot, n'émettait aucune opinion, ne contrait jamais ses volontés. Non qu'il fût muet, mais il ne répondait que sur ordre. C'était une manière d'arriéré, fort comme un bœuf, la nuque droite, les cuisses épaisses. Il avait un regard de lièvre, toujours en alerte, toujours aux aguets de quelque coup qui pouvait pleuvoir.

Rosa s'amusait parfois, en société, de sa passivité. « Vous allez voir ! » disait-elle en clignant de l'œil. Elle l'interpellait : « Vincent ! Tu aimes les brunes ? — Non, disait Vincent. — Et les blondes ? — Oui, disait Vincent. — Tu n'aimes qu'une seule blonde, naturellement ? — Naturellement... — Tu te ferais tuer pour moi ? — Oui, disait Vincent. — Dis-moi que tu m'aimes, devant tout le monde ! — Je t'aime ! » disait-il. Et Rosa explosait d'un rire éclatant.

Tout en rangeant les lettres, elle s'adressa à Rogeraine :

« Tu as... mis cette annonce ?

— Bien sûr que je l'ai mise.

— Tu as... reçu des réponses ?

— Quelques-unes...

— T'es-tu adressée à l'Assistance ?

— L'Assistance ? explosa Rogeraine. Ils font des enquêtes maintenant !

— Des enquêtes ! Sur toi ?

— Sur n'importe qui ! Et il faut des mois pour avoir une réponse.

— Ah, cette pauvre Jeanne ! dit étourdiment Aglaé Tournatoire, elle a eu une bien mauvaise idée de se faire assassiner !

— En tout cas, intervint Athalie Romance, nous autres, nous prions beaucoup pour cette pauvre Jeanne... Nous espérons de tout cœur qu'elle aura sa part de Paradis...

— Elle l'aura bien gagnée !

— Ce qui est sûr, dit Rogeraine, c'est que j'ai ma conscience pour moi. Quand ma sœur est partie, après guerre, avec ce mineur du Nord qui rentrait chez lui, mon père en a été malade six mois... A son lit de mort, il m'a fait jurer de ne rien faire pour ma sœur. " Je veux qu'elle crève de faim ! m'a-t-il dit. Avec l'aide du notaire, tu lui feras sa part la plus petite possible. Tu feras évaluer le bien le moins que tu pourras. " Vous savez que la volonté d'un mort, c'est sacré. »

« Ça t'arrangeait bien, songeait Rosa. Ton autre sœur morte pour la France, tu restais maîtresse de tout. »

« Mais, quand même..., dit-elle. Sa part, elle l'a bien eue ?

— Tu sais... Elle est morte en 1948. Poitrinaire. L'air du Nord ne lui convenait pas. A cette époque, rien ne valait grand-chose. C'est maître Tournatoire qui avait évalué les biens. Je lui ai tout racheté. Maître Tournatoire lui a fait valoir que si je voulais, je pouvais, de procès en procès, faire traîner les choses indéfiniment... Comme elle en était toujours à un billet de mille près... Voilà où ça conduit l'amour. »

« Tu oublies où ça t'a conduite, toi... », songea Rosa.

Elle était attentive à ne pas laisser reprendre haleine à son amie, afin que celle-ci ne s'avisât pas qu'on était en train de lui tirer les vers du nez.

« Mais... Elle a tout accepté sans broncher ?

— A un billet de mille près, je te dis... Et puis, elle faisait la désintéressée. Elle a tout signé en riant. Elle trouvait tout comique. N'est-ce pas, maître Tourna-toire ?

— C'était du vivant de mon père, chère Rogeraine, ne l'oubliez pas !

40

— Oui, mais enfin, c'est bien vous qui tourniez les pages des actes que signait ma sœur ?

— Sans doute, mais je venais à peine de terminer mon droit...

— Raison de plus, dit doucereusement Rosa, pour en avoir les principes bien en mémoire...

— Bref ! Un an à peine après la mort de mon père, j'ai reçu l'annonce de celle de ma sœur. Et une lettre d'elle. La seule. La dernière. Elle me recommandait sa fille.

— Ça te faisait deux dernières volontés à respecter.

— J'en ai souffert, mais j'ai surmonté. Mon père n'avait pas précisé que je ne devais pas secourir ma nièce.

— Ça tombait sous le sens, mais enfin... C'était juste après ton malheur, je crois ? »

Elle enchaîna pour ne pas lui laisser le temps de riposter.

« ... En tout cas, ma pauvre Rogeraine, ça te fait deux deuils en pas longtemps ! Le Cadet Lombard le mercredi, la pauvre Jeanne le samedi...

— Ah, le destin ne m'a guère épargnée !... »

Le docteur Gagnon revenait de la balustrade, son visage aux rides profondes apparaissait dans la clarté de la lampe.

« Vous ne pourriez pas essayer de parler d'autre chose, non ? de ménager Rogeraine ?

— Du tout du tout, cher Benjamin ! Elle m'amuse au contraire ! Vous savez bien que j'ai de la force de caractère !

— Quand même, tu vois, ces hommes qui en ont tant fait, ils font pas de vieux os... Regarde ce Cadet

41

Lombard. S'il n'avait pas tant souffert pour la Résistance, il ne serait pas mort si prématurément. Regarde un peu mon Vincent, par exemple, lui qui s'est tenu à carreaux pendant la guerre. Regarde-le comme il est beau ! Et il a soixante-trois ans !

— Ma chère Rosa, objecta maître Tournatoire, je suis sûr que Vincent, lui aussi, aurait préféré être héroïque. Moi aussi, d'ailleurs... Mais je n'ai pas eu l'occasion. Voilà ! Il fallait l'occasion ! »

Personne ne pipa plus mot, et l'on entendit le curieux bruit d'ailes provoqué par le vent qui souffle la nuit, dans la pierre de la Baume. La glycine ne bougeait plus. Rosa se sentait mieux depuis qu'elle avait distillé un peu de venin. La pendule de l'Ubaye venait de sonner onze heures en même temps que l'horloge de la Tour.

« Il serait peut-être temps..., commença la cousine

— Mais non, mais non ! coupa Rogeraine. Nous sommes très bien sur cette terrasse. Dedans, on meurt de chaleur... et puis je n'ai pas sommeil ! »

C'était l'heure propice où, après avoir tant tourné autour du pot, on se résigne enfin *à parler de ce qui fâche*, comme on dit dans le Midi. Rosa baissa la voix pour demander :

« Et qui, crois-tu, peut bien avoir tué cette pauvre Jeanne ?

— Et pourquoi croyez-vous qu'on l'ait fait ? appuya Athalie Romance.

— Et pourquoi de cette façon ? renchérit Aglaé Tournatoire.

— Vous êtes drôles ! Comment voulez-vous que je le sache ! grommela Rogeraine.

42

— Que tu le saches, non, mais enfin... Depuis le temps qu'elle vivait auprès de toi !

— Que diable ! dit Esther Romance, on ne se fait pas assassiner sans qu'il en transparaisse quelque chose avant !

— Et si c'était une histoire d'amour ? murmura Aglaé en contemplant rêveusement la glycine. Quelqu'un qu'elle aurait repoussé ?

— Vous plaisantez, Aglaé ! Avec son visage, ses pieds !

— Seulement, murmura Esther Romance, elle avait de très beaux yeux, et ça rachète de beaucoup de choses...

— Moi, dit Évangéline, je suis de l'avis d'Esther, je ne crois pas qu'un visage carré ni même des fesses plates, ça décourage un homme. »

De noir vêtue et les yeux désolés, cette pâle cousine taillée à coup de serpe, mais à la grande bouche soulignée de rouge, émettait toujours son opinion avec prudence. Ils se tournèrent vers elle, se souvenant à propos qu'elle avait droit à la parole, car elle avait achevé trois maris, chemin faisant...

« En tout bien tout honneur ! » précisait-elle en riant.

Et c'était vrai. Son premier époux était tombé d'un cerisier. Le second était mort d'un cancer. Elle l'avait soigné avec dévouement. Le décès du troisième datait de huit mois à peine. Elle en portait encore le deuil et osait à peine expliquer la cause de sa brutale disparition. « Il m'aimait trop », se contentait-elle pudiquement de murmurer.

« Elle enfile les héritages comme des perles ! persiflait Rogeraine. A chaque mort, elle engraisse ! Je me demande où elle met tout ça !

— Et…, dit Rosa, puisqu'on fait le tour de toutes les possibilités et qu'on se perd en conjectures, tu m'excuseras, Rogeraine, mais tu ne crois pas… Tu n'as pas la sensation…

— Rosa ! intima le notaire Tournatoire, mesurez bien vos paroles !

— Mon Dieu ! Il faut bien tout envisager… Tu ne crois pas qu'on voulait t'atteindre toi, à travers cette pauvre Jeanne ?

— Chut ! commanda la cousine de Ribiers.

— Quoi, chut ?

— On frappe à la porte…

— Discrètement alors, dit Rogeraine. Je n'ai rien entendu, et j'ai pourtant l'ouïe fine. »

Évangéline marchait à grands pas, dans le froissement de ses voiles noirs, vers le vestibule de l'horloge. Devant elle, à même la rue, l'énorme porte cochère épaisse de plusieurs centimètres dressait sa masse ouvragée, inviolable, avec ses quatre arcs-boutants et sa barre traversière.

On toquait à l'huis, timidement. Le visiteur éventuel n'avait voulu utiliser ni le marteau ni la chaîne de la cloche. La cousine engagea le buste dans l'entrebâillement pour parlementer. Après quoi, refermant avec soin le battant, elle vint rendre compte.

« C'est un monsieur, chapeau bas, qui demande si vous pouvez le recevoir seulement une minute…

— Quoi ? A cette heure ?

— Comment est-il, ce monsieur ? demanda Rosa.

44

— Comme il faut. Il a le même ruban que vous, dit la cousine à Rogeraine.

— Alors... Fais-le entrer ! »

A la suite d'Évangéline s'avança vers leur cercle un homme timide qui récitait des excuses.

« Mais, je vous reconnais ! s'exclama Rogeraine. Vous étiez à côté de moi à *La Tour de Nesle*, l'autre soir...

— Moi aussi, je vous reconnais, dit Rosa, les lèvres pincées. Vous figuriez l'an passé dans un journal à scandales, à côté d'un criminel. »

Elle était une encyclopédie de faits-divers et, bien qu'elle s'en défendît, puisait dans leur lecture une excitation morbide.

« Vous êtes commissaires, précisait-elle, ou quelque chose dans ce goût... »

Les demoiselles Romance se serrèrent l'une contre l'autre.

« Ah ! ne m'appelez pas commissaire ! Je ne le suis plus qu'à peine ! Je suis à deux doigts de la retraite ! »

Ces deux doigts-là, pour rassurer son auditoire, il les matérialisait en tendant devant lui, horizontalement, l'index et le majeur, comme lorsqu'on réclame un peu plus de breuvage.

« Monsieur, dit Rogeraine, les gendarmes nous ont déjà longuement interrogés et nous ne voyons pas ce que nous pourrions ajouter...

— Mais rien ! Absolument rien ! s'exclama Laviolette qui se tortillait sur son siège. Et je vous dois l'absolue vérité : je ne suis pas même chargé de m'occuper de ce malheureux accident...

— Accident ! ricana Rosa.

— Je n'ai même pas le droit d'être là ! Si bon vous semble, vous pouvez me montrer la porte ! Ma seule excuse, voyez-vous, madame, c'est que l'autre soir, je me suis avisé que nous étions camarades et que, autrefois, si nous nous étions rencontrés, nous n'aurions pas hésité à nous entraider... »

Tout en parlant, il avançait son côté gauche vers la lumière, afin qu'on y distinguât bien le ruban que, ce soir même, il était allé acheter dans une mercerie pour l'enfiler à sa boutonnière. Lui qui ne portait jamais ses décorations !

« Je vous sais gré, monsieur, d'être aussi franc, mais lorsque vous parlez d'accident...

— Mettons alors... *suicide*.

— Un suicide ? Ah bah ! Quelle raison cette pauvre Jeanne aurait-elle eue de se suicider...

— Mon Dieu ! il en existe tant !... »

Il aurait pu répondre : « Elle était vierge, mal nourrie, éreintée. Une longue suite d'années sans avenir s'ouvraient devant elle. Pourquoi diable ne se serait-elle pas suicidée ? Quel mal y aurait-il eu à cela ? »

Mais là n'était pas le but de sa visite. Il fourrageait dans son portefeuille, sous l'œil intéressé des commensaux, à la recherche d'un minuscule sachet dont il tira quelque chose qu'il réussit enfin à exhiber entre le pouce et l'index. Il se leva pour se rapprocher de la suspension et leur permettre d'examiner sa trouvaille.

« Reconnaissez-vous ceci ?

— C'est une épingle ! s'exclama Vincent.

— Oui, souffla Rosa, décontenancée. Vue comme

ça, à première vue, effectivement, on dirait bien une épingle.

— Bon ! Cette épingle, l'avez-vous déjà remarquée, madame Gobert ?

— Comment voulez-vous que je réponde à une pareille question ?

— C'est une épingle banale, commenta le docteur Gagnon. Une de ces épingles dont on se sert pour réunir les billets de banque ou n'importe quoi d'autre... On les oublie dans les cendriers... On les balance dans les corbeilles à papier, et le plus souvent on se les retrouve sous les fesses...

— Vous tous ici, peut-être ! souligna Laviolette. Mais Jeanne ? Quand pouvait-elle recevoir une liasse de billets dont elle aurait eu à retirer l'épingle ? Avez-vous jamais envoyé Jeanne retirer de l'argent pour vous, madame Gobert ?

— Jamais ! répondit la cousine. C'est toujours moi que Rogeraine envoie à la banque. N'est-ce pas, Rogeraine ?

— Toujours ! » dit Rogeraine.

Elle dépêchait effectivement la cousine au Crédit Agricole pour les retraits courants, mais c'était à Constance, sa femme de ménage, qui était dans la maison depuis la naissance de Rogeraine, que celle-ci confiait ses opérations les plus importantes.

« Donc, chez vous, Jeanne n'avait jamais l'occasion de piquer une épingle à liasser sur son corsage ?

— Pas à ma connaissance. Je dirai même mieux : vous pouvez perquisitionner dans toute la maison... »

A cette perspective, Laviolette se protégea

comiquement le visage avec l'avant-bras, comme pour se garer d'une taloche.

« Pitié ! gémit-il. Je n'ai aucune qualité pour…

— C'est une manière de dire, coupa Rogeraine, que vous ne trouverez pas une seule épingle chez moi. Je suis superstitieuse pour les épingles ! Je recommande toujours à mes gens de m'en épargner la vue ! J'ai les épingles en sainte horreur ! »

Elle appuya son affirmation par deux coups de plat de la main sur les accoudoirs du fauteuil roulant.

C'était un congé. Laviolette l'interpréta correctement et, à la suite, tout le monde profita de l'occasion. Le docteur Gagnon mit son panama. Vincent assura sa casquette. Les demoiselles Romance enfilèrent leurs gants.

De crainte qu'ils ne se ravisent, la cousine de Ribiers ouvrit prestement en grand le vantail qui se découpait dans la porte cochère.

« Il va falloir, songea Laviolette, qu'une fois de plus je capitule. Il va falloir passer cette épingle à l'identité judiciaire, pour qu'ils en tirent ce qu'ils peuvent. »

Cahin-caha, sur leurs pieds plats, les demoiselles Romance regagnaient leur beau moulin du Buech.

« Quel effet ça t'a fait de revoir Rogeraine ce soir ?

— Je m'y étais préparée. J'ai même pu la regarder droit dans les yeux à plusieurs reprises !

— Ah ! pour moi c'est impossible ! Je suis obsédée par la vision du Cadet Lombard mourant, à genoux dans son lit. Et ce portrait qu'il nous a tracé d'elle ! Tu te rappelles? Il modelait littéralement le visage de Rogeraine entre ses doigts décharnés !

— Tu n'as jamais remarqué ces deux curieuses petites poches qu'elle a aux commissures des paupières, juste à la naissance du nez ? »

Athalie branla du chef.

« Si fait... Ce sont ses glandes lacrymales... C'est une malformation congénitale. Son grand-père, tu te souviens, il les avait comme ça ! Ça empêche de beaucoup pleurer. Les larmes gèlent tout de suite et le caractère suit... »

Esther s'arrêta brusquement et retint sa sœur par le bras :

« Mon Dieu, Athalie ! Je pense à une chose ! Et si l'on nous interroge sur le passé ? Qu'allons-nous dire ? Ces accusations de Cadet Lombard... »

Les mains gantées d'Athalie, étendues devant elle, imitèrent l'essor léger de l'oiseau qui s'envole :

« Nous éluderons, ma chère ! Nous éluderons !

— Mais il nous faudra mentir !

— Souviens-toi de ce que nous disait le père Lagrevol, quand nous faisions notre retraite... »

Frileusement emmitouflées dans leurs châles blancs et passant rapidement leur chemin, les sœurs Romance égrenaient à voix basse, comme un chapelet, la litanie de la sagesse des nations : « *Mensonge pour sauver vaut mieux que vérité pour nuire...* »

Sur Sisteron secrète, seule la nuit était limpide.

3

C'était la dernière des *Nuits de la Citadelle*. Or Laviolette, cette année-là, s'était installé à demeure à Sisteron afin de ne rater aucun spectacle. Il se dirigea donc parmi la foule vers le cloître Saint-Dominique. Il suivit la file au guichet, prit son billet, paya et s'en alla, tournant délibérément le dos à l'entrée, sous le regard surpris de quelques personnes qui observaient son manège.

C'est qu'il savait, non loin de là, un endroit commode pour écouter selon son goût. Il aimait la musique en solitaire et détestait les applaudissements *à tout rompre* qui saluent indifféremment toutes les interprétations, bonnes ou mauvaises. Encore que — il le reconnaissait volontiers — le public de Sisteron fût parcimonieux à cet endroit.

Il s'enfonça sous un quinconce de micocouliers où quelques bancs, très éloignés les uns des autres, se blottissaient au plus obscur de la charmille. A mi-hauteur du clocher, le talus de l'esplanade masquait le public et la fosse de l'orchestre. En revanche, par contraste avec la clarté aveuglante qui délimitait les parties intactes de l'église au toit crevé, la nuit alentour était parfaitement obscure.

La soirée était tiède, l'air léger, les feuilles des arbres frémissaient sans bruit. Laviolette étala son pardessus sur le banc et s'allongea à la clocharde. Il entendait les soupirs des instruments qu'on accorde et le brouhaha du parterre.

Il allait se redresser pour, tout de même, en *rouler une* avant le début du concert, lorsqu'il perçut un pas discret sur sa gauche. Entre l'entonnoir de clarté et les profondeurs du feuillage, une forme indéfinissable passa, drapée dans un vêtement sombre qui luisait faiblement. « Qu'est-ce qu'il vient foutre ici celui-là ? » se dit Laviolette avec humeur.

Il craignait d'être interpellé, que quelqu'un s'interposât entre lui et le bonheur de cette nuit. Mais la silhouette passait son chemin et Laviolette ne la distinguait plus qu'à peine qui s'installait sur le banc le plus à l'écart.

L'orchestre éclata, les lumières s'éteignirent. Laviolette oublia le passant. Il ne songea plus à fumer. Roulé dans son pardessus, le panama sur l'œil, menton posé au creux de la main, il s'abandonna à la musique. Il écouta sans remuer, à l'entracte, s'éteindre au plus profond des grottes de la Baume ces graves échos qui convenaient à son caractère.

Plus tard, le cor de Vescovo s'éleva à son tour. Mozart, Vescovo et Sisteron célébrèrent leur mariage d'amour. Aucun air au monde n'eût mieux convenu au crève-cœur du son du cor. Il planait sur l'alpe de Lure et de Vilhosc. Il lançait très loin ses appels sur les murmures du vent dominant.

La lune sortit des brumes, au-delà de Laragne, et le regard vague de Laviolette qui errait dans cette direction fut bien forcé de s'accrocher au passage à cette silhouette immobile sur le banc le plus lointain, qui s'interposait entre l'horizon et lui.

« Un facteur... », se dit-il.

Un ample ciré noir encapuchonnait l'inconnu de la tête aux pieds.

« Je suis stupide... Depuis trente ans les facteurs ne portent plus ce genre de ciré... »

Il détourna les yeux. La vision de cet intrus l'indisposait et le gênait. Soutenu par l'orchestre, le son du cor escaladait un dernier arpège et s'éteignait d'un seul coup. Mais son âme persistait une seconde entière dans les replis de pierre de la Baume.

Alors que les applaudissements éclataient, les projecteurs se rallumèrent. La foule, debout, cria : « Bravo ! ».

Laviolette se dressa, enfila son pardessus, observa, à trente mètres de là, son compagnon de solitude toujours immobile. Celui-ci devait se croire seul. Il n'avait pas pu, en effet, à son arrivée, avant le lever de la lune, distinguer quoi que ce soit sous la frondaison épaisse des micocouliers.

Mû par une curiosité incontrôlable, Laviolette allait marcher vers lui. Il cherchait déjà un prétexte pour l'aborder. Découvrir les traits de cet homme tant amoureux de solitude lui paraissait soudain étonnamment nécessaire.

« Monsieur ! Monsieur ! »

Laviolette fit volte-face. Par le chemin montant, à sa gauche, une fille se dirigeait vers lui sous le clair de

!une. Elle était grande, solide et jeune. Ocellé d'ombre et de lumière par le caprice de la brise agitant les feuillages, son visage respirait la bonté. Elle s'arrêta devant lui.

« C'est vous qui m'avez téléphoné cet après-midi ?

— Mais... non. Pourquoi croyez-vous ?

— Quelqu'un m'a téléphoné cet après-midi pour me fixer rendez-vous ici, à cette heure.

— Ce doit être... », commença Laviolette.

Il esquissa un geste et se tourna du côté où l'inconnu se tenait tout à l'heure, mais le banc était vide.

« Il y avait quelqu'un là... », dit-il en s'avançant machinalement, suivi de la jeune fille.

Il n'y avait plus personne. L'herbe n'était même pas foulée. Il ne restait plus aucune odeur humaine dans l'atmosphère.

« Il est parti..., constata la jeune fille.

— Apparemment, oui. Mais... vous dites *quelqu'un m'a téléphoné*. Vous ne connaissiez donc pas votre interlocuteur ?

— Pas du tout. Pourquoi ?

— Et ça ne vous effrayait pas ce rendez-vous impromptu dans ce lieu solitaire à onze heures du soir ? »

Elle lui planta son regard droit dans les yeux et lui répondit simplement.

« Mais non, pourquoi ? Où que j'aille le Bon Dieu m'accompagne ! »

Il la toisa des pieds à la tête : chaussures plates, jupe couleur feuille morte, chemisier blanc bon marché, soutien-gorge qu'on devinait solidement arrimé autour d'une forte poitrine. Visage sérieux, sans fard. Elle soutenait cet examen avec le plus grand calme.

Laviolette redescendit lentement le chemin à ses côtés, en roulant sa première cigarette de la soirée. La foule s'écoulait. Les voitures démarraient.

« Vous habitez loin ? demanda-t-il. Vous êtes à pied ?

— Non. J'ai ma bécane en bas, contre le mur... Tant pis ! dit-elle avec enjouement, ça me fera un ballot de moins à porter.

— Vous avez des colis ?

— Un. C'est pour le Secours catholique.

— C'était des paquets de vêtements que vous veniez chercher là ?

— Oui. Quelqu'un m'a appelée chez mon père cet après-midi pour me dire qu'il était un ami des demoiselles Romance, qu'il avait un lot de linge propre à ma disposition, mais qu'il était pressé, qu'il viendrait écouter le concert au quinconce de micocouliers et que si j'avais un moment, je lui rendrais service en venant le prendre là.

— Vous connaissez les demoiselles Romance ?

— Bien sûr, je les rencontre au *Bartéou* pour la prière commune chaque vendredi. »

Elle rit.

« C'est même un peu à cause d'elles que je suis là. »

Elle s'arrêta devant une antique bicyclette sans dérailleur, où était arrimé, sur le porte-bagages, un colis de grande dimension. Laviolette observait pensivement ce ballot volumineux. Il était absolument certain qu'aucun colis de cette nature n'encombrait le banc où, tout à l'heure, l'homme au ciré était assis...

54

« Vous habitez loin ?

— A Peipin. Mon père est tisserand là-bas.

— Dites donc, ça fait huit kilomètres, ça ?

— J'ai l'habitude. Oh ! si ça n'avait pas été pour les demoiselles Romance, je ne serais pas venue à Sisteron ce soir. J'avais tant de travail. Mais elles sont si gentilles qu'on ne peut rien leur refuser. »

Elle poussa un petit soupir.

« En revanche, leur amie, elle ne doit pas être toujours facile. Tout en tenant compte bien sûr de son infirmité.

— Qui est-ce, leur amie ?

— Mme Gobert. Elle avait besoin de quelqu'un, paraît-il. " Vous nous rendriez service, ma chère Simone, m'ont dit les demoiselles Romance, si vous alliez passer quelques jours, chez notre amie Mme Gobert... "

— Vous ne voulez pas dire que vous alliez lui servir d'aide-soignante ?

— Si, pour quelque temps... Le temps qu'elle ait trouvé quelqu'un. Mais elle n'a pas voulu de moi ! " Pas la charité ! répétait-elle. D'abord, je veux quelqu'un qui puisse m'obéir et vous je n'oserais pas vous commander ! Non ! Remerciez bien les demoiselles Romance, mais pour l'instant je m'arrange avec ma cousine ! "

— Est-ce que... vous aviez parlé à beaucoup de personnes de ce rendez-vous avec Mme Gobert ? »

Elle rit :

« Quelle drôle de question !

— Ecoutez, mademoiselle... Simone, puisque c'est votre prénom, comme toutes les questions que je vais

vous poser maintenant vont être drôles, il vaudrait
mieux que je me présente... »

Il sortit sa carte du portefeuille et elle rit de plus
belle.

« Ça par exemple! Vous êtes de la police! Je
n'imaginais pas un policier comme vous! Et vous avez
des questions à me poser, à moi?

— Oui. Et notamment celle-ci : Qui était au cou-
rant de votre intention de venir ce soir chez Mme Gobert?

— Mon Dieu! mais tout Sisteron, j'imagine! J'en
ai parlé chez moi, au Secours catholique, au *Barteou*,
le soir de la prière, j'ai décommandé une amie qui
devait m'apporter des diapositives de Terre sainte!
Enfin, je ne sais plus! Et puis... les demoiselles
Romance ont dû en parler de leur côté... Ce n'était pas
un secret!

— Non, grommela Laviolette, évidemment, ça
n'était pas un secret... »

Il soupira profondément.

« Et depuis que vous avez quitté Mme Gobert, avez-
vous parlé à quelqu'un? Quelqu'un savait-il que vous
n'avez pas fait affaire avec elle?

— Non. Je suis venue directement ici. Je n'ai parlé
à personne. Sauf à elle et à sa cousine de Ribiers...
Ah! dit-elle, vous me passionnez! Qu'arrive-t-il? »

Il la tint sous son regard pendant quelques
secondes.

« Vous savez ce qui est arrivé à la nièce de
Mme Gobert? »

Un pli douloureux remplaça pour quelques
secondes le sourire sur les traits de Simone.

« Hélas ! Cette pauvre Jeanne aura été victime d'un voyou !

— Hélas non ! dit Laviolette. Ça n'est pas aussi banal que ça. Et ça l'est même si peu que je ne vais pas prendre de risques avec vous. »

Il se retourna, le doigt tendu :

« Là, au pied de la stèle des Résistants fusillés, la voiture verte, c'est la mienne. Le coffre est assez grand pour contenir votre bécane. Je vais vous l'ouvrir et vous la mettrez dedans, avec votre colis. Et après, vous montez à côté de moi et je vous ramène à Peipin !

— Mais comment ! C'est idiot ! Qu'est-ce que je peux risquer d'ici à Peipin ?

— Si je pouvais répondre à cette question, je n'aurais pas besoin de vous reconduire...

— Non non ! Je ne veux pas vous détourner de votre route !

— Ma route, ce soir, c'est vous !

— Mais puisque je vous ai dit que...

— Le Bon Dieu était avec vous ! Bon ! Seulement, il y a huit kilomètres d'ici à Peipin et il suffirait que — oh ! pour un instant ! — il ait les yeux tournés d'un autre côté pour que... Non non ! En voiture ! Avec moi, jusque chez papa ! »

Elle finit par s'incliner, abasourdie.

« Seriez-vous capable de reconnaître la voix qui vous a appelée au téléphone cet après-midi ?

— Capable ? Non. Sûrement pas ! Je n'y ai pas prêté attention. »

Elle médita quelques secondes.

« Je ne crois même pas pouvoir dire, prononçat-elle enfin, lentement, si c'était un homme... ou une femme. »

Laviolette ne répondit pas tout de suite.

« Attendez donc ! dit-il enfin. Pas léger... Les mains... J'ai vaguement distingué les mains, mais... Non ! Moi non plus je ne suis pas fichu de préciser si le personnage qui vous attendait était grand ou petit, gros ou maigre !

— Vous croyez qu'on m'attendait pour me tuer ? »

Laviolette leva les mains au-dessus du volant.

« Comment savoir ?

— Le malheureux ! murmura Simone.

— Vous avez bien de la compassion de reste !

— Bien sûr ! Que croyez-vous ? Nous prions pour cette pauvre Jeanne, mais nous prions aussi pour son meurtrier. »

Ils arrivaient à Peipin.

« Vous tournez là, derrière le tertre. Vous voyez la maison, là-haut ? C'est la nôtre. »

Elle sortit sa bicyclette du coffre.

« Je vous remercie quand même, dit-elle, mais je ne parviens pas à croire... »

Derrière les rideaux tirés d'une fenêtre, on apercevait la silhouette d'un homme devant un métier à tisser, qui gesticulait comme un funambule. Parfois, ses mains planaient dans l'espace comme celles d'un chef d'orchestre.

« Votre père travaille tard.

— On est surchargés de besogne. Tant mieux ! On a eu du mal à s'implanter.

— Vous allez me promettre une chose, dit-il.

— Si ce n'est pas trop difficile.

58

— Vous allez me promettre de tourner pour le moment votre compassion ailleurs que du côté de Mme Gobert. Même si les demoiselles Romance que vous aimez tant vous en supplient.

— Vous êtes sûr de ne pas vous tromper ?

— Vous savez ce que c'est qu'un pifomètre ?

— Un nez !

— Non. C'est un réseau très serré de sensations immatérielles. Et ce soir, le mien, il sent que ce n'est pas le Bon Dieu qui plane au-dessus de votre tête. Et comme je ne voudrais pas voir priver la charité d'une âme de votre force... Vous promettez ?

— Je ferai mon possible. Et ce soir je vous associerai dans mes prières.

— Allez, je vous laisse là !... Tel un amoureux déçu », ajouta-t-il en souriant.

A son regard et à son rire étouffé, il comprit qu'elle n'était pas totalement sortie du siècle. Il soupira. « En voilà encore une, songea-t-il, qui se trompe sur ses véritables voies. Enfin... »

Les grands pins l'accompagnaient de leur rumeur, pendant qu'elle marchait rapidement vers sa maison. Laviolette, immobile, attendit pour s'en aller qu'elle eût rejoint son père derrière le rideau de la fenêtre. Alors il reprit la route de Sisteron, l'esprit en éveil.

« Une épingle... se disait-il. Je n'avais qu'une épingle. Maintenant j'ai un vêtement noir. Quelqu'un que j'ai bêtement laissé filer et qu'il aurait été intéressant d'intercepter. Attends un peu ! Le gamin, là, l'autre soir, celui qui faisait l'amour dans la poivrière... Il a dit quelque chose... Attends ! Il a dit : " C'était plus noir que Jeanne et ça luisait. " C'est ça !

Ce soir aussi ça luisait et j'ai dit : " C'est un facteur ! "
Dis donc, ça en fait des choses bizarres : le coup de
téléphone pour un soi-disant paquet ; l'absence évidente de ce paquet sur le banc ; le solitaire qui
disparaît en me voyant parler avec Simone, alors qu'il
l'attendait... Et ce gamin qui a vu le même ciré noir
que moi... Dis donc, ça m'a l'air de prendre une drôle
de tournure cette affaire. Ça ne m'étonnerait pas
que... »

4

Lorsque, à huit heures et demie le lendemain, le téléphone tinta aux oreilles de Laviolette, celui-ci dormait encore du sommeil du juste. Il s'efforça de ne pas entendre, mais en vain. La sonnerie retentissait patiemment, sans fin.

« Alors, mon pauvre Laviolette ?

— Alors, mon pauvre Combassive ?

— Comment ça se passe cette convalescence ?

— Couci-couça...

— Tu te sens d'attaque ?

— Plus ou moins... Mais comment as-tu eu mon adresse si rapidement ?

— Par l'adjudant de gendarmerie. Tu sais que nous travaillons la main dans la main ? Dis donc, que penses-tu de ce meurtre bizarre ? Ça doit t'exciter, non ? »

Laviolette grogna indistinctement.

« Non, poursuivit Combassive, parce que j'avais pensé... Oh! tout en poursuivant ta convalescence, bien sûr! Que tu pourrais peut-être... Puisque tu es sur place... Puisque, pour ainsi dire, tu as assisté au meurtre... »

Il marqua une pause. Laviolette ne pipa mot.

« Tu pourrais, reprit Combassive, t'immiscer un peu partout, lier connaissance, tu vois le genre ? Rien que des choses faciles... Humer l'atmosphère, toi qui sais si bien le faire. Tu es bien dans cet hôtel ?

— Un coq en pâte ! dit Laviolette.

— Eh bien ! tu pourrais y prolonger ton séjour tous frais payés ! Pour ne rien te cacher, en ce moment je suis un peu juste en effectifs... Allez ! C'est entendu, hé ? Comme d'habitude, tu te fais mince, tu ne fais pas de vagues et tu me rends compte... Allez, ciao ! »

Il raccrocha si prestement après ce salut que Laviolette, qui avait pris son inspiration pour répliquer, ne put que refermer la bouche en soupirant.

« J'ai deux choses à vous apprendre, mon cher Viaud. D'abord, le distingué Combassive, mon compagnon de misère, tient absolument à ce que je vous mette des bâtons dans les roues. Deuxièmement, j'ai le signalement de l'assassin !

— Bah ! s'exclama Viaud.

— Oui, poursuivit Laviolette, sarcastique, je l'ai eu sous les yeux pendant plus d'une heure ! Seulement, j'écoutais Mozart ! C'était plus utile, vous comprenez ? »

Il lui conta sa soirée.

« Un ciré de facteur..., dit Viaud, pensivement. Par cette chaleur... Avec son capuchon. Vous devez avoir raison : Simone courait sûrement un danger Mais, dites-moi, il y a bien longtemps que les facteurs ne portent plus ce genre d'imper ? Aussi longtemps que nous dans la gendarmerie. Nous avions les mêmes ! »

Viaud soupira :

« C'est tout de même bizarre, cette affaire où personne n'a d'alibi à fournir. Tous ceux que cette pauvre Jeanne fréquentait de son vivant ont pu la tuer.

— Vous avez contrôlé toutes ses connaissances ?

— C'était vite fait : les commensaux ordinaires de Mme Gobert, les fournisseurs et ces dames des bonnes œuvres qui l'avaient prise sous leur protection. Tout ce monde-là était soit à la représentation, soit devant la télé, soit tout simplement couché. Et l'alibi est corroboré soit par un conjoint, soit par une sœur, soit par quelque ami.

— N'oubliez pas qu'en l'absence de tout mobile connu, et tout Sisteron la connaissant de vue, le coupable pouvait être aussi bien l'un des mille spectateurs de *La Tour de Nesle*.

— Comment voulez-vous ! il aurait fallu les consigner tous à la sortie. Or nous n'avons connu le crime qu'après leur départ. Mais vous avez raison : c'est le mobile qu'il nous faut découvrir.

— Priez le ciel pour qu'il y en ait un.

— Quelle idée vous trotte par la tête ?

— Je ne sais pas. Je suis mal à l'aise depuis hier soir. Je croyais n'avoir pas remarqué cette forme en ciré noir, et plus j'y pense, plus je me persuade que je l'ai longuement fréquentée. Il me semble qu'elle lançait un message dans l'espace et que j'ai refusé de le capter, préoccupé que j'étais par la musique.

— Autrement dit, vous pensez à un fou ?

— Ce n'est pas exactement cela... Je pense à un mobile qui ne serait pas sordide. Et alors, là, il va falloir faire preuve d'imagination.

— Et maintenant ? A part nos vérifications de routine qui vont durer des semaines, par quel bout comptez-vous prendre l'affaire ?

— Je vais d'abord me recueillir sur place, dit-il.

La lumière d'été chatoyait sur le théâtre du crime. Les pins distillaient leur chaleur. Les cigales trébuchaient sur leurs trilles. On entendait des cris d'enfants.

Laviolette paya son entrée au guichet de la grille, derrière douze Hollandaises en robes de cotonnade qui le dominaient toutes d'une bonne tête. Il leva les yeux vers la forteresse sur l'à-pic du rocher. L'ensemble était aussi énigmatique dans le matin rutilant que lors de la sombre nuit du crime. Là-haut, à la chapelle cernée d'échafaudages, les spécialistes qui la restauraient depuis cinq ans méditaient autour d'une pierre de Vilhose qu'il s'agissait d'encastrer à la bonne place, dans l'ensemble roman. Les gonfanons claquaient mollement au vent indécis.

Par les bastions, les redoutes et les poternes en forme de baïonnette, suant et soufflant, mais quand même la cigarette aux lèvres, Laviolette entreprit de se hisser jusqu'au donjon. L'air vif lui fouetta le visage lorsqu'il y parvint. Du sommet de Lure au pic d'Olan, des collines de la Drôme au Brec de Chambeyron, cent kilomètres d'horizon balayé par le vent se déployaient à la ronde. En bas, dans le virage de La Resquille, les voitures, les camions et les caravanes défilaient comme des modèles réduits.

Laviolette ne se fit grâce de rien. Il vérifia, depuis l'échauguette du diable, qu'on y distinguait bien la rocade du chemin de ronde. Il explora jusqu'à la chambre ferraillée où l'on avait enfermé jadis un roi de Pologne. Comme en un ballet bien réglé, il croisa dans l'escalier étroit les plantureuses Hollandaises qui le coincèrent contre le mur, tout en lui demandant pardon. Après cette *estouffade,* il examina la bicoque d'où cette pauvre Jeanne avait été précipitée. Il inspecta le sol, les murs, la guérite au plafond sous la sirène d'alarme, mais il faisait cela par acquit de conscience, car les gendarmes avaient déjà tout ratissé en pure perte.

Il se pencha à la fenêtre fatale. En un alignement harmonieux, les défenses de la citadelle s'accrochaient à l'escarpe depuis le glacis du théâtre et les arcs-boutants des poternes. A mi-hauteur de l'à-pic, des corbeaux en pierre de Bevons avançaient leurs têtes carrées, autrefois supports des poutres où se juchaient les archers. Des paquets de cigarettes vides, des tessons de bouteille, des enveloppes de bonbons acidulés et bien d'autres déchets plus ou moins innombrables jonchaient les aspérités du rocher où croissaient des cistes nains, des lentisques et quelques térébinthes.

Laviolette parcourait inlassablement des yeux la trajectoire du cadavre retrouvé au seuil de la quatrième poterne. Sa vieille expérience l'autorisait à croire que sa quête opiniâtre n'était pas inutile. Il savait que son regard pouvait passer dix fois sans le voir sur un détail

65

essentiel. C'est pourquoi il s'obstinait. C'est pourquoi il scrutait chaque touffe, chaque détritus, dans l'espoir d'y débusquer quelque indice.

Soudain, un nuage qui défilait devant le soleil modifia en un instant les couleurs et le relief apparent du glacis. Quelque chose d'insolite brilla et s'agita sur le troisième corbeau de pierre. Il ne s'agissait ni d'une enveloppe de bonbon ni d'un étui quelconque. C'était un carton plat dont le centre portait une inscription qui n'était qu'un trait noir, tel que pouvait le voir Laviolette. Il lui parut que ce débris tranchait nettement sur les déchets et les emballages vides.

Pensif, il quitta le chemin de ronde par l'escalier de la chapelle, après avoir bien situé la saillie qui l'intéressait. Il alla muser nez en l'air sous les poternes des arcs-boutants et là, tel le renard de la fable, il considéra sa proie inaccessible. Dix mètres de rocher, de creux, de touffes de lentisques où s'agripper, l'en séparaient. En plein jour, sa cinquantaine un peu enveloppée ne pouvait prétendre y accéder sans ridicule. D'autre part, il était pris à son propre piège : sa manie de conserver par-devers lui quelque pièce essentielle lui interdisait de réclamer de l'aide. Et d'ailleurs... Il aurait bonne mine si le carton s'envolait entre-temps où s'il se révélait sans valeur. En revanche, s'il s'agissait d'un indice intéressant, il lui faudrait le partager avec tout le monde : les gendarmes, l'identité judiciaire, le juge d'instruction.

Il soupira. Les Hollandaises surgissaient par le trou de l'escalier secret aux deux cent quatre-vingt-sept marches. Laviolette regretta de ne pouvoir en faire une pyramide humaine, grâce à quoi il aurait résolu son problème.

Soudain, des cris de mort retentirent, émanant de la citerne obscure. Cinq gamins de dix à onze ans qui guerroyaient, armés de lardoires en bois, se répandirent sur la scène de gazon. Ils s'embusquaient derrière les Hollandaises qui leur tenaient lieu de troncs d'arbres. Ils tourbillonnaient autour de Laviolette. C'étaient cinq robustes Sisteronais qui investissaient la citadelle. Afin de ne pas acquitter le droit d'entrée, ils s'étaient défilés par la porte du pont-levis à la suite d'une camionnette d'entreprise.

« Ils s'en payent une tranche ! » se dit Laviolette, hilare. Il adorait les enfants des autres.

Il suivait la troupe des yeux, dont un traînard se laissait distancer. C'était un noiraud aux cheveux tout bouclés. Il se baissa pour renouer les lacets de ses chaussures. Il allait s'élancer de nouveau. Laviolette se dit tout à coup que, peut-être, il pouvait détourner à son profit une partie de cette belle énergie. Il siffla discrètement. Le gosse se retourna.

« Vous m'appelez, monsieur ? »

Laviolette affectait l'air le plus bénin du monde.

« Tu es gonflé ?

— Sûr, monsieur !

— A bloc ? »

Le petit fit signe que oui, Laviolette le toisa en avançant les lèvres dans une moue de doute.

« Tu serais pas bon à aller me chercher quelque chose sur le corbeau là-haut... »

Le gamin le regarda de travers. Laviolette s'expliqua précipitamment.

« Non ! Je ne blague pas ! Le corbeau, c'est cette pierre carrée que tu vois là-haut ! Il y a un papier dessus... Voudrais-tu aller me le récupérer ? Il m'a échappé... »

Il flottait l'une contre l'autre deux pièces de dix francs qui bruissaient d'un beau bruit savonneux. Le gamin les contemplait fixement et déjà les convertissait dans sa petite tête.

« J'y vais, monsieur ! »

Il tournait le dos. Il s'agrippa à la première touffe de térébinthe venue. Il se rétablit à trois bons mètres au-dessus de Laviolete qui commençait à trembler. « Et s'il se casse le cou ? Tu n'as pas honte ? Tout ça pour vingt balles et pour satisfaire ton petit amour-propre ! — Oh je l'aurais fait à son âge ! — Tu l'aurais fait peut-être, mais si tu t'étais cassé la gueule, ton pauvre père aurait encore administré trois coups de pied au cul à ton cadavre pour t'apprendre à vivre ! Tandis que les pères d'aujourd'hui... Mon Dieu ! Et s'il allait tomber ! » Mais il était bien trop tôt ou bien trop tard pour avoir des remords. Le grimpeur atteignait la hauteur de la pierre taillée et il ne lui restait plus qu'à avancer la main. Laviolette s'était placé de manière à le cueillir au passage, le cas échéant.

« J'y laisserai mes deux bras, se disait-il, mais au moins j'amortirai la chute ! »

C'était bien des transes perdues.

« Ça y est, monsieur ! Je l'ai ! » criait le gamin.

Six mètres, cinq mètres, quatre mètres... Il était là. Il sautait à pieds joints sur le sol. Laviolette se retint pour ne pas l'embrasser. Il poussa un énorme soupir.

L'enfant levait le minuscule carton entre ses doigts à la hauteur des yeux. Il énonça :

« Gilberte Valaury ! »

Et, tendant l'objet à Laviolette, il lui demanda.

« C'est votre fiancée, monsieur ?

— Peut-être... », répondit Laviolette.

Il avait tellement eu peur qu'il fouilla ses poches pour ajouter encore deux pièces de dix francs aux deux premières.

« Tiens, va ! Tu les as bien gagnées ! »

Le gosse, rouge de bonheur, n'arrêtait pas de remercier tout en fonçant, sa lardoire en bataille, pour retrouver ses copains sur les remparts.

Laviolette concentra son attention sur le document qu'il tenait en main. C'était une carte de visite, à la tranche dorée, aux coins arrondis, de sept centimètres sur quatre. Un brin de myosotis bleu imprimé en haut et à gauche l'agrémentait comme si le nom se blottissait à son abri.

« Gilberte Valaury... », lut Laviolette à mi-voix.

Il tripotait la pièce à conviction avec beaucoup d'inconscience. Soudain, il éclata de rire, effarouchant les Hollandaises qui émergeaient de la citerne. Il venait d'imaginer son patron, Combassive, qui ne jurait que par les empreintes digitales. « S'il me voyait saccager ainsi un indice, il me mettrait à la retraite d'office ! Et pourtant ! Que peut-on attendre d'un objet exposé au soleil, à la rosée, au serein, depuis des jours et des jours ? »

Malgré tout, il examinait soigneusement le carton énigmatique dans l'espoir de le faire parler. Et il parla. Deux petits trous très distincts, à peine distants l'un de l'autre d'un centimètre, attirèrent l'attention de Laviolette. Il alla s'asseoir au bord d'une murette. Il extirpa de son portefeuille la fameuse épingle récupérée sur le chandail de cette pauvre Jeanne. Élevant la carte devant la lumière, il engagea l'épingle dans le premier trou, puis dans le second, lentement, sans forcer. Elle s'adaptait parfaitement à la dimension des orifices. Elle s'y enfonçait ou en sortait sans les agrandir.

Très vraisemblablement, au cours de la chute, le bristol raide et difficilement flexible avait pu échapper à l'épingle et s'envoler dans l'espace en virevoltant. Selon toute probabilité, le meurtrier avait donc agrafé cette carte sur la poitrine de sa victime.

Pourquoi?

Laviolette quitta la citadelle, méditatif, le carton entre le pouce et l'index, qu'il ne cessait d'interroger.

« Gilberte Valaury... Gilberte Valaury... »

Le bouquet de myosotis, la tranche dorée, les coins arrondis, le nom en caractères azurés, le format lui-même de l'imprimé, tout lui paraissait désuet, d'un autre âge. Il soupira. Il allait falloir divulguer cette trouvaille. Alerter les services de gendarmerie, l'identité judiciaire... Des dizaines d'enquêteurs poseraient la question, à Sisteron d'abord, aux alentours ensuite, dans tout le département et, si nécessaire, aussi loin qu'il faudrait... C'en était fait de cet élément de l'enquête qu'il comptait bien se réserver jalousement. Toutefois, avant de capituler, il décida de tenter une expérience. « On ne sait jamais... », pensait-il.

« Beau Dieu ! Ça vous ferait pas mourir quand même de rédiger votre testament ! s'exclama la cousine de Ribiers qui n'aurait pas fait le sien pour un empire. Supposez que votre sœur ait eu d'autres filles... Sans testament, elles sont vos héritières et les volontés de votre pauvre père sont bafouées ! »

Il avait plus dans la matinée. Abandonnant la terrasse, Rogeraine s'était réfugiée au salon où maintenant le couchant éclairait le châle dont elle récupérait la laine. Chaque fois qu'elle tirait sur un rang pour le démailler, un bruit feutré froissait l'air et une fine poussière montait devant les rayons obliques du soleil. Un sourire dissimulé égayait les traits de Rogeraine.

« Vous savez bien, dit-elle, que Clématite n'avait qu'une fille... On dirait, ma chère Évangéline, que vos héritages successifs vous ont aiguisé l'appétit. »

La cousine tourna sept fois sa langue dans la bouche avant de répondre :

« On ne sait ni qui vit ni qui meurt, mais enfin, pour respecter les volontés de votre père qui était mon oncle, étant donné les liens d'amitié qui unissaient les deux frères...

— Voyons, Évangéline ! Vous avez dix ans de moins que moi ! Qu'est-ce que c'est dix ans ? Non, croyez-moi, si je teste un jour, ce qu'à Dieu ne plaise, ce sera en faveur de quelqu'un de jeune... »

La cousine se racla la gorge.

« Il vaudrait peut-être mieux, actuellement, ne pas trop faire selon vos volontés... »

Rogeraine la regarda bien en face.

« Et depuis quand n'en suis-je plus maîtresse ?

— Mon Dieu, Rogeraine, je n'aurais pas voulu

vous alarmer avec ça, mais, tout bien réfléchi, il vaut mieux que ce soit moi qui vous en parle ! Avez-vous su que le Cadet Lombard nous a réunis autour de son lit, le jour de sa mort ?

— Cadet Lombard ? Le jour de sa mort ? Vous ? Qui, vous ?

— Nous : tous vos amis. Il voulait nous parler de vous.

— Ça ne m'étonne pas. Il a toujours professé pour moi une telle dévotion... Mais pourquoi ne m'a-t-il pas fait venir moi aussi ? A-t-il eu peur que nous nous attendrissions tous les deux ?

— Je ne crois pas, Rogeraine, que ce soit cela qui l'ait retenu. Je crois qu'il voulait se confesser... »

Elle se pencha en avant et posa sa main sur la cuisse morte de sa cousine.

« Vous souvenez-vous, Rogeraine, de ce qui s'est passé il y a vingt-trois ans ? Vous en souvenez-vous ?

— Vous savez bien qu'après mon accident je suis restée dans le coma plus de trois jours et que ma mémoire est pleine de trous.

— C'est peut-être à cause de cela que le Cadet Lombard a voulu que nous sachions. Il craignait qu'une fois mort, il n'y ait plus personne pour se souvenir.

— Je ne comprends pas un traître mot à tout ce que vous dites.

— Quand il a eu fini de parler, il a poussé vraiment un dernier grand cri. Et ce cri, Rogeraine, c'était exactement le même que cette pauvre Jeanne a exhalé en mourant. Vous l'avez entendu celui-là ? Vous y étiez !

— Oui. J'y étais.

— Eh bien! j'ai voulu être la première à vous le dire, Rogeraine, pour votre bien! J'ai l'impression que quelqu'un s'emploie à raviver vos souvenirs. Oh! Je sais bien que, lorsqu'on a l'orgueil chevillé à l'âme, le remords est facile à supporter... Seulement, parfois, il vous cravate à l'improviste, derrière une porte... Il faut être éternellement en garde pour l'esquiver... Et si, par surcroît, quelqu'un s'ingénie à vous faire trébucher dessus...

— Vous parlez par énigmes. Vous êtes trop prudente, comme d'habitude! Qui voudrait me rappeler ces prétendus souvenirs?

— Quand le Cadet a expiré, nous étions tous penchés au-dessus de lui, nous, vos amis. Et quand nous nous sommes redressés, j'ai croisé le regard de quelqu'un, et je vous jure, Rogeraine, que j'en ai eu froid dans le dos pour vous... Et si vous l'aviez vu comme moi, vous auriez eu peur aussi... »

Rogeraine gloussa.

« Ma chère Évangéline... Je suis restée deux heures dans une fosse à purin et trois SS martelaient les dalles avec leurs bottes au-dessus de moi. Quand on a entendu ce bruit une seule fois, Évangéline, on n'a jamais plus peur de sa vie! »

Évangéline émit un rire cristallin:

« Oh, mais, ce n'est pas de cette peur-là que je parle! »

Rogeraine ouvrait la bouche pour répondre, quand retentit le heurtoir de l'entrée.

« Ce doit être Esther Romance. Elle devait m'apporter une brassée de *Bonnes Soirées*. »

La cousine était déjà au fond du corridor.

« Ce n'est pas Esther ! » cria-t-elle.

Elle ramenait Laviolette chapeau bas, à sa suite.

« Je suis confus ! Je suis vraiment navré de vous déranger encore une fois ! »

« Tiens, se dit Rogeraine, il ne la porte pas constamment sa décoration... »

Laviolette avait changé de veston et complètement oublié de transférer son ruban avant de venir chez Rogeraine, laquelle tenait au sien, au point de l'arborer sur sa robe d'intérieur.

« Asseyez-vous, dit-elle. Avez-vous retrouvé le meurtrier de cette pauvre Jeanne ?

— Nous sommes en bonne voie. Ça ne saurait tarder... Et justement, à ce propos... »

Il tira de sa contrepoche un portefeuille gros comme celui d'un maquignon et dont les multiples compartiments regorgeaient d'un fouillis innommable. Il commença à fourrager dedans. Ses doigts épais le rendaient malhabile pour les maniements un peu délicats. Néanmoins, il avait déjà disposé devant les deux cousines sa carte de police, un dépliant du syndicat d'initiative, une note d'hôtel étoilée en tout sens de numéros de téléphone et, brochant sur le tout, la carte de visite récupérée à la citadelle. Apparemment très absorbé, il n'en poursuivait pas moins ses recherches infructueuses, s'accusant de maladresse et de désordre. Mais il épiait à la dérobée Évangéline et Rogeraine. Elles contemplaient la carte fixement, mais ni l'une ni l'autre ne cillaient. Il se livra longuement à cette pantomime, vidant de fond en comble les compartiments, secouant à l'envers le portefeuille.

Enfin, désorienté, il dévisagea les deux femmes niaisement, comme s'il allait s'excuser de les avoir importunées pour rien et il parut découvrir inopinément ce qu'il cherchait, sur la table en marqueterie couronnant cet amas de documents divers.

« Mais, que je suis donc bête ! Mais c'était là tout le temps ce que je voulais vous montrer ! »

Il se frappait sur les cuisses, riait grassement de sa stupidité. Il saisissait la pièce à conviction entre le pouce et l'index. Il la promenait sous le nez de Rogeraine.

« L'autre jour, dit-il, je vous ai parlé d'une épingle que j'avais repérée sur le cadavre. Aujourd'hui, je vous apporte cette carte. Regardez ! »

Il tirait cette fameuse épingle de son enveloppe en cellophane. Il l'enfilait par les trous de la carte.

« Vous voyez : elle s'adapte parfaitement ! Et cette carte, elle séjournait à proximité de l'endroit où le cadavre s'est abîmé. Apparemment, l'épingle tenait la carte. Apparemment, l'une servait à fixer l'autre sur le chandail de cette pauvre Jeanne. Là où je l'ai trouvée. Alors, je vous pose cette question : connaissez-vous, avez-vous connu, quelqu'un qui porte le nom de Gilberte Valaury ? »

La cousine branla du chef tout de suite et répondit non. Rogeraine égrena le nom à plusieurs reprises comme si elle cherchait.

« Gilberte Valaury... ? Gilberte Valaury ! »

Elle finit par hocher la tête, mais plus lentement.

« Gilberte Valaury... non, je ne vois pas. Gilberte Valaury... Je ne sais pas... non. Je n'ai jamais entendu ce nom-là. »

Laviolette soupira.

« J'espérais, dit-il, mais puisque vous ne savez pas, nous allons suivre la routine... Nous diffuserons ce nom dans la presse et à la radio...

— Mais quelle importance cela peut-il avoir que cette carte ait été épinglée sur la poitrine de cette pauvre Jeanne ? questionna la cousine.

— Parce que vous croyez, vous, que c'est par pure fantaisie que le meurtrier s'est livré à cette étiquetage ?

— Un geste de fou ! dit Rogeraine.

— Ça, c'est possible, admit Laviolette. Mais dans ce cas cette carte aurait un rapport quelconque avec son obsession. »

Il prit congé, répétant qu'il était navré, qu'il espérait bien dorénavant n'avoir plus à les déranger. Il se ravisa au dernier moment.

« Avez-vous ?... Excusez ma curiosité, mais c'est pure sollicitude. Avez-vous retrouvé une autre aide-soignante ?

— J'en attends une incessamment.

— Vous m'en voyez ravi ! »

« Vous auriez pu m'en aviser, dit la cousine, boudeuse, après le départ du commissaire. Moi qui espère ça comme le Messie ! Alors, c'est vrai, vous avez trouvé quelqu'un ? »

De la grande sacoche toujours suspendue à son fauteuil roulant, Rogeraine tira une feuille de papier plié en quatre où elle lut : « *Madame, en réponse à votre lettre concernant l'annonce que vous aviez fait paraître, je vous avise que je prendrai mon service le 15 septembre...* »

« Tant mieux ! s'exclama la cousine. Je pourrai ainsi

faire mes vendanges tranquillement. Mais qui est cette perle ?

— Une certaine Raymonde Carème...

— Mon Dieu ! On dirait un faux nom ! Et, à ce propos, vous lui avez dit ce qui est arrivé à cette pauvre Jeanne ?

— Il n'y avait pas de raison, et je ne vois pas le rapport.

— Bien sûr ! Que je suis bête ! Il n'y a aucun rapport... Mon Dieu ! Avec tout ça, il est six heures et demie ! J'ai rendez-vous avec mon entrepreneur pour mes transformations. Je reviendrai vers huit heures. Il faut que je trotte ! »

Elle déployait une soudaine activité, enfilait ses gants, lissait sa jupe, raflait sur le tablier de la cheminée son porte-monnaie et la clé du cadenas du vélomoteur qu'elle garait dans le vestibule. La porte du salon se referma derrière elle.

Le jour vert de la soirée glissait par la fenêtre. Rogeraine abandonnait le châle sur ses genoux morts. Son regard errait sur le rocher de la Baume, les contreforts de Font de Mège et cette route de Saint-Geniez qui lui était si familière. Elle se revoyait à dix-huit ans, à bicyclette, en short... Elle sentait encore la poussière de ces chemins. Elle égrenait à mi-voix les lieux-dits : « Catin, Persanne, les Alibert et Mezieu en bas dessous et l'étrange défilé de Dardanus... »

Elle plissa le front, serra les mâchoires. Il fallait trier parmi ces sites, parmi ces souvenirs. Il fallait oublier certains itinéraires, interdire à la mémoire certaines images trop aveuglantes du passé.

Des fermes mortes se blottissaient dans les vallons,

signalés par trois peupliers scintillants ou par l'osier maigre qui balisait une source. Il n'était pas un de ces creux où, dès l'âge de quinze ans, Rogeraine n'eût couché sa bicyclette dans l'herbe pour courir à l'appel d'un garçon embusqué sous quelque taillis. Elle pouvait recréer l'heure, le jour, le mois de ces étreintes imparfaites, la couleur du ciel qui y présidait, la qualité du silence. Mais, en revanche, tous les partenaires étaient des fantômes sans corps et sans noms. Leurs yeux, leur voix, la hâte brouillonne de leurs caresses, tout était mort. Il ne restait pour entretenir le regret que ce ciel, que ces touffes d'osier, que le scintillement lointain de ces peupliers.

Rogeraine respira profondément. Elle était oppressée. Sa nostalgie était lourde d'angoisse. Des présences immatérielles froissaient l'air autour d'elle, qu'elle avait bien crues dispersées pour toujours.

Elle sortit du salon en roulant son fauteuil qu'elle engagea dans le grand corridor autrefois sonore de tant de courses effrénées, de tant de cris et de rires, et qui ne recelait plus que le silence feutré des maisons mortes. Il commandait à droite trois portes à double-battant, le salon, la salle à manger, la chambre de Rogeraine et, à gauche, les communs : la cuisine, la salle de bains, la buanderie, et la chambre de bonne. Au fond, montait vers l'étage, qu'on n'utilisait plus, un escalier blanc aux marches creuses. Une rampe de bois en balustres à ceinture l'accompagnait, tournant à angle droit, de vingt marches en vingt marches. La pénombre enveloppait toujours cet escalier.

Rogeraine passa dessous par le corridor qu'il enjambait. La voûte abritait une porte noire en bois de poirier qu'on ne distinguait pas si l'on ne connaissait pas les lieux. Rogeraine, à six ans, y venait sur la pointe des pieds. Elle épiait le grand-père, par le trou de la serrure, y collant l'œil ou l'oreille.

Elle tira de la sacoche du fauteuil roulant une clé parmi tant d'autres objets précieux et pénétra dans l'antre. La pièce froide sentait le tombeau. Malgré les hautes fenêtres barrées de grilles en fer martelé, ce réduit, qui prenait jour sur la Grande Andrône, était sombre en tout temps.

Un manteau de cheminée en tôle emboutie tenait les deux tiers de la paroi du fond, coiffant un foyer à hauteur d'homme. A droite et à gauche de cette cheminée, luisait le roc toujours mouillé qui constituait le socle même de la citadelle. Les objets sur le potager s'alignaient dans l'ordre où le grand-père les avait laissés en mourant. Ils étaient peu poussiéreux. Il n'y avait pas de toiles d'araignées.

Rogeraine n'avait rien oublié. Ni la chaleur de forge qui y régnait, ni le vieillard en tablier de cuir actionnant ce grand soufflet qui est là, appuyé depuis trente ans contre le réservoir à charbon encore à demi plein. Il nourrissait son athanor... Cette ridicule occupation, hélas ! connue de trop de gens, remplissait la famille de honte et de confusion. Aujourd'hui il n'en restait plus que le bâti de l'athanor. Le cadavre de l'aïeul était à peine froid que déjà deux maçons goguenards et ricanants se précipitaient, la masse haute, sur ce creuset du diable, comme pour abattre quelque malfaiteur en chair et en os.

Depuis trente ans, le socle du fourneau mystique témoignait toujours de la naïveté du grand-père.

Rogeraine déplaça son fauteuil vers l'autre partie où luisait un petit alambic de cuivre jaune. L'aïeul l'avait embouti pièce à pièce, soudant lui-même le serpentin et ajustant les plaques de la cuve. Dans le clos aux herbes folles, il élevait et sélectionnait un certain nombre de plantes dont il ne prononçait que les noms en latin. Les liqueurs qu'il en tirait remplissaient des flacons où il collait des étiquettes d'écolier comme sur des pots de confiture.

Le pharmacien Pinsot, père de Rogeraine, avait bien songé à détruire l'athanor et son contenu, mais il avait respecté ces extraits. Ils étaient là, couchés côte à côte sur de minuscules étagères, comme du bon vin mis à vieillir.

Souvent, lorsqu'elle inspectait cet antre, Rogeraine les regardait par plaisir. Certaines de ces liqueurs tournaient au rubis, d'autres au bleu d'aigue-marine. Les plus subtiles se camouflaient sous le verre violet des flacons à eau de fleur d'oranger. Mais la préférée de Rogeraine, celle qui la fascinait étrangement, était glauque, d'une sorte de vert troublé comme l'absinthe.

Cette fiole, l'aïeul la réclamait à cor et à cri, pendant les trois jours de son agonie : « Voyons père, soyez raisonnable ! Voyons ! On ne se suicide pas chez un pharmacien ! — J'espère que tu crèveras en souffrant ! » Cet anathème, jeté à son gendre qui l'exhortait ainsi, prit valeur de prophétie : trois ans plus tard, le pharmacien Pinsot réclamait à son tour le contenu de la fiole à son épouse qui le lui refusait avec horreur.

Après « l'accident », lorsque Rogeraine s'était contemplée dans le grand miroir du corridor, assise pour le restant de ses jours dans une petite voiture, elle avait saisi ce flacon sans trembler... Puis elle l'avait reposé. Elle avait vingt-sept ans et, malgré sa déchéance, une curiosité inguérissable pour la vie soutenait son orgueil. Mais voici qu'aujourd'hui le destin s'était remis en marche...

Elle déboucha le flacon pour le respirer les yeux clos. Elle y trempa le petit doigt qu'elle appuya sur le bout de sa langue. Décidément, le grand-père n'avait pas son pareil pour rendre les poisons attrayants. Il avait réussi à atténuer l'amertume naturelle de cet anodin, jusqu'à le parer d'un léger fumet de sous-bois en automne, comme il en flotte, au bout de dix ans, sur certains grands crus.

Rogeraine se grisait longuement de cet arôme, avec une convoitise de plus en plus gourmande, de plus en plus assoiffée par cette transparence verte.

Mais ce parfum de la mort savait aussi brutalement raviver les mauvais souvenirs. Il dégageait des lointains embrumés. Il déchirait brutalement un voile qu'on avait volontairement obscurci. Rogeraine reposa le flacon comme s'il lui brûlait les doigts. Elle projeta son fauteuil hors de la pièce en un réflexe de panique. Elle haletait en répétant :

« Gilberte Valaury... Gilberte Valaury... »

Rosa Chamboulive longeait le corridor furtivement. Sa hanche gauche se relevait ferme, à chaque pas. Elle hélait son amie avec des accents de panique.

« Rogeraine ! Rogeraine !

— Qu'est-ce que c'est ? Je suis là, au salon ! »

Rosa en poussa la porte et s'affala dans une bergère en se comprimant les seins.

« Ma belle ! J'en peux plus, tellement j'ai couru ! J'ai épié Constance... J'ai attendu qu'elle parte en commissions. Heureusement, elle a pas fermé à clé...

— Jamais l'après-midi, dit Rogeraine. Qu'est-ce qui t'arrive ? On devait se voir ce soir ?

— Oui, mais je voulais te parler seule à seule.

— Tu fais bien des mystères.

— Nous sommes seules, au moins ?

— Oui. Évangéline est à Ribiers, et Constance marche entre la banque et la poste ; elle en a pour une heure. »

Rosa attaqua sans préambule. Elle avait pris une large inspiration pour aller jusqu'au bout les yeux fermés et vider son sac quoi qu'il advienne.

« Tu sais, Rogeraine, la vie est dure. On vend presque plus d'amandes. Les Turcs nous font concurrence. Les noix sont hors de portée d'un commerçant honnête. Y a qu'un peu les olives, et encore ça fait deux ans que... Bref ! Nous avons de grosses échéances...

— Ah ! Tu sais que je me suis fait une règle de ne jamais plus prêter d'argent à mes amis. L'argent ça fâche. N'insiste pas. Je t'ai déjà dit non.

— Oui, mais c'était avant.

— Avant quoi ?

— Avant la mort de cette pauvre Jeanne et, aussi... avant celle de Cadet Lombard... Bien sûr, tu ne sais rien... Tu n'as pas remarqué que, l'autre soir, nous n'étions pas tout à fait naturels avec toi ?

— Vous m'avez simplement conseillé d'aller finir mes jours dans un asile. Mais ce n'est pas nouveau.

— Le Cadet Lombard nous a tout avoué…, dit très vite Rosa.

— Cadet Lombard ? Je me suis fait conduire chez lui trois jours avant sa mort, il divaguait déjà.

— Eh bien, nous, nous l'avons vu mourir et je t'assure qu'il ne déparlait pas ! »

Rogeraine, qui était occupée à éplucher un livre de comptes, leva les yeux et laissa errer son regard par-delà la fenêtre, sur la glycine et le rocher de la Baume.

« Te souviens-tu, Rogeraine, de ce qui s'est passé, juste avant la fin de la guerre ?

— Tu oublies que je suis restée trois jours dans le coma. Après ça, le passé, tu sais…

— Ah ! Tu ne me feras jamais croire que ça empêche les souvenirs. Surtout un comme celui-là ! En tout cas, le Cadet, lui, il se rappelait. Avec tous les détails. Et il nous a tout raconté. Tu entends, Rogeraine ? *Tout !* »

Elle s'était penchée en avant pour énoncer ce *tout*. Elle se redressa.

« Je crois d'ailleurs que ça lui a fait du bien. Il est mort apaisé. »

Rogeraine haussa les épaules.

« Qu'en sais-tu ?

— Il le portait sur la figure. »

Elle se leva et lissa sa jupe.

« Je ne t'en dirai pas plus pour aujourd'hui. Constance va rentrer et Dieu garde que… Mais, réfléchis bien, Rogeraine, parce que, tu sais, la pauvre Jeanne, je ne crois pas que ce soit elle qui était visée…

J'ai bien réfléchi à la question. Tu sais comme je suis pénétrante ? Ça m'a frappée la façon dont elle est morte. Ce cri qu'elle a poussé. Ça t'a sûrement frappée, toi aussi. Tu étais aux premières, alors que je n'étais qu'aux populaires, plus loin... Je pense que c'est ça que l'assassin voulait : te frapper au bon endroit. J'ai l'impression que c'est toi qu'il veut faire mourir, mais... à petit feu... En catimini... Et je vais te dire encore une chose, vite vite avant que Constance revienne. Autour du lit de mort de Cadet Lombard, j'ai rencontré le regard de quelqu'un... J'en ai eu froid dans le dos... Pour toi...

— Qui ? demanda Rogeraine.

— Ce secret ne m'appartient pas. Sur ces entrefaites, pense bien à ma demande. Si tu me faisais un prêt, je pourrais faire obstacle à ma conscience. Parce que, le linge sale, il vaudrait mieux qu'on le lave entre nous, tu crois pas ? Pour ma part, je sais que tu vas pas me croire, mais j'aurais mieux aimé ne rien savoir ! »

Elle se leva. Elle tourna le dos et se dirigea vers la porte, dans sa coquette démarche de boiteuse sensuelle.

« Rosa ! C'est toi qui l'as tuée ?

— Ah non ! dit Rosa, sans se retourner. Moi je n'ai pas les dispositions qu'il faut. »

5

Quelques lumières luisaient dans Sisteron, comme ces loupiotes de crèches qui trouent l'obscurité des églises pour la Noël. Çà et là, le brouillard bouillonnait devant une fenêtre éclairée.

C'était le grand silence épuisé qui succède à la saison fiévreuse où un million de personnes, chaque année, défile par ce pertuis de pierre, flux au sud, reflux au nord, en une navette sans fin.

C'était l'automne. En quelques rares caves encore bouillait le moût d'une vendange tardive. Le lac était sinistre. Les premières brumes y traînaient leur errance comme le tulle déchiré d'un voile de mariée. Le couple, vautré sur les coussins d'une grosse voiture rouge, conversait à voix basse :

« Tu me garantis qu'il n'y a pas de risques ?

— Je te le redis. La vieille est paralysée des jambes. J'ai réussi à lui inspirer confiance...

— En un mois ?

— Tu me connais. Tu sais comme je suis adroite... Avec elle j'ai joué le jeu de la distinction, de l'efficacité. J'ai fait preuve d'une certaine intelligence, mais pas trop. Enfin, je l'ai empaumée...

— Tu comprends : je suis sorti du Venezuela y a trois mois ! Je tiens pas à y retourner pour des babioles !

— Quelles babioles ? Écoute ! Elle a toujours une grande sacoche accrochée au fauteuil roulant. Ça m'a tiré l'œil dès le premier jour. Un matin, elle en a sorti une espèce de plumier laqué et elle l'a ouvert devant moi, pendant que je la coiffais. Elle m'a tendu un collier de perles pour que je le lui accroche autour du cou. Je devais la conduire à une messe de deuil, ce matin-là... Mais dans le plumier, il y avait bien autre chose : des bagues, des bracelets, des boutons de manchettes ! Tout ça démodé, terni...

— Du toc, probablement !

— Et ta sœur ! Dis, j'ai été trois ans vendeuse dans une vraie bijouterie ! C'est même pour ça que j'ai fini par aller au trou... Et puis, c'est trois générations de pharmaciens. Tu crois qu'ils se payent du toc ? En province, les bijoux, c'est du placement. On y craint toujours un peu la révolution... On achète de l'utile... Pour pouvoir l'enterrer... En tout cas, le collier que j'ai eu en main, sans être exceptionnel, devait valoir quand même cinq ou six briques...

— Diffile à écouler. Le receleur nous étranglera...

— Y a autre chose. Ce matin-là, pour sortir le plumier, elle a tiré d'abord un paquet d'imprimés qu'elle a posé au coin de sa coiffeuse. Je crois que j'en avais le peigne qui tremblait. C'étaient des bons du Trésor... Au porteur... D'une brique chacun... Et je t'assure que la liasse qui était tenue par un élastique, elle était épaisse, épaisse... De deux bons doigts ! »

Il siffla entre ses dents...

« Dis donc, c'est une vraie mine, ta vieille ! Tu es sûre qu'il n'y a rien ailleurs ? Mais comment la neutraliser sans l'abîmer ?

— Facile ! J'ai mis double ration de valériane dans sa verveine. Elle dormira à poings fermés. Tu n'auras qu'à la bâillonner, pas trop serré, et lui attacher les mains. Quant au fauteuil roulant à la sacoche, il est toujours à la tête du lit... »

Il soupira :

« C'est effrayant ce que ça fait faire, l'amour ! Enfin... réglons nos montres. Il est minuit. Une heure et demi, ça ira ?

— C'est ça. Une heure et demie... Chut !

— Quoi, chut ?

— J'ai une drôle d'impression... J'ai l'impression qu'on nous épie...

— Un voyeur ? »

Il la fit basculer brusquement, ouvrit violemment la portière et fit en courant le tour de la voiture.

— Tu rêves ! dit-il en revenant essoufflé. J'aime pas beaucoup ce genre de rêve, ça me fout la trouille ! »

Il lui donna une sèche petite gifle d'avertissement. Elle se blottit contre lui.

« Allez ! dit-il, assez bavé ! A une heure et demie je gratte à la lourde et tu es derrière. D'accord ?

— Oh oui ! s'exclama-t-elle. Après ça, on se taille aux Baléares tous les deux avant qu'ils nous repèrent. On se lèvera pas de trois jours ! »

D'une main glissée sous les fesses il la projeta hors

de la voiture. Il l'entendit trotter en trébuchant vers les quelques lumières à peine discernables qui baignaient la vieille ville. Il écouta son pas décroître et s'éteindre. Il lui parut qu'il respirait à l'intérieur d'une grotte. Une heure et demie à attendre... Il tâta son paquet de cigarettes presque vide. Ça allait être dur. Néanmoins, il en alluma une. La brume dégouttait sur l'eau en une pluie impalpable. Pour meubler un peu l'atmosphère, il alluma les phares et, dans leurs faisceaux, se dirigea vers le lac pour satisfaire un besoin naturel. Il monta sur le parapet, défit sa braguette. Il adorait pisser dans l'eau de très haut. Ça faisait un joli bruit.

Les phares de la voiture s'éteignirent brusquement. Il se trouva dans une obscurité qui ne lui laissait pas même voir ses chaussures. Il flaira autour de lui une vague odeur de tissu caoutchouteux.

« C'est toi ? dit-il. Tu es givrée ou quoi ? »

Il sentit d'un seul coup ses deux chevilles prises dans un étau. Il plongea en avant en disant : « Merde !... »

Il nagea longtemps. Les eaux, cet automne, étaient très hautes. Le mur, en bordure du lac, était très long et sans prise. Il finit cependant par en trouver le bout. Il échoua parmi les roseaux, dans une anse comblée déjà par l'alluvion. Il y pataugea un moment avant d'aborder la terre ferme. Il était trempé, glacé, boueux, mais il avait les idées claires. Ce plongeon tempérait son goût pour l'argent vite gagné. En revanche, il précisait très nettement dans son esprit la menace de ce Venezuela que Raymonde appelait le trou.

Seulement guidé par le halo de clarté où baignait la ville, il tâtonna un grand moment avant de repérer sa voiture. Il s'en approcha sans bruit, en fit le tour sur la pointe des pieds, n'alluma pas ses phares tout de suite. Immobile, il épia les ténèbres. Il entendit sonner un coup à la Tour de l'Horloge. Une seule fois, il consulta sa montre. Elle était arrêtée. Raymonde devait être derrière la porte... Anxieuse... Prête à lui ouvrir... Des bijoux... Une liasse de bons du Trésor... Les Baléares...

« En galère ! » siffla-t-il entre ses dents.

Trempé, glacé, sale, il n'aspirait plus qu'à retrouver son lit. Il observa Sisteron tapi devant lui comme un fantôme de ville. Cette vieille forteresse aux murs épais ne lui disait rien qui vaille. Elle évoquait trop la prison si récente.

Il se donnait cet alibi, mais, en réalité, il fuyait parce qu'il avait peur. Il était chasseur, d'ordinaire. Or, ici, il était aux aguets comme un gibier traqué. C'est une sensation qui donne des ailes. Il démarra en douceur, courbant les épaules, s'attendant au pire. Et c'est seulement lorsqu'il atteignit la grand-route qu'il alluma ses phares. Il regarda dans le rétroviseur. Il n'y avait plus de ville. La brume l'avait engloutie.

« Ce sera pour ce soir », se dit Mme Gobert.

Elle calculait, à son ordinaire, sous l'abat-jour vert de son coin de lecture. C'était, dans une encoignure de son immense salon, un endroit douillet près d'un radiateur, où tout était rassemblé à portée de la main : les livres de comptes, quelques revues, le tableau de commande de la télévision. Elle réfléchissait, pesait, supputait, tout en versant soigneusement le contenu de sa tasse de verveine au pied de l'aspidistra.

Elle comparait encore une fois les quatre certificats que Raymonde lui avait fait tenir dès son arrivée. Ils émanaient de deux cliniques spécialisées maintenant sous séquestre, d'un attaché d'ambassade tombé hémiplégique et de la veuve, décédée, d'un négociant en pommes de terre. Tout ce beau monde disparu recommandait chaudement Raymonde Carème à la bonté de Mme Gobert. « Mais quelle légèreté, songeait Rogeraine, que de taper tous ces certificats sur la même machine et de faire toujours la même faute de frappe pour l'effacer ensuite en toute ingénuité !... »

Pourtant, le contact avait été tout de suite très bon. Raymonde ne rechignait pas à la besogne. Elle était discrète, silencieuse, ne bâillait jamais, n'avait pas d'élan vers l'extérieur, ne se plaignait pas de la vie, mangeait ce qu'on lui donnait. Mais les certificats étaient là... Manifestement faux.

« Constance, dit un soir Mme Gobert à sa fidèle quoique méprisante femme de ménage, Constance, j'ai introduit le loup dans la bergerie... »

Constance éclata d'un rire insultant :

« Pourquoi ? Vous vous êtes déguisée en brebis ? Pauvre loup ! Je le plains ! C'est lui qui va y laisser des poils ! »

Rogeraine lui jeta un regard noir. Elle la soupçonnait de rester à son service pour se divertir du personnage qu'elle faisait et y trouver matière à moraliser. Elle était protestante.

« Constante, le jour où vous me trouverez assassinée, vous serez contente n'est-ce pas ?

— Mon Dieu ! Si c'est ce que vous craignez, séparez-vous tout de suite de Raymonde ! »

Rogeraine dédaigna de lui répondre. La chasser ? Non pas... Elle reconnaissait qu'elle éprouvait du plaisir à voir manœuvrer son aide-soignante, à la voir par de menues assiduités, essayer de l'apprivoiser. Mais on n'apprivoise pas un être qui a une fois appris la méfiance au péril de sa vie. « Ma médaille, se disait Rogeraine, se figure-t-elle par hasard que je l'ai gagnée en enfilant des perles ? » C'était là son alibi. Elle préférait imaginer que les circonstances lui avaient trempé le caractère, alors que c'était son caractère à l'origine qui lui avait permis de survivre aux circonstances. Elle était de ces personnes inflexibles qui savent rester sur le qui-vive sans désemparer, éternellement en garde contre tous, ne se fiant jamais ni aux dires, ni aux apparences, ni même à la réalité. En ce qui concernait ses semblables, Rogeraine s'attendait toujours au pire. Or, quand on est né pour épier et pour ne croire à rien ni à personne, on est terriblement désœuvré, on risque de périr d'ennui si les êtres qui vous entourent sont sans malice.

« Il y aurait peut-être intérêt, Constance, à la forcer à déposer un peu son jeu. Qui sait ? Je la tiendrais bien en main... Une fois que tout serait clair entre nous... Vous savez, une aide-soignante, une tierce personne comme l'appelle la Sécurité sociale, ça ne se trouve pas sous le pied d'un cheval. Souvenez-vous que j'ai reçu *une seule* réponse à toutes mes annonces. Si je la perds, celle-là, je serai jolie... Tandis que si je la contrains à se fourvoyer dans quelque action répréhensible, j'aurai barre sur elle. »

Constance avait soixante ans. Elle servait dans la maison depuis l'enfance de Rogeraine. Lorsque celle-ci, à voix haute, étalait ainsi ses pensées, Constance, sous prétexte de quelque travail, roulait le fauteuil de l'infirme hors de portée de tout objet à projeter. Après quoi, elle lui disait bien en face : « Madame, vous êtes une vieille carne ! » Mais, ce soir-là, une illumination la visita :

« Mais c'est vrai ça, madame ! Vous pourriez peut-être lui faire laver les carreaux ! Moi je suis âgée, j'ai le vertige. Je le fais plus.

— On pourrait effectivement, entre autres choses, lui faire laver les carreaux... », murmura Rogeraine pensivement.

Au lendemain de cette conversation avec Constance, Rogeraine mit Raymonde à l'épreuve. Elle lui demanda de la coiffer devant la psyché et, pendant qu'elle œuvrait sur sa belle chevelure rousse et lui en faisait compliment, elle fouillait négligemment dans son fourre-tout, accroché au bras droit du fauteuil roulant.

« Attendez, disait-elle, attendez... Ce matin nous allons à une messe de sortie de deuil. Je serai en noir. Il me faut quelques perles. Attendez... »

Elle se souvenait de Laviolette, l'autre jour, qui s'était cru malin en fouillant en vain son portefeuille, alors que l'objet qu'il prétendait chercher était déjà sur la table. C'était là une bonne tactique, et Rogeraine était une bonne élève. Elle aurait pu directement sortir le collier sans tirer l'écrin hors du fourre-tout.

92

Elle avait l'habitude de ce tour de main qui lui permettait de ne pas montrer toutes ses richesses. Mais aujourd'hui, précisément, il lui convenait de les déballer avec ostentation.

Elle disposa au coin de la coiffeuse ses innombrables clés. Elle étala bien à plat, à l'endroit et bien lisible, la liasse de bons du Trésor et utilisa ce support pour ouvrir le grand plumier de laque de son enfance, où les bijoux gisaient pêle-mêle. Les mains diligentes de Raymonde tenaient toujours fermement le peigne et la brosse, mais Rogeraine, sous le désordre de sa chevelure l'épiait comme à travers un rideau. Elle la vit, dans le miroir. Un calcul sordide passait sur ce visage de jeune femme, comme un nuage sur le ciel. Cette expression fugitive se grava dans la mémoire de Rogeraine. « Je ne m'étais donc pas trompée, se dit-elle. Mais, il y a autre chose... »

Elle tâcha dès cet instant d'isoler les éléments de la sensation bizarre qui l'envahissait lorsqu'elle dévisageait Raymonde. Un matin, elle se frappa le front : « Souviens-toi ! Lorsque tu es sortie de Saint-Vincent-les-Forts ! Souviens-toi de ton teint ! Et tu as mis deux ans à retrouver la vraie nacre de ton visage... Un teint de saindoux ! disait ta mère. Souviens-toi ! Un teint de saindoux ! »

« Constance ! appela-t-elle avec force, souvenez-vous de ce que je vous dis : cette fille a fait de la prison !

— Ça m'étonnerait pas tant que ça ! » répondit Constance, qui accueillait toujours favorablement les suppositions les plus navrantes.

Dès cet instant, Rogeraine adoucit sa voix autoritaire et redoubla de sourires. Constance, fascinée, la regardait manœuvrer. Elle la revoyait, toute petite, appelant les pigeons qui faisaient tant de dégâts : « Petits... Petits... » Sa menote grande ouverte offrait des grains de maïs. Quand l'un d'eux se laissait prendre à tant de gentillesse, Rogeraine le saisissait prestement par le col et l'étouffait entre ses cuisses potelées...

« Attention, se disait Constance, cette Raymonde n'est pas un ramier. Elle est menue, mais elle est souple et solide. Elle lui donnera du fil à retordre... »

Pourtant, pour les deux femmes, il semblait que le monde n'existât plus. Elles en étaient à se dire des choses exquises par le truchement de leur regard. Un soir, jugeant Rogeraine bien à point, Raymonde lui murmura :

« Madame, si j'osais, je vous demanderais une faveur... »

Rogeraine exhala un soupir bien audible. Il importait de paraître tout naturellement négrier.

« Demandez, ma fille..., demandez...

— J'adore le cinéma...

— Mais... Je ne vous interdis pas de regarder la télé en ma compagnie...

— Oh non, madame ! ce n'est pas la même chose ! Le grand écran, c'est...

— Je n'ai jamais confié la clé de ma maison à personne ! » coupa Rogeraine sèchement.

« C'est là, se disait-elle, qu'elle va découvrir son jeu si elle est aussi motivée que je l'imagine... »

Raymonde soupira à son tour. Rogeraine prolongea son mutisme, tout en contemplant comme un objet d'études les formes bien soulignées de sa femme de chambre. Son corps était languissamment mûr comme un fruit prêt à tomber de l'arbre. « Suis-je bête ! se dit-elle. La voici sa seule faiblesse. Comment serait-elle si naturellement provocante si elle n'aimait pas l'amour avec appétit ? Or, voici trois semaines qu'elle ne me quitte pour ainsi dire pas. Mais prudence ! Il ne me faut pas céder trop facilement, car c'est le plus fort bastion auquel elle croit s'attaquer : ma clé, la clé de la forteresse ! »

Raymonde se retourna et la regarda bien en face :

« Madame, dit-elle, j'ai eu des malheurs, aussi vous suis-je toute dévouée, mais vous devez comprendre... »

Rogeraine mâchonna quelques secondes ces mots chargés de sous-entendus.

« Soit, dit-elle enfin. Je vous accorde ce... cinéma une fois par semaine. »

Elle ajouta en observant à la dérobée l'expression de Raymonde :

« Je refermerai la porte après votre départ. En rentrant, vous sonnerez et j'irai vous ouvrir.

— Oh, madame ! Je ne pourrai jamais accepter cela ! Vous allez vous fatiguer !

— Mais, non, mais non ! De toute façon, vous savez bien que je reste devant la télé jusqu'à la fin du programme. Par conséquent, je n'aurai pas longtemps à attendre. Et d'ailleurs, vous avez pu constater que je me déplace sans peine dans mon fauteuil, à travers la maison. »

« Si la cousine Évangéline m'entendait capituler

ainsi, se disait-elle, son imagination battrait la campagne... »

« Voyons, quel jour voulez-vous sortir ?

— N'importe... »

Elle parut réfléchir.

« Le mardi, par exemple... »

Le mardi... Placé entre le marché du lundi et le congé scolaire hebdomadaire, ce jour était le plus creux de la semaine. Le mardi soir, à travers les Andrônes, un fantôme chargé de chaînes aurait pu circuler impunément. Même la route nationale, le mardi, était déserte et silencieuse.

La première de ces sorties combla les espérances de l'infirme. Quand la jeune femme rentra, elle traînait dans son sillage une odeur d'homme qui s'engouffra à sa suite dans la maison et s'y propagea, subtile et pénétrante à la fois, à mesure que Raymonde circulait. Il semblait qu'elle avait fait provision de ce relent d'humanité.

Rogeraine en éprouva un si intense plaisir que ses dernières défenses cédèrent.

« Vous avez raison, ma fille ! C'est trop fatigant pour moi, le parcours de ce long corridor. Par surcroît, dans cette lourde serrure, qu'il faudra d'ailleurs faire graisser, cette clé tourne mal. Dorénavant, vous l'emporterez et vous me la rendrez au retour. Ceci est bien entendu ? »

Raymonde réprima un mouvement de joie et répondit précipitamment :

« Je tâcherai d'être digne d'une telle confiance. »

Mais, pour Rogeraine aux aguets, la fraction de

seconde où la réponse tarda suffisait à sa conviction intime.

« Constance ! dit-elle le lendemain, il y a un homme dans la vie de cette fille !

— Quelle horreur ! gémit Constance, qui supportait depuis trente ans son ivrogne de mari.

— Oui, dit Rogeraine. Un homme qui sent la chambre d'hôtel... Le bar mal famé. Il pue le tabac blond. Tu sais, cette espèce de tabac des gens qui fument sans conviction, mais pour faire bien. Il doit en avoir les doigts tout jaunes... Il doit être blanc comme un navet. Il se parfume comme une femme de peu...

— Madame ! s'écria Constance. Vous me faites peur ! C'est un tueur que vous me décrivez là ! Vous l'avez vu, c'est pas possible ?

— Non, je l'ai respiré... Ce doit être un de ces hommes maigres qui n'ont qu'un sexe et du poil à la place du sentiment. Raymonde doit y tenir comme à la prunelle de ses yeux.

— J'espère que vous allez vous en débarrasser de cette Raymonde ?

— Non, pourquoi ? Toi tu tiens à ce qu'elle te fasse tes vitres, et moi... Enfin, je m'en promets bien d'autres divertissements, durant les longues soirées d'hiver.

— Madame, dit Constance d'un ton pénétré, quand vous vous ferez assassiner comme cette pauvre Jeanne, vous ne l'aurez pas volé ! »

Rogeraine sourit sans répondre. Elle attendait son heure avec patience.

Or, un mardi où Raymonde, ponctuellement, lui

restituait sa clé, il sembla à Rogeraine que sous sa main le fer en était plus glissant, comme s'il eût été récemment astiqué. Seule dans sa chambre, elle l'examina de plus près, mais n'y releva aucune trace suspecte, sauf peut-être cette propreté anormale. Déçue, elle se passa l'objet sous le nez en un geste machinal de réflexion. Et c'est alors qu'elle y flaira une odeur funèbre. On ne saurait songer à tout. Le vieux fer sentait la cire. On avait pris l'empreinte de cette clé.

« Constance ! commença Rogeraine, le lendemain.
— Madame ? interrogea la servante sur le qui-vive.
— Non, rien..., dit Rogeraine. C'est sans importance... »

Mais ce fut à partir de cette découverte qu'elle cessa de commenter la situation à la fidèle Constance.

Ce mardi-là, la brise marine soufflait sur Sisteron depuis la tombée de la nuit. Elle rebroussait, le long de leur berceau, les branches de la glycine qui pleuraient leurs feuilles sur la terrasse. Parfois, l'une d'elles glissait comme une petite main lamentable derrière les vitres où bouillonnait la brume. L'horloge de la Tour sonnait dans de l'ouate. La rumeur même des rues s'était tue.

Rogeraine suivait tous les mouvements de Raymonde qui serrait la vaisselle dans le bahut. On avait eu au dîner le docteur Gagnon et l'une des sœurs Romance, l'autre assistant au mariage d'une filleule. Mais ces deux convives ne s'étaient pas attardés, l'un à cause de ses malades et l'autre redoutant le brouillard.

Le sens du danger, que vingt ans d'immobilité n'avaient pas émoussé, avertissait l'infirme d'un changement subtil chez sa femme de chambre. Elle ne touchait par terre, glissant sur le parquet, évitant les bruits de vaisselle avec beaucoup de doigté. « Est-ce que ce serait pour cette nuit ? » se dit Rogeraine. Elle attendit qu'elle eût sur les bras le plateau chargé de verres pour murmurer :

« Vous savez, Raymonde... Ce soir j'aimerais mieux... »

Elle entendit un léger tintement de cristal.

« Elle tressaille, se dit-elle. Elle a peur que je lui demande de rester. Elle était en train de poser une carafe et elle est là, à mi-chemin du dressoir, le geste suspendu... Ce serait donc pour cette nuit... »

Dans l'eau morte du miroir à trumeaux, elle épiait le visage de Raymonde, impassible, mais qui retenait son souffle.

« ... Que vous me donniez..., acheva-t-elle, mon infusion avant de partir. Depuis quelque temps, la valériane n'agit plus que tardivement. Vous la poserez sur la tablette à côté de la télé.

— Mais bien sûr, madame ! Comme vous voudrez ! »

Elle s'affaira diligemment et en peu de temps fut prête à partir.

Rogeraine l'écouta trotter dans le corridor et s'efforcer d'ouvrir la porte. La clé tâtonna en tintant autour de la bénarde avant de s'y enfoncer. « Elle sucre les fraises..., se dit Rogeraine. D'ordinaire elle n'est pas aussi émue lorsqu'elle s'en va. Ce sera donc pour cette nuit... » Elle s'installa sagement devant la télévision sans l'allumer. Elle flaira son infusion de fort près et, à regret, elle arrosa l'aspidistra avec le contenu de sa tasse.

Une attente passionnée commençait, qui la ramenait aux temps heureux. Elle se revoyait en robe d'organdi rose, avec ses deux sœurs, Clorinde et Clématite. C'était l'été. Elles distribuaient des tracts de la Résistance à pleines poignées, à la sortie de la messe, les fourrant de force dans les poches des récalcitrants qui les jetaient ostensiblement, pris de panique.

« Et combien, songeait Rogeraine, sont encore en vie ! Et combien tiennent le haut du pavé ! »

Elle s'esclaffa toute seule devant sa télé : « Et l'endroit que nous avions choisi pour faire ça, s'appelait " La tour de la Médisance " ! Les amis de papa passaient au large. Papa était aux cent coups. La photo du Maréchal était bien accrochée en bonne place dans l'officine, mais depuis trop peu de temps. Il avait trop attendu que ça se dessine d'un côté ou de l'autre, papa... »

On les avait arrêtées, jetées à Saint-Vincent-les-Forts où elles remontaient le moral des captifs en hurlant à tue-tête des chants guerriers. Il y avait eu cette grande nuit de l'évasion. Cette inoubliable nuit... Les sœurs révulsées devant les vingt mètres d'à-pic à descendre au bout d'une corde à linge déjà fort élimée par des années d'étendage. Seul, le Cadet Lombard... Lui aussi voulait mourir les armes à la main et non pas pourrir dans un cachot. Il lui avait insufflé son optimisme. « Si elle pète, cette corde, avait-il dit, vous mourrez promptement et d'un seul coup, je vous le garantis ! » Elle claquait des dents.

« Si elle pète à mi-chemin, avait-il dit encore, ce sera suffisant pour que j'amortisse votre chute... Je descends le premier. Si elle résiste à mon poids, elle résistera au vôtre. »

« Mes jambes ! » se lamenta Rogeraine à voix basse devant sa télé éteinte.

Le regret lui soulevait le cœur. Cette nuit-là, ses jambes de vingt ans, ses belles jambes, arc-boutées contre les pierres de la muraille, déchirées par les viornes sèches, avaient soutenu son poids sans faiblir, soulageant d'autant cette vieille corde à linge.

Et le Cadet Lombard, recevant dans ses bras cette fille si peu vêtue d'organdi rose en lambeaux, lui avait chuchoté :

« Pour vivre cette minute, j'aurais descendu trois cents mètres de corde...

— Trois cents mètres de corde..., murmura Rogeraine désolée. Trois cents mètres de corde... »

Elle tressaillit. Mon Dieu ! avait-elle si longtemps rêvé ? La clé de nouveau tournait deux fois dans la serrure. Mme Gobert alluma précipitamment l'écran où la speakerine souhaitait le bonsoir aux spectateurs.

« J'ai couru, madame ! Le film était plus long que d'habitude ! J'avais peur ! Il fait si noir ! La nuit est à couper au couteau... On n'y voit pas à vingt mètres ! »

Elle n'arrêtait pas de s'agiter. Elle rendait sa clé à sa patronne ; elle portait la tasse à verveine dans la cuisine pour la laver ; elle revenait, réparait un désordre inexistant dans la pièce, et, tout en racontant le film, rassemblait les objets à ranger.

« Elle essaye de se donner le change, se dit Rogeraine. Elle voudrait bien rester dans la peau du personnage qu'elle joue. Mais il est trop tard ! Elle a peur... »

L'odeur de l'homme qu'elle traînait après elle tous les mardis stagnait dans les vapeurs humides de la brume qui imprégnait son manteau. Quand elle se rapprocha de Rogeraine pour l'aider à se mettre au lit, celle-ci, sous cette poitrine émouvante, entendit le cœur qui battait la chamade.

« Ce sera donc pour cette nuit », se dit-elle avec satisfaction.

Enfin seule, calée sur l'oreiller, à la lueur de la veilleuse, Rogeraine attira vers elle le fauteuil roulant toujours à portée de sa canne recourbée. Elle fourragea dans la sacoche où reposaient tous ses trésors. Elle en tira un objet soigneusement enveloppé dans un foulard de soie qu'elle déroula. C'était son viatique. Souvent, quand la vie lui manquait une fois de plus et que des larmes de rage et d'impuissance lui brouillaient la vue, elle saisissait cet objet pour le braquer, dans la solitude de sa chambre, contre le monde entier.

C'était un pistolet réglementaire de l'armée anglaise. Rogeraine n'a pas oublié cette sombre nuit où il tomba du ciel, parmi d'autres babioles. Le Cadet Lombard, accroupi à côté d'elle, lui tenait la main. C'était là-bas... là-bas... Ce lieu qu'elle devait repousser très loin de sa pensée pour esquiver encore une fois ce rendez-vous toujours remis avec sa conscience.

Caressant le canon bleu et la crosse quadrillée, elle flaira l'arme qui était en parfait état et sentait l'huile de paraffine. C'était le passe-temps favori de Rogeraine que de l'astiquer, le graisser, en extraire les balles, les remettre… Parfois, l'été, du surplomb de la citadelle, on pouvait voir, au fond du jardin à la française, cette infirme dans son fauteuil qui tirait à la cible.

Dès le premier jour où on le lui avait confié, plus de vingt ans auparavant, elle avait eu plaisir à manier ce pistolet.

Elle appuya, pour l'essayer, sur le bouton du spot qui illuminait la porte à deux battants mais laissait le lit dans l'ombre. Quiconque entrerait la trouverait invisible, retranchée à l'abri du faisceau de ce projecteur qui frapperait droit sur l'intrus. Le Cadet Lombard lui avait ménagé cette installation tout de suite après « l'accident ».

« On ne sait jamais, avait-il dit, ça pourra toujours te servir. »

Ça n'avait jamais servi qu'à rassurer ses peurs subites, lorsqu'un cri étrange jaillissait de son subconscient pour l'éveiller, haletante, tous les sens aux aguets. Alors, elle s'emparait convulsivement de son pistolet pour le braquer contre l'ombre.

Elle éteignit. Elle attendit. L'horloge de la Tour sonna une heure dans le feutre de la brume.

La houle du vent intermittent frissonnait sur la glycine et les feuilles pleuraient toujours dans la nuit. Aucune lueur ne tranchait sur la croisée, aussi noire que les murs de la chambre. Seuls luisaient les boutons phosphorescents du spot et de la veilleuse.

« On ne saurait rêver nuit plus propice, se disait Rogeraine. S'il ne vient pas, c'est que j'ai imaginé tout cela, et ce serait dommage ! »

Soudain ses doigts se raidirent sur le pistolet. Ce

n'était pas un bruit. C'était un changement d'haleine dans la pulsation du silence. Mais quand on subit depuis toujours les halètements d'une grande maison on perçoit tout de suite le nouveau soupir qui grossit son murmure.

Rogeraine avança la main vers le téléphone. Très lentement pour atténuer le déclic, elle le décrocha et porta l'écouteur à son oreille. La tonalité grésillait, paisible et rassurante. Le temps passait, interminable. Un nouveau coup solitaire sonna à la tour de l'Horloge. A cet instant la tonalité cessa et Rogeraine reposa le combiné. Un long soupir à petit bruit souleva sa poitrine. Tout était en ordre maintenant. Il n'y avait plus qu'à laisser s'avancer le destin.

« Quand il poussera la porte avec précaution, se dit-elle, je serai immobile. J'aurai la main gauche sur l'olive du spot. J'allumerai, je tirerai. Je l'abattrai probablement d'une balle en plein front. Non ! Il faudra tirer deux fois... Une seule, ça paraîtrait bizarre chez une infirme qui a été surprise et qui est mal entraînée. Raymonde accourra. Si elle hurle, — ce n'est pas sûr — la maison est grande... Les hurlements et les coups de feu ne passeront les gros murs qu'atténués. Si les gens s'éveillent, comme le silence sera rétabli ils s'inquiéteront peu. Peut-être — peut-être... — au moment de rentrer dans la chambre, Raymonde affolée criera-t-elle à son amant : « Je t'avais dit de ne pas la tuer ! » Mais tout de suite elle butera contre son corps. Je lui dirai : « Taisez-vous ou je vous descends aussi ! Il me reste quatre balles. Nous avons été attaquées. Un malandrin s'est introduit dans la maison, dans ma chambre. Je l'ai abattu. Vous êtes arrivée. Nous avons téléphoné aux gendarmes — car, entre-temps, vous aurez rebranché le téléphone. Nous serons blotties l'une contre l'autre dans la peur quand ils arriveront. Mais auparavant, asseyez-vous face au mur, devant ce secrétaire, ne bronchez pas ! Le pistolet est braqué sur votre nuque et je ne rate jamais mon coup ! Il y a de quoi écrire. Vous y êtes ? Allons-y ! Je dicte : " Je soussignée Raymonde Carème, avoue… " »

Elle était tout excitée à cette évocation.

« Et lorsque ce billet sera enfermé dans mon coffre à la banque où Constance le portera, je serai tranquille pour toujours. J'aurai cette charmante Raymonde jusqu'à ma mort. Peut-être même, si elle est bien docile, lui laisserai-je quelque chose… Et plus jamais on ne me parlera de maison de retraite. »

Elle débitait très vite en elle-même tous ces prétextes dérisoires pour se masquer son véritable mobile. En vérité, et surtout depuis qu'elle était infirme, elle avait longtemps caressé ce vieux rêve de pouvoir tuer quelqu'un impunément, en état de légitime défense. Elle s'intégra au silence de toute la puissance de son attention.

Raymonde fit claquer comme d'ordinaire la porte de sa chambre et la rouvrit en grand avec précaution, tout de suite après. En face d'elle, chez Rogeraine, un rayon de lumière filtrait au ras du sol. Elle évita de s'étendre sur le lit, car le sommier craquait à chaque mouvement. Elle ôta ses chaussures et s'accroupit sur la carpette. Elle comprimait ses seins dans ses paumes, croyant ainsi réprimer les battements de son cœur. Elle respirait la bouche ouverte, en silence. La pensée même des bijoux et des bons du Trésor ne parvenait pas à la calmer. « Qu'il vienne, mon Dieu ! Qu'il vienne vite ! » Son imagination battait la campagne, transformait autour d'elle cette maison aux bonnes odeurs en un être conscient, au courant de ses intentions, et qui guettait le moment propice pour l'étouffer.

A la tour de l'Horloge, le marteau frappa une fois la cloche, puis la heurta de nouveau, trente secondes plus tard. Le rayon de lumière disparut chez Rogeraine et l'obscurité se referma, totale. Sous le vent, grinçait à l'étage une poulie de fer à hisser les balles de foin. Raymonde s'abusa longtemps sur la nature de ce grincement. A bout de nerfs, elle serrait les dents pour les empêcher de claquer. Elle saisit convulsivement dans son sac ouvert à côté d'elle la grosse clé neuve soigneusement graissée qu'elle avait essayée ce soir, avant de rendre l'original à Rogeraine. Les pieds nus, elle s'engagea dans le vaste corridor. D'abord, elle s'avança en aveugle, mais, bientôt, elle distingua une clarté qui filtrait à travers les joints distendus de la porte cochère et qui provenait de l'éclairage public. Au bout de quelques secondes d'accommodation, cette clarté suffisait pour se guider. Raymonde évita l'énorme *mastre* noire où l'on pétrissait autrefois le pain pour une semaine et le sarcophage de pierre abandonné contre le mur, faute de savoir qu'en faire.

Le téléphone était branché au pied du sarcophage. Raymonde s'accroupit et ne bougea plus. Quand sonna la demie de une heure, elle retira la fiche du circuit et marcha vers la porte. A gauche, un commutateur déglingué commandait une ampoule de vingt watts, givrée de poussière grasse et qui n'éclairait pas à plus de deux mètres. Elle réfléchit que son amant ne connaissait pas les lieux et qu'il aurait besoin de cette clarté indécise pour repérer la chambre de Rogeraine. Elle poussa le commutateur.

On grattait à l'huis, comme si un chat réclamait l'ouverture. Raymonde introduisit la clé dans la bénarde. Elle la serra très fort en forçant vers le haut, pour lui faire accomplir les deux tours sans aucun bruit. Mais elle savait que le vantail épais, découpé dans la porte cochère, grinçait lui aussi sur ses gonds. Aussi, arc-boutée, contre lui, elle l'écarta lentement sans cesser de le tenir soulevé. Il fit deux pas à l'intérieur, s'immobilisa, le dos à la lumière. Raymonde, avec les mêmes précautions, repoussa le battant et se retourna. Une vague odeur de ciré humide flottait autour d'elle.

« Mon Dieu ! murmura-t-elle, tu n'avais pas besoin de tant te déguiser ! Une simple cagoule suffisait ! »

Elle le contemplait des pieds à la tête, tout noir, encapuchonné, les yeux seuls éclairant tout ce funèbre appareil par les trous de la cagoule.

« Heureusement que je reconnais ton regard », poursuivait Raymonde à voix basse.

Elle se haussa vers lui. Il lui semblait de taille mieux prise que d'ordinaire.

« Mon Dieu, tes yeux ! souffla-t-elle, ils me rendent folle ! On s'est quittés il y a à peine deux heures et j'ai déjà envie... Oh, écoute ! La vieille attendra ! Serre-moi contre toi cinq minutes ! Je t'en supplie ! Je te jure ! Je ne ferai pas de bruit ! »

Il avança les mains.

Son pistolet pointé vers la porte, le cran de sûreté dégagé et, dans la main gauche, l'olive du spot qui traînait sur l'oreiller, Rogeraine respirait calmement. Autour d'elle, pourtant, dans ce marais de ténèbres, la maison suait l'angoisse. Quand un corps se meut dans un silence aussi épais, il se déplace comme dans de l'eau et c'est en vain qu'on s'efforce de s'intégrer à lui, de ne pas l'ébranler par des mouvements inconsidérés.

Dans ce silence soudain habité, Rogeraine enregistrait chaque geste de Raymonde comme si elle la contrôlait sur un écran. Elle nota qu'elle était pieds nus. Ella la vit littéralement se diriger vers la porte. Elle comprit, en même temps qu'elle, la nécessité d'allumer la loupiote poussiéreuse.

Mais soudain le silence cessa de vibrer. Rogeraine s'alarmait déjà de cette perfection insolite, lorsqu'un craquement y mit fin, comme si une corde à violon venait de céder. Elle perçut un ébrouement semblable à celui d'une volaille, dont les ailes battraient interminablement, sans bruit, comme un vol de rêve, pour la dernière fois...

Alors, au bout du corridor, un pas sonore s'ébranla. Un pas lourd, bien martelé et sans hâte. Il scandait assez fort chacune de ses enjambées pour qu'on pût les compter.

« Neuf... dix... onze... » énonçait Rogeraine.

Elle fut d'abord satisfaite de l'entendre, car elle

connaissait exactement le nombre de pas nécessaires pour accéder au seuil de sa chambre, ce qui lui permettrait d'être fin prête au bon moment. Mais bientôt, elle se demanda pourquoi l'homme négligeait ainsi toute précaution, alors que, jusqu'ici, son entreprise s'était déroulée en silence.

« Quatorze... quinze... seize... »

Et cette démarche d'arpenteur ou de pion de collège mesurant le préau pendant une récréation, pourquoi était-elle aussi désinvolte, aussi appuyée, aussi rythmée ?

« Dix-huit... dix-neuf... vingt... »

Rogeraine alluma le spot. Son pistolet braqué sur le panneau supérieur de la porte cherchait déjà sa cible.

« Vingt et un... Vingt-deux... Vingt-trois... Vingt-quatre... »

Rogeraine abaissa son arme avec stupéfaction.

« Quoi ? Il ne connaît pas les lieux ? Raymonde ne lui a pas expliqué où me trouver ? »

Le pas martelait les dalles plus loin. Il était passé devant la chambre sans ralentir.

« Il va revenir, se dit-elle. Il y a malentendu. Elle va le rabattre vers moi. »

Mais il ne revint pas. Il se heurta contre la première marche de l'escalier à balustres qu'il entreprit de gravir péniblement, ponctuant chacun des tournants d'une station prolongée qui paraissait être la dernière. C'était un pas exténué de tâcheron après la journée.

Rogeraine, paralysée de stupeur, leva la tête vers la rosace du plafond. Là-haut, un autre corridor commandait les chambres de ses sœurs, vides depuis vingt-trois ans, où tant de pauvres objets étaient restés religieusement en place... Mais ce n'était pas ces ombres-là que le pas cherchait à réveiller en sursaut. Il marchait, il marchait... Il retentissait sur la tête de Rogeraine jusqu'à ébranler les murs. Il poursuivait son bonhomme de chemin.

Il buta sur le lamentable gémissement d'un vantail que nul n'avait plus repoussé depuis plus d'un demi-siècle. Il s'avança de nouveau, s'immobilisa encore. Sur la façade ouest qui surplombait l'Andrône, Rogeraine entendit claquer contre le mur le volet de la fenière par où, autrefois, on engrangeait le fourrage pour l'hiver.

Le froissement de l'air fendu à grande vitesse précéda un choc sourd, en bas, dans l'escalier de l'Andrône. Ce choc rappelait celui qui retentissait autrefois lorsque, pour gagner du temps, on jetait du haut des greniers des balles de foin de cinquante kilos.

Rogeraine laissa choir le pistolet sur les couvertures. Elle se pressa la tête à deux mains. Sa bouche s'ouvrit comme pour crier. Le haut de son visage vieillit soudain de dix ans. Une vision fulgurante la transperça.

C'était un cirque de collines jaunes brûlées par la sécheresse, privé d'horizon de tous côtés à cause des barres rocheuses qui la dominaient comme des gradins d'arène. Sur ces hauteurs régnait un beau ciel d'été.

Tout s'éteignit, mais le cœur de Rogeraine battait la chamade.

Le pas, de nouveau, martelait le plafond, aussi régulier, aussi implacable. Il descendait l'escalier, à peine un peu moins lourd. Rogeraine saisit à nouveau le pistolet et fit face à la porte. Mais, pas plus qu'à l'aller, le pas ne ralentit au retour. Il s'éloigna vers la rue. Sans aucune précaution, le vantail de l'entrée cochère grinça sur ses gonds et retomba dans le chambranle ; à deux reprises, la clé tourna dans la bénarde.

« Brutalement... », nota Rogeraine.

Alors, pour la première fois de sa vie, Mme Gobert sentit le froid de la terreur jusqu'à la racine des cheveux. Ce pas saccadé qui venait de traverser le corridor, qui s'était estompé au-delà de la grande porte, dans le souffle d'un soupir, qu'elle imaginait peut-être encore, cheminant dans la rue Mercière, ce pas retentissait en elle comme les coups de bélier d'un démolisseur. Il révélait violemment les zones d'ombre où le mauvais souvenir s'était embusqué. La peur imprégnait son corps, sa chambre, sa maison, tout Sisteron... Mais était-ce bien le nom qui convenait à cette sensation angoissante ? Ne serait-ce pas plutôt... ?

Jusqu'au matin, les yeux grands ouverts, et l'ouïe aux aguets, Mme Gobert écouta l'écho de ce pas qui déambulait du corridor à l'escalier, de la fenière au corridor et, à l'instant où elle imaginait ce choc sourd sur le ciment de l'Andrône, elle se pressait la tête à deux mains. Alors, de nouveau, chatoyait devant sa mémoire ce cirque éblouissant de jachères blondes.

Son pistolet inutile gisait sur la couverture. Elle le contemplait parfois sans comprendre, comme le symbole de son impuissance.

6

Sisteron n'a pas sacrifié aux illuminations féeriques ni aux lanternes en faux fer forgé. On y conserve, par les rues anciennes, ces vieux abat-jour verts si évocateurs et ces ampoules de cinquante bougies si propices aux rêveries des poètes. Ceci explique que par ces descentes en baïonnette qui dévalent droit vers la Durance un cadavre étendu n'attire pas l'attention facilement.

Ce matin-là, vers six heures, sous la brume où baignait la ville, un préposé dodu nettoyait une à une les marches de la Grande Andrône, lentement et à reculons. Maniant l'un de ces balais de bruyère en point et virgule, introuvables sur les marchés, il traquait les feuilles mortes aux angles des murailles, pour en emplir la poubelle à roulettes qu'il traînait après lui de degré en degré.

Ainsi, toujours à reculons et se redressant parfois pour rallumer son mégot, il arriva jusqu'à la façade ouest de la maison Gobert. C'est alors qu'il heurta du talon quelque chose qui lui parut plus volumineux que les détritus ordinaires. Il se retourna.

112

« Alors, Moustiers ! » jura-t-il à voix basse.

Il vit tout de suite qu'il s'était cogné contre un cadavre de femme. Laissant en plan ses outils, il fonça à courtes enjambées, le ventre ballottant à chaque effort, jusque sur l'esplanade où il s'orienta rapidement. C'était un obèse intelligent. Il passa outre le café embué où le patron servait les premiers express. Il se propulsa, râlant et soufflant, jusqu'à la gendarmerie. Devant le planton, il s'affala sur une chaise sans qu'on l'y invitât. Il se claquait ses courtes cuisses, la bouche ouverte, incapable de proférer un son.

« Eh bien ? » demanda le planton.

L'éboueur leva le bras et fit un signe en direction de la Grande Andrône.

« Elle s'appelle Gilberte Valaury ! » clamait-il en dévalant les degrés devant les gendarmes.

Ils avaient stoppé l'Estafette au coin de la rue. Le corps gisait au pied des nœuds de l'énorme glycine.

« Apparemment... », dit le chef Viaud.

Il examinait les toitures entre lesquelles se levait un jour désolant. Un volet, un seul, était béant chez Mme Gobert. Une poulie à gorge y brillait sur une potence mobile.

Après avoir dissimulé le corps sous une grande couverture de cheval, on avisa le parquet. On posta un planton des deux côtés de cette portion de l'Andrône. Les rares Sisteronais qui se rendaient au travail s'enquéraient au passage auprès du gendarme.

« Qu'est-ce que c'est ?

— On sait pas bien... », répondait le planton.

Ça coupait court, ça ne renseignait pas, ça contraignait le curieux à se le tenir pour dit et ça ne rompait pas les relations.

Mais, devant le portail de la maison Gobert, la fidèle Constance geignait à voix basse.

« De tout sûr, c'est un malheur ! Regardez : la clé est dans la serrure ! Dieu garde qu'au grand jamais, Mme Gobert ait permis une chose pareille ! »

Ils trouvèrent l'infirme dormant du sommeil du juste et qu'ils eurent du mal à réveiller. Elle contempla d'un œil trouble les gendarmes et la maigre Constance qui se lamentait.

« Constance, arrêtez ! commanda Mme Gobert, vous, du moins, vous ne risquez rien ! J'ai dû être droguée, ajouta-t-elle, ma verveine hier au soir avait un drôle de goût. Mais... où est Raymonde ? »

On lui apprit la vérité avec ménagements.

« Nous avons bien peur que...

— Vous la connaissiez ? demanda le chef Viaud à Constance.

— Vou... i, mais...

— Alors, venez ! Vous nous confirmerez si c'est vraiment elle. »

Il fallut l'entraîner presque de force.

« Vous voyez bien, madame, sanglotait-elle, que moi aussi, je risquais quelque chose ! Et dire que depuis la mort de ma pauvre mère, j'ai jamais plus voulu en voir un, de mort !

— Qu'on m'en débarrasse ! pria Mme Gobert. Qu'on l'emmène ! Qu'on vienne me dire si c'est bien Raymonde. Ma pauvre Raymonde... »

114

Lorsque Combassive, son patron, appela Laviolette pour l'inciter à interrompre de nouveau sa convalescence, il tenait sous le coude la célèbre lettre qui libère de tout : « A dater du 31 décembre prochain, le commissaire Laviolette est admis à faire valoir ses droits à la retraite. » Il n'en fit pas état.

Laviolette revint donc dans ce Sisteron de novembre, vers l'hôtel douillet du Tivoli.

« En somme, dit-il au chef Viaud, cette fois-ci l'étiquette a tenu. L'épingle n'était plus seule. La carte l'accompagnait aussi. »

Il contemplait sur le bureau de l'adjudant les deux bristols aux coins arrondis, à la tranche dorée où, sous la branche du myosotis, s'étalait ce nom en caractères azurés : « *Gilberte Valaury* ».

« Nous avons interrogé peut-être trois mille personnes, nous, la PJ ou les autres brigades. *Personne*, personne n'a jamais entendu parler de Gilberte Valaury, ni à Sisteron, ni dans le département, ni ailleurs. Elle n'est pas inscrite à la Sécurité sociale. Elle n'est née nulle part. Enfin... jusqu'à ce jour. Nos recherches, pour être exhaustives, dureront six mois... »

Laviolette secoua la tête.

« Elle est ici, n'en doutez pas. Deux cents personnes au moins à Sisteron savent qui est ou qui était Gilberte Valaury. Cherchez ailleurs par acquit de conscience, mais c'est ici que se trouve la clé du mystère. C'est une histoire entre Sisteronais, c'est une

115

histoire souterraine… Malheureusement si, pour Jeanne, ils étaient seulement méfiants, maintenant; ils vont avoir peur. Ça ne va pas être facile de trouver la faille.

— Tout ce que nous pouvons dire avec certitude, c'est qu'elle n'a jamais eu affaire à nous. Elle n'est pas fichée.

— Quelques détails sur la morte ?

— Raymonde Carème, bonne à tout faire, fichée. Elle a tiré trois mois pour grivèlerie d'hôtel et chèque sans provision. Désirez-vous voir le rapport d'autopsie ? Il contient un détail curieux. On n'a pas étranglé la victime seulement avec les mains. La trachée-artère était écrasée par ce qui semble être une tige de fer… Il existait la même trace sur le côté de la gorge : un fer rond, sans aspérité… Ah, autre chose !… Cette Raymonde avait un amant. Un certain Armand Boraggi, peintre en carrosserie. Fiché lui aussi. Deux ans, dont un de mise à l'épreuve, pour camouflage de voiture volée. A la fois il a eu du pot et à la fois il en a manqué… La nuit du crime, au volant de sa voiture, il s'est fait arrêter par la brigade de Meyrargues pour signalisation défectueuse. A deux heures vingt du matin…

— Le rapport dit : " *pas avant une heure, pas après trois heures…* " Ça pourrait parfaitement coller.

— C'est ce qu'on a pensé. En apprenant le crime, la brigade de Meyrargues nous a alertés et on l'a cueilli. Il a raconté qu'effectivement, il avait rencontré Raymonde au bord du lac, la nuit fatale. D'après lui, elle l'a quitté à minuit et il a repris la route vers Aix.

116

— Et il aurait mis deux heures vingt pour faire Sisteron-Meyrargues... quatre-vingt-dix kilomètres...

— Justement ! C'est la question qu'on lui a posée. Il a alors raconté avec réticence, " car, a-t-il dit, vous n'allez pas me croire ", qu'on l'avait fichu à l'eau pendant qu'il pissait dans le lac et que, de ce fait, le temps de regagner la rive et de retrouver ses esprits... Bref : il aurait quitté Sisteron seulement vers une heure et demie...

— Ce qui le met encore dans les temps.

— D'autant plus que, sur ces entrefaites, nous avions découvert que ladite Raymonde avait fait faire une seconde clé de la porte de Mme Gobert et nous l'avons montrée audit Boraggi. Il a alors avoué qu'ils avaient combiné tous les deux de cambrioler Mme Gobert. Il est au trou, à Digne, le particulier... Vous pouvez l'interroger, mais... »

Viaud hocha la tête :

« Malheureusement, à cause de cette Gilberte Valaury, nous sommes bien obligés de relier l'un à l'autre le meurtre de Raymonde et celui de Jeanne, commis en juillet. Or, en juillet, le nommé Boraggi a un alibi en acier : il était au trou. Il en est sorti le 10 septembre...

— Il n'aura pas beaucoup profité du soleil.

— Que voulez-vous... Quand on a ça dans le sang...

— " Pas d'empreintes nulle part, dit votre rapport, sauf celles de la victime. "

— En tout cas, dit Viaud lentement, cette manière de procéder, tant pour le meurtre de Jeanne que pour celui de Raymonde, cette obstination à monter le

117

cadavre dans les hauteurs pour le précipiter après lui avoir épinglé une carte de visite, procède d'un programme méthodique, bien établi... Ce ne sont pas des crimes crapuleux, les victimes ne possédaient rien. Ce ne sont pas davantage des crimes de fou. Il fallait beaucoup d'astuce pour entraîner Jeanne sur les remparts et pour se substituer à l'homme que Raymonde attendait...

— Vous tournez autour du pot.

— J'ai simplement envisagé le problème sous tous ses aspects et je dois bien avouer que je n'y vois goutte. Une seule chose est certaine : Mme Gobert ment.

— Sur quel point ?

— Elle nous a dit avoir été droguée et n'avoir absolument rien entendu. Or, le matin du crime, quand j'ai pu l'interroger, j'ai remarqué que, dans son salon, l'atmosphère sentait la verveine froide. Ça m'a intrigué parce qu'elle m'avait dit boire chaque soir cette sorte d'infusion. Elle a un aspidistra dans un pot, à côté de la télé. Je me suis penché. La terre était humide. L'odeur de verveine venait de là. J'en ai conclu que ce soir-là, pour quelque mystérieuse raison, elle n'avait pas bu sa tisane et s'en était débarrassée pour faire croire qu'elle l'avait fait...

La femme au grand passé..., ajouta Viaud. C'est ainsi qu'on l'appelle ici. Une de ses sœurs a été fusillée par les Allemands. Elle-même s'est évadée de Saint-Vincent-les-Forts. Elle a fait le coup de feu au maquis. Les hommes étaient à sa dévotion.

— Elle est aimée à Sisteron ?

118

— On n'en parle pas. Pas un mot. Même maintenant.

— Comment est-elle devenue infirme ?

— On ne sait pas. On prétend que c'est un accident. On ne vous invite pas à insister.

— Et si vous insistez quand même ?

— Elle se plaindrait à la Préfecture où on la prise fort. Et puis... »

Laviolette hocha la tête et glissa les deux cartes de visite dans une enveloppe qu'il empocha.

« Qu'est-ce que vous allez faire ?

— Je vais tâcher de me transformer en Sisteronais... toutes proportions gardées et autant que faire se peut... »

Les mains derrière le dos, en chaussures fourrées, son cache-col serré autour du cou, Laviolette se promenait dans les rues désertes en passant désœuvré. On le regardait derrière les vitres des bistrots. On se demandait probablement, du moins l'espérait-il, quel était cet instituteur en retraite qui aimait tant les rues de Sisteron à l'automne ? Parfois, avisant quelque café bien achalandé en Sisteronais véritables il commandait un pastis et le buvait au comptoir, en roulant sa cigarette, attentif au brouhaha des parties de cartes. De la rue Basse-des-Remparts à la rue Porte-Sauve et de la Tour de la Médisance au Couvert de Font-Chaude, il apprenait peu à peu ce qu'était Sisteron en réalité : une ville blessée en 1944 et qui souffrait encore, près de vingt-cinq ans plus tard, de quelque lèpre mal guérie.

Il explora la Longue Andrône sous les abat-jour verts qui l'éclairaient si mal. Il tomba en arrêt devant l'énorme glycine au tronc épais comme celui d'un homme. Les quelques lambeaux de zinc oxydé qui le hérissaient çà et là rappelaient seuls le tuyau des eaux pluviales où s'enroulait autrefois une frêle tige anémique. Mais, en cent ans, traçant autour de lui des spirales, la liane l'avait étouffé, digéré. Seul témoignait encore de son existence l'emplacement vide au centre du premier anneau du tronc, à un mètre du sol. Cette boucle végétale, lovée comme un serpent, affectait la forme d'un siège à hauteur d'homme, et cet appui était lisse et patiné comme s'il avait beaucoup servi.

Laviolette observait ce témoin d'autrefois. Son regard le suivait, accroché au mur de la maison Gobert, étalant ses cordes noires sur le berceau de la terrasse où, sous le poids des branches, ployaient lentement les fers plats de la tonnelle.

Il subissait l'étrange charme de ce coin sombre qui fleurait le buis. Là-haut, à la fenêtre du grenier par où le corps avait été précipité, une potence mobile grinçait doucement comme un appel discret. Sur l'écorce d'une racine qui soulevait les dalles inégales, une tache sombre de sang séché rappelait le crime. Auprès, le rouet d'une fontaine racontait une certaine histoire incompréhensible en un jargon volubile.

Comme s'ils s'étaient figés dans l'air pour l'éternité, les événements dont l'Andrône avait été le théâtre imprégnaient l'atmosphère, mais conservaient leur mystère. Laviolette comprenait qu'il frôlait des visages tragiques, que des mains suppliantes tentaient de le retenir pour lui parler du passé, mais, pour capter leur message, il se savait impuissant.

Il prononça à voix basse :

« Gilberte Valaury... »

Une sensation bizarre lui donna l'illusion qu'à ces paroles le babil de la fontaine trébuchait et que le berceau de fer gémissait sous le poids de la glycine.

Il remonta lentement. Il passa le coin de la rue Mercière. Il scruta l'opulent portail de la maison Gobert. Allait-il sonner ? Il ne s'y décida pas. Il n'attaquerait cette arrogante infirme que lorsqu'il serait muni de quelque embûche à lui glisser sous les roues du fauteuil. En revanche, il décida d'aller mettre chacun de ses commensaux au pied du mur. Il vérifia dans son calepin leurs adresses respectives et constata que le premier, par ordre alphabétique, était Rosa Chamboulive, qui habitait chemin de la Marquise.

Or, dès l'annonce que cette pauvre Rogeraine était privée de nouveau d'aide-soignante, Rosa avait été terrassée par sa première grippe diplomatique de la saison. Elle reçut Laviolette, pleurante, enchifrenée, flanquée d'un Vincent attentif qui lui tenait la serviette au-dessus de l'inhalation. Elle émergea de là blanche comme une morte prête à porter en terre.

« Mon pauvre monsieur, que vous dirai-je ? Si encore vous pouviez me préciser une date, un lieu, quelque chose... Mais non ! Vous arrivez là comme un cheveu sur la soupe avec cette question : connaissez-vous... Comment l'appelez-vous déjà ?

— Gilberte Valaury.

— C'est ça ! Comme vous dites ! Mais comment

voulez-vous enfin que je la connaisse ? Hein ?
Comment voulez-vous ?

— Pourtant, vous êtes une amie d'enfance de
Mme Gobert et tout porte à croire que cette Gilberte
était connue d'elle... »

Rosa s'ensevelit le visage dans la serviette sous
prétexte de s'essuyer. De dessous le linge, elle
demanda la voix étouffée :

« C'est elle qui vous l'a dit ?

— Pas positivement, mais enfin... Il y a gros à
parier que vous savez tous de qui il s'agit.

— Eh bien ! pariez mon pauvre monsieur,
pariez ! »

Elle le contemplait d'un air de profonde commiséra-
tion, mais, en même temps, elle aurait bien voulu
atermoyer, afin de lui tirer, elle, les vers du nez.

« Si je reste encore cinq minutes, se dit-il, c'est elle
qui va " m'inquisitionner " comme elle dit. »

Il avait trouvé son maître. Le Vincent le recondui-
sit. Et vite, en catimini, dès qu'ils furent seuls, ce
muet volubile lui déroula tout à trac :

« Si vous me donnez une cigarette, je vous dis... »

Laviolette tenait déjà son matériel en main. Il en
roulait une en catastrophe. Il la tendit à lécher au
Vincent qui la mit au bec. Laviolette la lui alluma et,
tandis que le Vincent tirait rapidement trois bouffées
et chiquait le reste, il chuchotait :

« C'est une fille de par là-haut !

— Où ça ? demanda Laviolette.

— Ah ça, je sais pas ! De par là-haut. »

Le corridor était obscur. Vincent avait refermé la
porte sur la pleurarde Rosa, à cause des courants d'air.

122

Sans hésiter, Laviolette le poussa contre le mur par le col et lui vissa son genou dans le nombril, en éructant à voix basse :

« Tu le dis, faux jeton, d'où elle est ? Dis, tu le dis ?

— Rosa ! cria Vincent.

— J'arrive ! » répondit la voix olympienne de Rosa.

Laviolette lâcha prise, assura son chapeau et s'en alla, honteux et confus, rasant les murs des ruelles. « Par là-haut, grommelait-il en fonçant vers son hôtel, par là-haut ! »

Le vent soufflait, narquois lui semblait-il, sur les collines lointaines.

7

Elle entendit d'abord avec inquiétude le frou-frou rapide de leurs robes de faille qui se froissaient au contact l'une de l'autre. Elles trottaient toutes deux au même rythme, formant un groupe compact, en une démarche malhabile de sœurs siamoises. Mais c'était la crainte de Dieu qui les tenait ainsi peureusement accolées. Elles l'imaginaient en père terrible. Elles avançaient toujours sous la menace de sa férule.

« Rogeraine ! Rogeraine ! »

Leur appel chuchoté se gonflait néanmoins en une rumeur menaçante dans le grand vide du corridor et, lorsqu'elles apparurent au seuil du salon, Rogeraine leur trouva l'air coupable.

« Eh bien ? Que vous arrive-t-il ? Nous devions nous voir ce soir ?

— Oui, chère Rogeraine, mais tous ensemble. Et nous voulions vous rencontrer seule. Nous avons profité que Constance était partie à la banque et Évangéline chez son homme de loi...

— Nous pouvons parler au moins ? Vous êtes bien seule ?

124

— Seule ! » affirma Rogeraine en fermant d'un coup sec le Montaigne de son grand-père, où elle puisait parfois quelque sérénité.

Esther ouvrit la bouche.

« Esther, tais-toi ! lui intima Athalie. Je sais ce que tu vas lui dire, mais c'est une bêtise. Tu es beaucoup trop impressionnable.

— Vous savez, dit Rogeraine, si vous n'arrivez pas au fait tout de suite, vous n'en aurez plus le temps. Évangéline doit être de retour à quatre heures et il est trois heures quarante-cinq... »

Esther se lança, plongea la tête dans son cou et parla comme au confessionnal. Rogeraine ne voyait que le sommet de sa chevelure à la permanente fraîchement ondulée.

« Rogeraine, nous voudrions que vous songiez au salut de votre âme !

— Je ne fais que ça, dit-elle, sarcastique.

— Nous ne nous faisons pas bien comprendre : nous voudrions que vos œuvres soient proportionnelles à votre péché... Le temps presse, Rogeraine ! Nous avons reçu dernièrement de bien étranges confidences.

— Ah ! vous aussi !... Alors, vous aussi, vous avez du sens pratique ? Il s'agit de Cadet Lombard, naturellement ? »

Esther plongea sa tête un peu plus avant contre sa poitrine, ouvrit son sac, fourragea fébrilement dedans et, toujours sans la regarder en face, elle tendit à Rogeraine, d'un geste furtif, un morceau de papier plié en quatre.

« A tout hasard..., dit-elle rapidement, nous vous

avons établi une petite liste des nécessiteux de Sisteron, auxquels nous entendrions que vous vous intéressiez. En face de leur adresse, nous avons noté l'étendue de leurs besoins. Naturellement, si vous tenez à rester anonyme, votre charité pourra s'exercer par notre canal. »

Rogeraine prit la liste et, sans la lire, la déchira en menus morceaux.

« J'ai la conscience tranquille, dit-elle. Personne sauf moi ne peut me juger. Je me passerai de vos œuvres pies...

— A votre aise, dit Athalie. Mais si nous disons que le temps presse, c'est que, quoi que vous en pensiez, nous vous aimons en chrétiennes. Car vous courez un grand péril, Rogeraine. Quelqu'un est parmi nous qui ne vous aime pas. C'est cela que nous n'osions vous dire... »

Il rôdait dans la ville, attentif aux vieilles murailles, aux fontaines embusquées sous les voûtes, aux arbres des cours, comme si l'air qu'il respirait recelait la clé du mystère. Une nuit, même, il se leva et sortit de l'hôtel avec le passe du patron.

Il déambula de la place du Tivoli à celle de la Poterne. D'un pas sonore, il arpenta la rue Droite, s'engagea dans la rue Saunerie. Le pétrin d'un boulanger ronronnait. Une lumière brillait encore derrière le zinc d'un bistrot fermé, aux chaises montées sur les tables. Le patron y triturait des comptes et ne leva pas la tête.

Il déboucha sur le parking, devant l'hôtel de la

126

Citadelle. Il descendit jusqu'au lac. Il traversa le pont de la Baume. Sauf le sourd frottement des eaux du Buech et de la Durance qui traînaient leurs alluvions au fond du courant, aucun autre bruit ne l'accueillit que le lointain aboiement d'un chien. Il s'adossa au parapet et se tourna vers la ville. Rien n'y bronchait. Aucune lucarne n'était éclairée. Le silence était total. Sisteron, à flanc de citadelle, se dressait debout, noire. Les secrets de ses habitants, façonnés à son image, devaient être aussi imprenables qu'elle.

Laviolette revint par le trottoir du tunnel routier qu'il traversa sans être ni dépassé ni croisé par aucun véhicule. « On peut donc, se dit-il, se promener dans Sisteron la nuit sans rencontrer âme qui vive. »

Une demie sonna à la tour de l'Horloge, si limpide que Laviolette perçut longtemps la vibration du marteau contre le bronze de la cloche. Il passa devant la maison Gobert. Porte sculptée, volets pleins, jardin clos de murs hérissés de tessons, elle occupait tout un îlot entre deux rues et deux Andrônes. Les cris qui pouvaient retentir là-dedans ne devaient guère inquiéter les voisins.

« Et ce soir-là le coton de la brume les étouffait. L'assassin pouvait bien se déguiser en fantôme couvert de chaînes. *Personne* ne s'en serait aperçu. De plus, les Andrônes sont propices au jeu de cache-cache. »

Il regagna l'hôtel, transi mais satisfait, et reposa la clé sur la banque du bureau. Il n'éveilla aucun soupir. Le sommeil du juste écrasait la ville.

Sauf... maître Tournatoire, qui contemplait sans le voir, dans la pénombre, le corps nu de sa femme, une jambe allongée, l'autre ramenée sous le menton. Sujette à des vapeurs tenaces, elle rejetait ordinairement les couvertures et dormait dessus. Sur cette chair à fossettes, maître Tournatoire s'efforçait en vain de lire la conduite à tenir. Il souffrait d'insomnie depuis que la presse brodait sur ces crimes incompréhensibles. Il endurait malaisément qu'ils fussent perpétrés dans l'orbite immédiate de Mme Gobert, sa bonne amie et cliente.

Se glissant hors du lit, il s'éclipsa par la porte entrebâillée, décrocha à la patère sa robe de chambre et descendit les deux étages jusqu'à l'entrée de l'étude qu'il déverrouilla sans bruit. Pour accéder à son cabinet, il traversa à tâtons la salle des clercs et l'antre de son fondé de pouvoir. A tâtons toujours, il s'assura que les rideaux de reps étaient bien tirés devant les volets pleins des fenêtres. Dans une ville de huit mille habitants, il ne sied pas en effet qu'un notaire hante son cabinet à trois heures du matin, sous peine qu'on y suppose anguille sous roche...

Alors seulement il alluma la lampe confidentielle dont la modeste clarté verte inspirait confiance aux clients cossus qui lui soumettaient d'insolubles problèmes de famille.

Il médita longtemps, assis, désœuvré, les doigts à plat sur le sous-main ou bien tortillant sa moustache à l'ancienne.

« Gilberte Valaury... Gilberte Valaury... », se répétait-il méditativement.

Il sortit du tiroir où il l'avait enfermé le soir

précédent le dossier qu'il était allé quérir au minutier, afin de... Afin de quoi au juste ? C'est ce qui agaçait si fort maître Tournatoire, de ne pouvoir répondre à cette question.

C'était un classeur bistre, où l'écriture élégante d'un premier clerc, depuis longtemps décédé, avait tracé cette gênante suscription : *Hoirie Valaury*. Le notaire Tournatoire le tripotait en vain. Il n'en tirait aucune lumière sur la conduite à tenir.

« D'une part, n'est-ce pas, supputait-il, il y a ces meurtres... Mais en définitive, de qui s'agit-il ? Une pauvre fille déshéritée... Une bonne à tout faire pas toute blanche... Pas de quoi alarmer un notable... De l'autre... Eh bien ! de l'autre, le devoir d'informer la justice, sans toutefois porter atteinte au secret professionnel... Et surtout, surtout... sans porter atteinte à la tranquillité d'âme d'une ville où tout le monde dort sans crainte sur ses mystères. Oh ! bien sûr, si demain l'adjudant Viaud ou bien ce commissaire sans mission bien définie se présentait ici muni d'une commission rogatoire. Mais jusque-là... »

Jusque-là, maître Tournatoire enfermerait cette chemise dans le second tiroir de son bureau Empire. Il prendrait l'élémentaire précaution de la remplacer aux archives par un dossier vide mais dûment numéroté au répertoire. Cela, afin que si quelque clerc curieux...

Cette anodine substitution une fois opérée, maître Tournatoire, la conscience sereine, se frotta machinalement les mains.

La sagesse des nations lui chuchotait son approbation, tandis qu'il remontait vers le lit conjugal :

« Qui de rien ne se mêle, de rien ne se démêle. »

Chaque matin, Laviolette allait aux nouvelles chez les gendarmes qui procédaient diligemment aux vérifications fastidieuses. Or, un jour en revenant tout décidé à reprendre l'interrogatoire des commensaux de Rogeraine, le hasard, pour la première fois, lui fit l'aumône.

La principale qualité policière de Laviolette, c'était de savoir muser le nez au vent. De savoir photographier, d'un seul regard circulaire, le contenu d'une poubelle renversée ; la taille du chien responsable du vacarme ; la tête d'une femme en bigoudis qui poussait brusquement un volet pour crier : « Au voleur ! » Il s'intéressait pareillement aux étalages des vitrines. Il en inventoriait les articles : des chapeaux, des chaussures, des postes de télévision, des livres, les titres, même, de trois ou quatre d'entre eux.

« Et tiens... Une imprimerie... Tiens, ils ont exposé divers spécimens d'époques différentes... Mode rétro... Même en typographie... Tiens, mais on dirait... »

Il s'arrêta net, examina avec attention la devanture de l'imprimeur. Il y avait là une vraie exposition rétrospective de travaux de la maison : têtes-de-lettres, prospectus, affiches, brochures ; deux douzaines de cartes de visite fichées par des onglets sur une planche et, parmi elles, un carton oblong, aux angles arrondis, la tranche légèrement filetée d'or où un nom quelconque s'inscrivait sous un brin de myosotis bleu.

Laviolette n'hésita pas. Il poussa la porte du

magasin. A la dame âgée debout derrière le comptoir, il réclama le patron.

« C'est à quel sujet ? demanda-t-elle. Je suis sa femme. C'est moi qui traite avec les voyageurs...

— Je ne voyage pour personne », soupira Laviolette.

Il produisit sa qualité.

« Mon Dieu ! dit-elle, alarmée, vous n'allez pas l'émotionner au moins ? Vous savez, il sort d'une opération !

— Moi aussi, dit Laviolette.

— Laisse-le venir ! » cria une voix.

La femme souleva la tenture de l'arrière-boutique. Au fond, derrière une vitre dépolie, on entendait le cliquetis d'une machine d'imprimerie en marche.

« Entrez ! Entrez ! dit la même voix, engageante. Alors ? Vous avez été opéré, vous aussi ? »

C'était un homme dans un fauteuil roulant. (« On dirait que c'est la mode à Sisteron », pensa Laviolette.) Il portait des verres fumés. Des marbrures soulignaient les effondrements d'une peau déjà rubiconde et des lèvres violacées.

« ... d'une hernie étranglée », dit Laviolette.

Ils mirent, en paroles, leurs tripes sur la table. Par un geste des deux mains, l'artisan suggéra l'instant où on lui avait sorti l'intestin, pour lui en réséquer une section. Ils se parlèrent des antichambres de la mort avec beaucoup de politesse. Enfin, timidement, Laviolette put produire les deux cartes à myosotis bleus et les glisser sous les yeux du malade.

« Est-ce que par hasard... J'ai remarqué que vous aviez exposé ce modèle de carte, en vitrine...

— Ah oui ! c'est vrai ! Oh mais, c'est vieux tout ça !
C'était la mode avant guerre. Vers les années 1938...
1939...

— Et, dites-moi... Est-ce que vous ne pourriez pas
vous souvenir si à cette époque, une certaine Gilberte
Valaury... »

L'homme eut un rire étranglé.

« Tu entends, Deleine ? Il demande si je ne pourrais
pas... »

La question avait tiré la femme toute droite et toute
raide au seuil de l'arrière-boutique.

« Nous autres, imprimeurs, expliqua l'artisan, nous
avons une mémoire infaillible : c'est la *tierce*. La
tierce, c'est une épreuve du modèle qu'on vient de
composer et qu'on embroche sur un fil de fer avec la
date. A la fin du mois on en fait un paquet portant le
mois et l'année. J'en ai cinquante ans d'archives
comme ça. On ne les jette jamais. »

La dame s'agita un peu et froissa du papier qu'elle
tenait en main.

« Tu parles trop », signifiait ce remue-ménage.

Mais le malade, relégué au fond de la boutique
n'était pas fâché de se donner quelque importance.
Laviolette — qui le sentit — n'hésita pas à le pousser.

« Je suis certain que vous savez très bien si à cette
époque, une certaine Gilberte Valaury...

— Moi, je ne le sais pas, mais la *tierce* peut le
savoir. Oh !... la mode a duré peut-être deux fins
d'années, c'est tout. 1938... 1939... C'étaient surtout
les jeunes filles qui commandaient ces sortes de cartes.
Deleine, veux-tu aller me chercher, à la réserve, les
deux ballots de tierces 1938 et 1939 ?

— Et le magasin ? dit-elle, revêche.

— Je vous le garde, offrit Laviolette. Au besoin, je ferai patienter. »

Elle y déploya toute la mauvaise volonté possible, mais enfin, au bout d'un quart d'heure, elle revint des archives portant deux ballots à bout de bras. Douze paquets plats ficelés composaient chacun d'eux.

« Ah ! on va trier là-dedans, dit l'infirme. On va se plonger dans le passé ! »

Il entreprit d'ouvrir lui-même les macules qui enveloppaient les tierces.

« Voyons... Inutile de chercher ailleurs que novembre et décembre. Le reste de l'année on n'en fait pas un pour cent... Mais, vous savez ! A l'époque ça se faisait dans toutes les imprimeries. Vous avez une chance sur mille de trouver chez moi ce que vous cherchez !

— La loterie ! » dit Laviolette en haussant les épaules.

Il gagna. En décembre 1938, une Gilberte Valaury avait commandé un cent de cartes à motif de myosotis, chez l'imprimeur Gaspard Bourrelier. La tierce, conservée dans l'ordre chronologique exact, fournissait même le quantième : le 22 décembre 1938, cette Gilberte avait apporté ici cette page de cahier quadrillé où elle avait elle-même calligraphié son nom à l'encre violette, mais en omettant d'indiquer son adresse. Et, le jour même, elle était revenue chercher ces cartes de visite dont, vingt-huit ans plus tard, on avait retrouvé deux exemplaires épinglés sur des cadavres morts de mort violente.

— Et maintenant, je vous en supplie ! Vous étiez

déjà propriétaire de cette imprimerie, puisqu'il y a
" père et fils " sur vos en-têtes. Vous devez forcément, l'un ou l'autre, avoir vu cette fille, soit à la
commande, soit à la réception. Vous savez forcément
qui elle était !

— Qui ? Gilberte Valaury ? s'écrièrent-ils ensemble. Mais non ! Mais jamais de la vie ! »

Mais il sembla à Laviolette qu'ils prononçaient tous
deux ce nom à la va-vite, comme s'ils craignaient de
trébucher dessus comme s'il s'agissait d'une bouchée
trop chaude à avaler.

« Ou bien vous le savez et vous avez un intérêt
quelconque à l'oublier ?

— Mais comment voulez-vous, enfin ? répondit la
dame pour tous les deux. Regardez les tierces ! Il y en
a peut-être deux cent cinquante, ce mois-là, de cartes !
Deux cent cinquantes personnes qui ont poussé cette
porte. Et il y a plus de trente ans de cela ! Voyons !
Réfléchissez ! »

Laviolette secouait la tête avec obstination.

« Non non ! Vous le savez ! Elle est entre nous !
Vous y pensez tous les deux ! Vous avez la même
image en tête et elle se concrétise là ! Là au milieu de
nous trois ! Elle se dresse ! Vous la voyez ! Vous savez
d'où elle vient ! Vous savez qui elle est. Quand elle est
entrée, vous discutiez le coup, tous les deux, sur
quelque tarif à appliquer. Vous avez levé les yeux avec
indifférence. Vous avez dit : " Oh, Gilberte ! c'est
toi ? " Voilà ce que vous avez dit ! Voilà ce que vous
avez fait ! Ces années passées, il ne faut pas me les
balancer à la figure ! Je sais ce qu'elles valent pour les
hommes de notre âge ! Non ! Gilberte est là ! Là : au

milieu ! Et vous allez me dire quel âge elle avait ! A quoi elle ressemblait ! D'où elle venait ! Qui elle était ! »

Il haletait. Son index tourné vers le sol était agité d'un mouvement spasmodique. Il voulait que Gilberte jaillisse du parquet ciré. Mais ce fut en vain. Son petit tour de cirque n'avait pas altéré les traits immobiles des visages du vieux couple.

Il se leva, fatigué. Il serra dans son portefeuille la carte-tierce avec les deux autres et le morceau de cahier d'écolier, puis se retira sans les saluer. Il avait eu beau se suggestionner tout en essayant de convaincre ses interlocuteurs, il n'avait pas *vu* lui non plus cette Gilberte Valaury. C'était un fantôme qui, tant d'année auparavant, avait posé sa main sur le bec de cane, lequel était probablement, à en juger par l'usure qu'il accusait, toujours le même ; un fantôme qui s'était miré dans la profondeur sombre de la vitre du magasin ; ses chaussures avaient martelé (vivement, lentement ?) le trottoir étroit de cette rue épargnée par le bombardement de 1944.

Jeune ? Quel âge ? « Ces sortes de cartes n'étaient commandées que par des jeunes filles », avait précisé l'imprimeur. Parbleu : « Myosotis : ne m'oubliez pas... » En 1938, Mme Gobert avait seize ans, Rosa dix-sept, la cousine de Ribiers six, les demoiselles Romance dix-huit et vingt, le docteur Gagnon dix-sept, le notaire Tournatoire à peu près quinze... Et tous avaient déclaré ne pas connaître Gilberte Valaury. Or, elle avait commandé des cartes pour jeune fille en 1938... Donc elle avait à cette époque, à quelques années près, le même âge que ces témoins muets.

Morte ? Vivante ? Où était-elle de par le vaste monde ?
Pourquoi l'assassin lui dédiait-il ses cadavres ?

En tout cas, il était maintenant inutile de remuer
ciel et terre. Ses traces, si elles existaient encore, se
croisaient autour de Sisteron. On pouvait se dispenser
de la chercher ailleurs.

Avec ses jeunes associés, le docteur Gagnon habitait
une maison de deux étages dont il s'était réservé le
premier. C'était un homme seul. Le soir où Laviolette
vint le voir, il était de garde.

« Vous me pardonnerez si je vous reçois en vitesse,
lui dit-il, mais à sept heures j'ai une intraveineuse chez
un néphrétique de Vaumeilh.

— Je ne viens pas, dit Laviolette, vous reposer
des questions auxquelles vous n'avez déjà pas
répondu... »

Il leva la main pour prévenir les protestations
éventuelles.

« Soit ! Vous ne connaissez pas, vous non plus, cette
Gilberte Valaury... »

Le docteur Gagnon ne regardait pas son interlocuteur. Ses yeux tristes fixaient les lueurs de la plaine de
Mison où brûlaient des feux de fane dans les brumes
du soir.

« Et pourtant, moi, je la connais, poursuivit Laviolette. La fumée ne vous gêne pas ? »

Il se carra dans le fauteuil des patients.

« Du tout, dit Gagnon, mais *vous*, elle vous gêne.
Vous feriez mieux d'arrêter. Votre respiration trahit
l'emphysème. »

Laviolette esquissa un geste d'insouciance. Cette mimique qui signifie : « Je sais ce que je fais » est particulièrement fréquente chez ceux qui précisément ne le savent pas. Un jour, peut-être, il se mordrait les doigts de n'avoir pas écouté les avis autorisés du docteur Gagnon, mais, pour l'instant, la superbe indifférence était de mise.

« Je la connais... », répéta-t-il.

Et chacune des précisions qu'il avançait était soulignée par des gestes que nécessitait la confection de sa cigarette.

« Elle a... dix-huit ans. Elle est.. blonde, tirant sur le châtain. Eh bien non, ses yeux ne sont pas bleus... pers..., peut-être, bien que ce soit peu courant. Notre rencontre a été trop fugitive... Je n'ai pas bien vu... En revanche, j'ai remarqué sa jupe plissée qui lui arrivait à mi-mollets... blanche ou crème. Une jupe retenue par une ceinture dorée, en rouleau, très étroite. Attendez ! Je crois qu'elle avait posé son vélo sur le trottoir. Elle devait porter des chaussures à talons plats. Je crois, mais je crois seulement qu'elle avait des tresses disposées en diadème autour de sa tête.

— Où l'avez-vous rencontrée ? demanda Gagnon.

— Devant l'imprimerie Bourrelier. Elle venait de se commander un cent de cartes de visite... Tenez ! Elle m'a confié ça ! »

Sur le sous-main du docteur Gagnon, il déposa la carte de la tierce et, bien à plat, le quart de feuille d'écolier où Gilberte Valaury avait écrit son nom.

Un poids lourd changea de vitesse à la sortie du tunnel, dans le virage du parking. L'horloge de la tour sonna la demie, Laviolette perçut sa propre respiration siffler au sommet de ses bronches. « Il a peut-être raison, songea-t-il, je ferais mieux d'arrêter. »

Le docteur Gagnon examinait sur toutes ses faces ce fragment de cahier d'écolier, comme s'il en attendait la solution d'un problème.

« Eh bien ? dit Laviolette. On croirait que vous voyez un fantôme !

— Le vôtre, répondit Gagnon, si vous vous obstinez à fumer cet horrible tabac bleu. »

Il lui tendit le morceau de papier au bout de ses doigts qui ne tremblaient pas.

« Vous avez raison, dit Laviolette, de montrer quelque scepticisme... Je l'ai rencontrée soit... Mais c'était en 1938... En novembre, comme aujourd'hui. Elle pouvait avoir dix-sept, dix-huit ans... comme vous à l'époque... Mais c'est curieux, j'ai beau torturer mon imagination, je ne parviens pas à la faire arriver à l'âge de Mme Gobert, par exemple, ou à celui de Mme Chamboulive...

— Vous avez une curieuse façon de conduire vos enquêtes. Les gendarmes ont posé des tas de questions sur des points précis : " Où étiez-vous tel jour ? Qui vous a vu ? ", etc. Vous, vous évoquez des fantômes...

— Voulez-vous que je vous pose des questions précises ? Bien. Alors, dites-moi : pourquoi Mme Gobert est-elle infirme ? Qui est ou qui était Gilberte Valaury ? »

Le docteur Gagnon se leva de son bureau pour aller se planter devant la fenêtre. Longtemps il tourna le dos à son visiteur. Là-bas, devant lui, le soir sur

Mison n'était plus qu'une moire mauve dont se drapaient les campagnes.

Le regard de Laviolette errait sur les murs, à travers la pièce. Elle contenait plus de livres qu'il n'est de mise, en général, chez un praticien. Quelques modestes aquarelles, où se reconnaissait la signature du docteur, révélaient son amour des terres pauvres autour de Sisteron.

« Savez-vous ce que c'est qu'un néphrétique ? dit brusquement le docteur Gagnon en se retournant. En ce moment, il doit être à quatre pattes sur sa descente de lit... Il a les yeux fixés sur ma seringue... Il me couvre déjà d'imprécations...

— Je m'en vais, dit Laviolette. Et merci pour votre intelligente collaboration. Vous êtes tous très laconiques à Sisteron.

— "*Au jour du jugement,* murmura le docteur Gagnon, *il n'y aura pas de sentence contre ceux qui se seront tus.*"

— C'est de Montherlant, dit Laviolette en prenant son chapeau. Mais ne vous inquiétez pas, j'ai l'habitude. S'il le faut je ferai parler les pierres... Ça ne demandera qu'un peu plus de temps. »

Depuis longtemps, le moulin ne tournait plus, mais, à cinquante mètres à la ronde, une odeur de farine accueillait encore le visiteur.

Le vent battait la maison dans le soir de novembre. Le Buech, au pied de la digue, achevait sa course de torrent turbulent. Son eau claire entrait en fer de lance dans le bourbier du lac.

Un vieux valet, en guêtre de meunier, grommela pour Laviolette et à deux doigts de sa figure que les demoiselles ne recevaient pas.

« Qu'à cela ne tienne ! » dit Laviolette en l'écartant doucement d'une main.

Il les découvrit dans leur salon sombre, peureusement serrées l'une contre l'autre. Elles avaient arrêté la télévision. Sur l'immense table s'entassaient des colis pour les bonnes œuvres. Des lainages bien pliés traînaient partout et des piles de boîtes de petits pois atteignaient la hauteur des bahuts à cristaux. L'air sentait la meunerie.

Le salon, dans le crépuscule du soir, recelait d'inquiétantes présences. C'étaient des toiles dans des luxueux cadres de chêne, tapis à l'abri du vernis.

Sous ces tableaux, les deux vieilles filles se pelotonnaient dans leur charité, leur crainte du scandale et leur circonspection.

« Voyez-vous, dit Laviolette, tristement, je m'étais fait une autre idée de votre sens moral. J'espérais que vous seriez touchées par ces assassinats perpétrés d'une manière si horrible... J'espérais que vous ne me cacheriez rien... »

Il poussa sur la grande table la carte aux myosotis et le bout de cahier. Elles y jetèrent un coup d'œil de très haut, sans broncher.

« Vous ne trouvez pas, dit le visiteur, que c'est émouvant ce nom tracé depuis si longtemps à l'encre violette sur ce morceau de papier et qui paraît encore de si fraîche couleur malgré tant d'années que Gilberte Valaury l'a écrit. Cette carte, elle vous l'a peut-être adressée autrefois, avec ses meilleurs vœux. Peut-être

140

repose-t-elle encore dans quelque tiroir de vos chambres, sous ces bouquets en forme de bouteilles qu'on tressait avec des tiges de lavande et qui embaument pendant un demi-siècle ?... »

L'espèce humaine présente une curieuse constante. Dans l'art d'égarer la justice, par intérêt, passion ou scrupule, les honnêtes gens arborent les mêmes têtes que les crapules. Laviolette l'admirait ce mutisme entêté sur les traits des deux sœurs qui s'appliquaient à n'en pas changer. Athalie défaisait patiemment les nœuds d'une ficelle encore utilisable. Esther inscrivait une adresse sur l'étiquette d'un colis. Athalie soupira :

« Monsieur, les gendarmes...

— Oui, je sais ! Ils sont venus avec leur bonne bouille rose, leur jeunesse et leur prestance. Et ils vous ont posé des questions précises auxquelles vous étiez fières de répondre les yeux dans les yeux. Mais moi ! Osez seulement prononcer ce nom " Gilberte Valaury " en me regardant en face, sans ciller ! Là ! Vous voyez bien que vous ne le pouvez pas ! »

Il marqua une pause, résista au désir de rouler une cigarette.

« Et pourtant... Vous et moi, nous savons maintenant que tout se dessèche. La Gilberte de cette époque-là doit avoir aujourd'hui probablement la même consistance que la terre où elle repose. »

Les demoiselles ne pipèrent mot.

« Et pourtant elle est venue ici. Elle a vu ces tableaux. Elle s'est assise à cette table. Elle arrivait devant le terre-plein... Vous entendiez le gravier crisser sous les pneus du vélo... Elle en descendait en voltige. Vous disiez tranquillement : " Tiens, voilà

Gilberte ! " Vous étiez du même monde : celui des cartes de visite. Je la vois : elle porte un chemisier à pois largement échancré. Attendez ! A son poignet gauche est lové une sorte de bracelet très curieux que je distingue très mal... Si ! Attendez ! C'est une torsade figurant un serpent... Or ou argent... Je ne sais pas. »

« Espèce d'andouille, se disait-il, depuis ta visite au docteur Gagnon, tu es en train de décrire ton premier amour ! Sauf qu'elle était brune et qu'elle avait horreur des chemisiers à pois. »

« Monsieur, dit Athalie, nous n'avons jamais de notre vie vu cette personne que vous décrivez si bien. Et d'ailleurs, puisque vous la connaissez à ce point, pourquoi avez-vous besoin de notre concours ?

— Bon ! dit Laviolette. Je n'ai aucun moyen de vous obliger à parler. Puisque votre conscience vous tient quittes, dormez en paix... »

Sans lever les yeux, l'une de sa ficelle, l'autre de ses adresses, elles l'écoutèrent refermer la porte et démarrer. Lorsque le silence, au loin, fut totalement retombé, elles osèrent s'interroger du regard. Une terreur superstitieuse dilatait leurs prunelles.

« Ne cherchez pas ! lui avait-elle dit. J'ai la plus belle porte de Ribiers. Face à la fontaine, en biais, sur la place de l'église. »

Mais Ribiers est le pays des belles portes. On en compte plus de cinquante, toute briquées à mort. Les portes de Ribiers sont l'orgueil de ses habitants, les automnes miroitent sur leurs panneaux blonds.

Ribiers a aussi une large esplanade où passe qui veut, à toute vitesse; y compris le vent, allant vers Laragne ou vers la Méouge. Ribiers vivote en paix, par les ruelles et les cours. Dans trois cuves encore on y entend bouillir le vin des propriétaires.

A Ribiers aussi mûrissent les poires des connaisseurs. Des poires qui n'ont pas de nom, qui croissent sur les arbres hauts de huit mètres et qui tombent selon leur bon plaisir. Des poires qu'on refuse doucement de vous vendre, avec un petit sourire. « Car, dit-on, qu'est-ce que vous voulez qu'on vous vende, mon pauvre monsieur ? Regardez ça si c'est minable ! » Effectivement, si vous mordez dans l'un de ces fruits, généralement cariés de noir, *vous n'en serez pas le bon marchand* comme ils disent. C'est âpre, dur et rêche.

On les place, ces poires, sur les claies des celliers, à l'ombre et au froid ou sur les tommettes rouges des pièces vides, là où la grand-mère est morte, il y a trente ans, et on les oublie...

Alors, quand la vallée du Buech est raclée jusqu'à l'os et que les moutons sortent pour la frime, quand on n'a plus senti depuis de longs mois mourir la saveur d'un fruit entre langue et palais, l'odeur des poires mûres à souhait suinte à travers Ribiers. C'est décembre, c'est janvier. En trois mois d'ombre froide, la poire a ressenti assez le regret de l'été pour vous fondre glaciale dans la bouche, en un parfum qui vous humecte les narines, et vous vous dites : « Pardi ! Sûrement ! Des poires comme ça, on comprend très bien qu'ils les gardent pour eux ! »

La cousine Évangéline était une poire de Ribiers : fausse âpre, fausse laide, fausse timide. C'est ce que pensait Laviolette en la contemplant. Car il avait fini par repérer cette fameuse porte. Elle commandait, grande ouverte, un corridor long de huit mètres au fond de quoi retentissait le bruit sec d'un couperet.

Laviolette s'avança, subjugué. Dans une cour pavée, à l'ombre d'un micocoulier dégarni, la cousine levait au-dessus de sa tête une hache de forestier pour l'abattre en cadence sur les bûches qu'elle refendait. Elle n'y revenait jamais à deux fois et gardait le souffle égal. Manches retroussées, chignon noir, jupe noire, en savates et jambes nues, elle était l'incarnation de la santé florissante. On ne voyait dans son visage, comme un signal, que cette étrange bouche carrée de masque grec, soigneusement peinte. A chaque élongation, sa jupe se plaquait sur les cuisses nerveuses, le sweater remontait sous les seins, dévoilant un travers de main de chair brune. Entre l'oreille et l'épaule se distinguait cette courbe en forme de faucille où si volontiers s'abîment les lèvres d'un homme.

« Mâtin ! » s'exclama Laviolette, admiratif.

Comme une coupable prise en flagrant délit, la cousine frappa la bûche de travers. Une imprécation lui échappa. Mais, tout de suite, reconnaissant son visiteur, elle arbora un sourire éclatant qui modifia complètement ses traits. Laviolette l'avait surprise les yeux fixes, la grande bouche mauvaise, fendant son bois avec une hargne impitoyable, le cheveu collé au front par la sueur. Et soudain c'était une jeune femme enjouée qui lui tendait la main. Ce sourire de joie véritable était plus chaleureux que ne l'eût exigé la simple civilité due à un enquêteur venu vous poser quelques questions. « Radieux ! se disait Laviolette, charmé. Elle m'accueille avec un sourire radieux ! »

« Oh comme c'est gentil à vous d'être venu me voir dans mon pays ! » s'exclamait-elle.

Laviolette, en connaisseur, soupesait la cognée. Elle était équilibrée, légère, bien en main. Quelque amoureux, sans doute, en avait affûté le fil courbe. Les bûches refendues l'intéressaient aussi. Elles étaient de cette qualité de hêtre de Lure qui lutte contre le vent par des nœuds, sur lesquels rebondissent les outils si l'on a le bras faible. Laviolette constata que la cousine en avait séparé plusieurs, des plus serrés, d'un seul élan.

Elle accompagnait sa bienvenue d'un rire de gorge tout roucoulant de sensualité secrète. Elle accourait vers lui. Elle lui tendait une main qui s'agrippa à la sienne lorsqu'il la serra.

Elle envoya dinguer ses savates pour enfiler une paire d'escarpins à talons qui attendaient au coin d'une porte. Elle l'invita à pénétrer dans la cuisine. Des kakis blettissaient sur le dessus de cheminée. La bouilloire bruissait à côté de la cafetière, au coin d'une cuisinière à l'acier étincelant, à force de jus de coude et de toile émeri.

Tandis qu'il se confondait en excuses sur l'heure indue, son sans-gêne d'être venu sans prévenir, elle balayait toutes ses objections et lui servait — sans s'oublier — un petit marc très froid qu'elle disait de ses terres.

Toutefois, elle ne le perdait pas de vue. Elle le dévisageait sans aucune gêne, avec un sens critique tempéré.

« Comme on mire un œuf qu'on va gober », se disait-il.

Il se souvint à propos qu'elle était trois fois veuve et il pensa soudain que l'intérêt qu'elle lui témoignait était, somme toute, professionnel.

« Ma foi, se dit-il, je me sens sous son regard comme une volaille qu'on tâte à la foire. Elle trouve que je suis un parti très présentable ; mais elle s'efforce de peser ma longévité au plus juste. Si j'osais, je dirais qu'elle s'est déjà couchée sur mon testament ! »

Pourtant, malgré ces propos qu'il garda pour lui-même, et bien qu'il fût venu seulement dans l'intention de lui poser quelques sèches questions, il vacilla sous la chaleur de l'accueil. Sous la terne chrysalide entrevue l'été dernier, d'abord à *La Tour de Nesle*, ensuite chez Rogeraine, il découvrait une sorte de papillon noir brillant mais dangereux. Et pourtant, Laviolette était captivé par ce danger. Il écoutait aussi chanter la bouilloire avec beaucoup de plaisir. Il rêvait de pantoufles chaudes étalées devant le four ouvert de la cuisinière.

« Ah, dit-il, c'est quand même agréable, parfois, de rencontrer dans le travail quelqu'un d'aussi hospitalier ! Vous m'accueillez, là, vous m'offrez le petit verre de l'amitié... »

Elle soupira tout en tisonnant énergiquement le feu :

« Et pourtant, vous savez, en ce moment, je n'ai pas tellement bon caractère... Vous vous rendez compte que tous les soirs, à nuit close, je gagne Sisteron à cyclomoteur ?

— Mais... Je vous ai vue une voiture cet été ? Pourquoi n'en usez-vous pas ?

— La traction ? Mais, mon pauvre monsieur, elle me coûte cent francs d'essence pour aller et revenir ! Non ! A vélomoteur, cette voiture du pauvre... Vous croyez que c'est une vie ? Que voulez-vous... Je ne peux pas la laisser seule, cette pauvre Rogeraine ! Il y a certaines choses... Et puis mon pauvre père et le sien s'aimaient tellement... Et comme on ne peut pas compter sur Constance, qui est une planche pourrie !... Elle parlait déjà, depuis longtemps, de se chercher une autre place, mais maintenant, je crois qu'elle va la trouver... Elle a une de ces frousses ! Et moi je suis vannée... Je n'en puis plus, de toutes ces allées et venues...

— Je vous trouve bien courageuse...

— Courageuse... Courageuse... Je pèle de peur, oui ! Je 'me vois tous les jours transportée comme une balle de foin et jetée du haut de quelque fenière. Seulement, je prends sur moi... »

Laviolette se frappa sur les cuisses et se leva, comme pour partir.

En réalité, une fois debout, il tirait de son porte-feuille les trois cartes à motif de myosotis pour les agiter devant lui.

« Vous voyez, soupira-t-il, si quelqu'un voulait bien me dire au moins qui est cette Gilberte Valaury... »

La cousine se pinça les lèvres.

« Elle vous intéresse donc bien, cette fille !... Vous la faites même rechercher dans les journaux.

— Oh, fille !... dit-il. Aujourd'hui, si mes calculs sont justes, elle doit avoir dans les cinquantes ans ! Bien sûr, vous, vous ne pouvez rien m'apprendre, vous étiez beaucoup trop jeune à l'époque... Mais il y

en a d'autres qui pourraient dire et ne disent rien…
Et, vous savez, si personne ne me dit rien, ça peut
durer des mois, que dis-je, des années… Et moi je suis
fatigué et j'aurais besoin d'organiser ma vie…

— Ah! dit la cousine. Bien sûr, si ça dure des
années… »

Elle se tordait un peu les mains.

« Il ne lui paraît pas, se dit-il, que je puisse durer, la
convoitant encore, un bien grand laps de temps. Elle
voudrait me voir organiser ma vie rapidement. Tout
de suite si possible… »

Cette fois, il faisait vraiment le mouvement du
visiteur qui s'apprête à partir.

« J'ai trop abusé… Et merci de votre viatique!… »

La bouche d'Évangéline s'ouvrait et se refermait. Sa
glotte était agitée de spasmes nettement audibles.

« Je… », commença-t-elle.

Elle se reprit.

« Je vous inviterais bien à dîner un de ces soirs,
mais avec cette cousine… »

Il fit un mouvement d'épaules fataliste. Il s'engagea
dans le corridor.

« Attendez! » cria-t-elle à voix basse.

Il se retourna d'une pièce. Elle avait les joues roses
d'une fille qui va murmurer son premier aveu.

« Je ne veux pas, dit-elle, vous laisser repartir sans
rien. Tant pis pour la cousine, après tout!… Mais,
vous savez, je ne sais pas grand-chose…

— Ce sera toujours ça, murmura-t-il le plus tendrement qu'il put.

— Eh bien!… Vous avez demandé pourquoi Rogeraine était infirme. C'est une histoire d'amour.

Enfin... C'est comme ça qu'en parlait mon père, son oncle, quand il s'entretenait avec ma mère à ce sujet. On n'en parlait pas devant moi, Dieu garde ! Je surprenais... Ça s'est passé en 1947... J'avais quinze ans... Elle a été dans le coma quatre jours... Entre la vie et la mort... Et... Attendez ! Il y avait quelque chose que disait mon père, en même temps, quand il parlait de ça. Il disait : " Cette glycine... J'avais toujours dit à mon frère qu'il aurait mieux fait de la couper au pied... Seulement il a jamais eu le courage. Il disait qu'elle était trop jolie ! Eh ben voilà ! Maintenant elle l'est toujours jolie... " »

Elle baissa les yeux.

« Si vous revenez, dit-elle pudiquement, j'essayerai de me souvenir d'autre chose... »

Il la dévisagea sans piper mot. La conscience professionnelle lui soufflait de la traiter comme Vincent : la saisir au col et lui comprimer le nombril avec son genou.

Mais pour l'avoir surprise la cognée bien en main, il n'était pas certain de la réduire facilement. En outre, avec son sourire à dents éclatantes dans cette grande bouche aux lèvres rouges, cette modeste sirène l'avait proprement subjugué. Il se contenta de lui demander :

« Et Gilberte Valaury ?

— Alors là, je ne sais rien ! Mais je peux vous avouer une chose : eux, ils savent ! Tous ! Vous entendez : tous ! »

Elle poussa doucement derrière lui le battant de la porte.

Maître Tournatoire se pencha galamment pour baiser la main de Rogeraine et s'installa dans le fauteuil qu'elle lui désignait.

Elle avait un faible pour son notaire. Il lui prélevait de substantiels honoraires, mais il portait beau et il l'assurait toujours de son dévouement. C'était un homme qui marchait sur la pointe des pieds, afin de ne déranger personne, mais il était bavard et obstiné. Lorsqu'il vous tenait par le bouton de la veste, il ne vous lâchait plus. « Je suis un monsieur tout rond », avait-il coutume de dire, quoiqu'il fût maigre et long comme une lame de couteau. Les gens qui venaient d'ailleurs croyaient reconnaître une comique franchise dans sa prolixité verbale. En vérité, il se donnait licence d'être franc la plupart du temps, afin de pouvoir dissimuler plus profondément en un petit nombre d'occasions essentielles.

« Je suis venu en catimini, dit-il. Je me suis glissé dans votre corridor, lorsque j'ai vu, de ma fenêtre, votre fidèle Constance partir aux provisions.

— Mais nous devions nous voir ce soir.

— Tous ensemble, ma chère Rogeraine ! Or, je voulais vous voir seule... Et tout d'abord, que je vous rassure : j'ai serré en lieu sûr plusieurs minutes qui concernent la succession Valaury. Vous pouvez être tranquille. Je...

— Qu'est-ce que c'est que cette histoire ? De quoi croyez-vous que j'aie peur ?

— Pardonnez-moi. J'ai peut-être eu tort de prononcer ce nom. Je pensais vous parler à cœur ouvert, comme toujours...

— Mais nous n'avons jamais parlé à cœur ouvert. »

Il la contemplait avec amusement. Il la trouvait belle. Il en avait été amoureux lui aussi, en son adolescence, et il déplorait ce qu'elle était devenue. Mais voilà... Elle était beaucoup trop riche. On ne pouvait se défendre, en sa présence, de songer d'abord à la couverture bancaire qu'elle représentait.

« Ma visite, dit-il, est le résultat de plusieurs nuits d'insomnie. Je... Ces temps derniers, j'ai eu l'occasion de me livrer — par personne interposée, il va sans dire — à un certain nombre d'opérations immobilières, très sûres, très fructueuses, mais il a fallu consentir des avances de trésorerie qui dépassent un peu mes possibilités... Alors, avec ma rondeur habituelle, je suis venu, tout simplement — oh, pour quelques mois seulement ! — vous demander votre aval... Voilà, chère Rogeraine, le but réel de ma visite. Vous voyez que je n'y vais pas par quatre chemins. Notez que c'est la première fois depuis que je vous sers... »

Le silence tomba, car Rogeraine faisait distraitement crisser le coupe-papier sur la tranche du livre dont elle était en train de détacher les pages. Elle pouvait contempler la tonsure naturelle de son vis-à-vis, lequel, sous prétexte de déférence, préférait ne pas soutenir sa vue.

« Ainsi, dit-elle lentement, vous assistiez aussi à la mort de Cadet Lombard ? »

Maître Tournatoire leva la tête et se mit à loucher éperdument, afin d'éviter l'examen de Rogeraine.

« Oui, dit-il enfin, j'y assistais et...

— Et vous avez appris là des choses dont vous vous

êtes dit qu'il serait dommage de ne pas profiter. C'est à cela que vous avez employé vos nuits d'insomnie. Ces fameuses spéculations, vous êtes trop prudent pour y risquer votre argent. En revanche, le mien... »

Maître Tournatoire avait enfin posé son regard au loin, au-delà de l'épaule de Mme Gobert et il arrivait à l'y faire tenir sans ciller.

« En vérité, chère Rogeraine, j'aurais dû m'y prendre différemment. J'aurais dû, d'abord, vous faire part de mes craintes.

— Allez-y ! Videz votre sac !

— Quand Cadet Lombard a poussé son dernier soupir, nous nous sommes tous rassemblés autour de son lit, afin de vérifier s'il était bien mort. Et quand nous nous sommes redressés, j'ai rencontré le regard de quelqu'un... Et je vous jure, Rogeraine, que pour ce regard-là, il n'y avait pas prescription...

— Qui ? » demanda Rogeraine.

Le notaire agita devant lui ses mains levées verticalement.

« Non, non, dit-il. Ceci, c'est mon secret. Je vous mets en garde simplement.

— Mais pourquoi ne s'attaque-t-il pas à moi directement ? Est-ce un lâche ?

— Vous savez, ce regard dont je vous parle, je n'ai pas dit qu'il était tout à fait normal... Je pense que quelqu'un veut vous rafraîchir la mémoire... Quelqu'un qui vous trouve la conscience... Comment dire ?... trop sereine...

— Et qui prétend me tuer à petit feu..., murmura Rogeraine, lentement. Je sais. On m'a déjà dit ça.

152

— Ah ! parce que… quelqu'un vous a déjà parlé, dans votre intérêt ?

— Vous imaginez bien, mon cher maître, que vous n'êtes pas le seul à vous être dit qu'on pouvait tirer pied ou aile d'un certain secret. Il n'est pas jusqu'à votre chère Aglaé…

— Que vient faire ma femme là-dedans ?

— C'est tout frais ! Hier après-midi, elle se tortillait dans le fauteuil où vous êtes. Vous sentiriez encore son parfum suave si je n'avais vaporisé un peu de déodorant.

— Mais, que voulait-elle ?

— De l'argent, naturellement…

— Mais elle a tout ce qu'il lui faut. Je règle ses factures à mesure qu'elle les apporte !

— Elle m'a parlé des îles du Cap-Vert avec extase.

— C'est absurde ! Nous voyageons constamment. L'an dernier encore nous faisions un safari photo au Kenya… Le Club Méditerranée ne voit que nous…

— Il doit exister pour elle un attrait particulier aux îles du Cap-Vert. Car, si j'ai bien compris le fond de sa pensée — et elle m'a réclamé une telle somme qu'il était facile de la bien comprendre —, je crois que les îles du Cap-Vert, c'est pour très longtemps qu'elle a envie de les connaître. Et sans vous… »

Le notaire bouscula brusquement son fauteuil et se dressa.

« Vous mentez !

— A la bonne heure ! J'ai enfin réussi à ce que vous me regardiez en face ! Eh bien ! profitez-en pour savoir que je ne mens pas ! »

Il marchait à reculons vers la porte, sans quitter des yeux le visage moqueur de Rogeraine.

« Il n'a plus rien du monsieur tout rond, se dit-elle avec satisfaction. Celui-là, au moins, j'étais sûre de le tenir... »

8

Il se promenait dans Sisteron qui attendait l'hiver. Sous le vent âpre, gonflé de regrets, il marchait les yeux levés pour oublier les devantures éclairées au néon et retrouver la ville d'autrefois dans les étages des façades, lesquelles, depuis cent ans, n'avaient pas changé.

« Si j'étais, se disait-il, cet assassin romantique que sans doute j'imagine, je me sentirais à l'abri parmi les énigmes qui truffent le passé de cette ville noble. Ce vent lui-même me couvrirait. J'assisterais, le cœur en paix, au sortir des écoles. Je regarderais d'un œil bienveillant les jeunes mères. J'irais écouter le soir clapoter le lac sous le pont de la Baume et je rentrerais sans remords dans mon salon mettre les pieds contre les chenets. Rien ne me distinguerait de mes concitoyens. Dans leur foule, faisant mon marché, je ne serais que l'un d'eux. Je rejoindrais à la fin, impuni, la poussière de mes victimes ni plus ni moins voyant qu'elles ne l'étaient. Rien ni personne ne se souviendrait plus de moi ni ne saurait pourquoi je tuais. Et pourtant, un seul regret, que mon histoire ne soit pas contée... C'est cela ! se disait Laviolette. Il doit vouloir absolument raconter son histoire... »

Parfois les passants, luttant contre les courants d'air des Andrônes, observaient à la dérobée ce commissaire rêveur qui paraissait se réciter à voix basse quelque curieux monologue.

Les gens de plus de cinquante ans étaient ses proies recherchées. Il les traquait à la poste, dans les cafés ; si la tête de l'un d'entre eux dépassait d'une pissotière, il s'y jetait hardiment. Chaque après-midi, il explorait le foyer du troisième âge. Il surgissait comme un spectre parmi les vieillards. Il se postait, immobile et silencieux, à côté des pêcheurs du Buech, qui tressaillaient soudain à le découvrir. Les jours de marché, il butinait de groupe en groupe ; il accostait chacun d'eux latéralement, en crabe, pour n'effaroucher personne. La gare, à l'arrivée de l'autorail, les voyageurs, à la descente du car, tout lui était bon pour exhiber furtivement, comme on propose des photos honteuses, cette carte à myosotis bleus où s'inscrivait le nom qui l'obsédait.

Il leur parlait en dialecte, et comme il pratiquait celui de Piégut, à vingt kilomètres de là, il commettait parfois des erreurs de prononciation qui le rendaient aussitôt suspect. Il était pourtant aussi persuasif qu'un camelot de foire :

« Mais si, voyons, vous l'avez connue ! Vous ne pouvez pas ne pas l'avoir rencontrée dans votre jeunesse ! Vous étiez trois mille cinq cents à l'époque. Vous vous connaissiez tous ! Faites un petit effort ! »

On l'écoutait, on éludait. On se passait de l'un à l'autre — du bout des doigts pour ne pas se contami-

156

ner — la pauvre pièce à conviction qu'on lui restituait ensuite dédaigneusement. Ou bien, les lèvres bien serrées pour prévenir toute parole malheureuse, on se contentait de secouer la tête en un geste de dénégation peu compromettant.

Mais cette unanimité dans l'amnésie que lui opposait Sisteron constituait en elle-même un aveu. Laviolette ne pouvait plus douter maintenant que ce seul nom de Gilberte Valaury évoquait pour tout un chacun un terrible événement, un drame qu'on préférait ensevelir.

Or, un après-midi, comme Laviolette, méditatif, remontait vers la ville nouvelle, par le portail de la Nière, il entendit, fusant du Glissoir, une pimpante petite musique baroque jouée sur un violon au son très pur. Il s'arrêta, écouta.

Entre les murs de la voûte, le vent soulevait dans les angles mal balayés des tourbillons d'ancienne poussière. La sonate s'envolait avec elle. « Elle est d'une gaieté triste... », se dit Laviolette. Il s'approcha d'une porte mal jointe, coincée contre un arc-boutant, d'où s'échappait une odeur de copeaux. Un écriteau à usage d'enseigne expliquait ce parfum : « *S. CHARLOT, menuiserie en tout genre — réparations de vieilles choses — travail à façon.* »

Cette entrée discrète commandait une surprenante enfilade de voûtes gothiques où se délayait le peu de clarté que distillait, au fond d'une nef, la rose d'un vitrail crevé. Quelques ampoules suppléaient chichement à cette pénombre. Une baladeuse, cependant, accrochée au tableau d'outillage, éclairait parfaitement l'établi devant lequel un homme jouait du violon. Il jouait presque sans broncher, avec une parcimonie de gestes digne d'un virtuose. Laviolette se garda de l'interrompre.

C'était un personnage maigre, en bleu de chauffe, casquette sur la tête. Ne se sachant pas écouté, il caressait de bon cœur son instrument. Malheureusement, un détail parut lui déplaire, soit dans son exécution, soit dans la façon dont l'instrument y répondait.

Il éleva le violon devant la baladeuse, pour y mirer quelque subtile imperfection, et Laviolette tomba sous son regard. Il le scruta deux secondes, par-dessus ses petites lunettes cerclées de fer.

« Ah, c'est vous ? dit-il, désenchanté.

— Je suis donc si antipathique ? »

L'artisan l'observait. Il allait répondre sèchement à cet intrus intempestif. Mais Laviolette s'avança, se plaça parallèlement à lui devant l'établi, saisit le violon qu'il remit d'aplomb et l'archet qu'il posa en équilibre sur l'entablement. Le terrain ainsi déblayé, il étala ses deux mains à plat parmi les copeaux, pour y jouer sa reconnaissance initiatique.

L'artisan l'observait en le jaugeant par-dessus ses lunettes.

« On recrute vraiment de drôles de types parmi les frangins ! » dit-il à mi-voix.

Mais lui aussi appuyait ses doigts à côté des mains de Laviolette et tous deux symbolisaient le cheminement abstrait des compagnons à travers le monde obscur et les foules aveugles.

« Il faut t'y résigner, dit-il. Ça date d'un temps où

tu n'étais pas né... C'est du Scarlatti que tu interprétais ?

— Non. C'était une chaconne de Tartini. C'est le violon du petit Tournatoire. Je lui ai juste recollé l'âme hier après-midi. Je l'essayais. Si un violon peut être étonné, je te jure que celui-là devait l'être. Il n'avait sûrement jamais joué du Tartini et il n'en jouera jamais plus. »

Il saisit l'instrument qu'il fit miroiter devant lui en le retournant doucement.

« Hé oui, mon pauvre petit ! dit-il tendrement. Tu finiras dans ton étui de luxe en quelque tiroir d'une belle commode galbée... Le petit Tournatoire n'ira jamais plus loin.

— Tu es un drôle de menuisier.

— Et toi, tu m'as l'air d'être un drôle de flic.

— Tu sais, je dis que je n'ai plus qu'un pied dans la police, comme on dit : " j'ai déjà un pied dans la tombe... ". »

Ils pouffèrent ensemble. Devant eux, fixé à côté du tableau d'outillage, un miroir du temps passé, à cadre de plâtre, aux angles arrondis au sommet, au tain écaillé par plaques. Il disparaissait presque sous un fatras de cartes postales, souvenirs des compagnons en vacances.

Le rire de Laviolette s'étrangla dans sa gorge en apercevant parmi elles une vieille photo. Il serra le poignet de son *frangin*. Son index immobile désigna l'image. Elle était un peu racornie. Quelques mouches, par les étés torrides, s'étaient promenées sur ces plages, mais cela ne suffisait pas à ternir l'éclat du sujet.

« Là ! s'exclama Laviolette. Cette superbe fille ? »
Le menuisier suivit son regard.

« Ah oui, dit-il, mélancolique, cette superbe fille !... Tu ne la reconnais pas, naturellement ?

— Si, je la reconnais justement ! C'est Mme Gobert ?

— Oui, c'est Mme Gobert. C'est Rogeraine. *C'était* Rogeraine. »

Un certain regret voilait les yeux du menuisier, derrière ses lunettes de fer.

« Si tu l'avais connue... Et en short ! A cette époque : 1938 ! Il fallait être gonflée, et elle l'était. Elle n'avait peur de rien... De rien ! Je suis sûr, tu vois, que ça a été la première fille de Sisteron à refuser de se marier vierge... Une fille légère... Mais pas avec n'importe qui. Et... j'étais n'importe qui... »

Il désigna la photo d'un signe de tête.

« Moi j'ai eu ça ! Un soir où je la pressais... Elle riait, elle se défendait sans trouble. Elle savait que je n'étais pas dangereux. Elle m'a donné cette photo et elle m'a dit : " Regarde-la souvent ! Regarde comme je suis plus belle que mes sœurs ! " Moi, j'avais dix-sept ans. J'étais couvert de boutons d'acné. J'étais apprenti chez le père Saille, ici. En 39, je suis resté seul à l'atelier. C'est là que j'ai apporté la photo. Depuis elle y est...

— Je vais te poser une seule question : tu l'aimes encore ?

— Qu'est-ce que ça veut dire une question pareille ? A mon âge ? Avec ma femme et trois enfants !

— Et Tartini..., prononça Laviolette doucement.

— Elle n'a jamais entendu prononcer ce nom de sa

vie... Mais tu crois vraiment qu'elle a quelque chose à voir avec ces crimes ?

— Elle en est le pivot. C'est le nœud du problème. Je commence à imaginer que l'assassin s'acharne sur ses aides-soignantes parce que ce sont les jambes de Mme Gobert. A chaque fois qu'il en tue une, il les lui coupe une nouvelle fois ! Après ça, il la regarde se débrouiller seule dans la vie. Il la regarde se traîner comme un cul-de-jatte ! Humiliée... Et ça doit lui faire d'autant plus de plaisir qu'il a dû la connaître telle qu'elle est là ! »

Il désignait la photo.

« C'est un fou ?

— S'il l'est, sa folie plonge dans un passé aussi ancien que celui de cette photo. C'est du passé qu'il faut que j'extirpe la vérité. Or, à Sisteron, tout le monde paraît avoir oublié ce passé.

— Ça va, dit l'artisan, tu me l'as assez montrée avec ses jambes de nouveau coupées. Moi, je les ai vues alors qu'elles venaient juste de servir pour la dernière fois...

— Quand, dis-tu, as-tu vu ses jambes pour la dernière fois ? »

L'artisan ôta sa casquette et ses lunettes comme pour rendre une sorte d'hommage au souvenir qu'il allait évoquer. Il parut soudain plus jeune et plus candide.

« Tout ça, dit-il, c'est la faute de cette glycine. Tu l'as vue, cette glycine ? Elle est monstrueuse, anormale...

— Anormale ?

— Oui. Sous nos climats, avec le froid qu'il fait,

161

elle aurait dû péter un hiver ou l'autre. Tu comprends... Les Andrônes, ici, ça te jette déjà l'un contre l'autre, quand tu t'y promènes avec une fille... L'atmosphère... y a une présence, comment dire ? indéchiffrable... mais qui vous chuchote à tous les deux : " profitez-en ! profitez-en vite ! " Alors, si tu ajoutes la glycine à cette invitation... C'était au mois de juin... Il faisait torride. Je me rappelle. Je dormais la croisée ouverte. J'habite au-dessus du Glissoir. Mon premier petit avait deux mois. C'était donc en 47. C'est ça... 47... Ma femme venait de se lever pour allaiter. Il y a plus de cent mètres entre le Glissoir et l'Andrône et pourtant l'air y est brassé par le parfum de la glycine. Cette odeur, elle arrivait par effluves dans ma chambre. Je t'en parle comme si c'était hier... J'essayais de l'oublier en me mettant le drap sur le nez. L'air était tellement léger qu'on entendait les courtilières s'aiguiser les élytres. Il était une heure du matin.

— Comment peux-tu être si précis ?

— Attends, tu vas voir ! Le coup de fusil a pété entre le premier coup de une heure et la réplique. Je me suis levé d'un bond, par réflexe. J'ai enfilé les espadrilles et le short. Ma femme était en travers de la porte, le bébé sur les bras. Elle m'a crié : " N'y va pas ! " Je l'ai écartée. J'ai foncé dans l'escalier. En sortant du Glissoir, j'ai vu un homme qui passait en courant le coin de l'Andrône. Il tenait un fusil. Il s'est engouffré dans la maison Gobert.

— Tu l'as reconnu ?

— Oui. C'était lui. L'Armand Gobert. Je m'oriente. J'entends gémir en bas, dessous. Je dévale deux à deux les marches — tu as vu si elles sont larges ? — et je tombe sur le Cadet Lombard appuyé au mur, sanglant ! Il me crie : " Couvre-la ! " Alors j'ai vu Rogeraine. Elle était à plat ventre, nue jusqu'à la ceinture. Le bas de son dos tout en sang... Elle ne bougeait plus. J'ai ôté ma chemise pour couvrir sa nudité. Cette chemise, elle est devenue écarlate d'un coup. Je l'ai encore. On me l'a rendue... Ma femme l'a lavée, mais elle est restée rose. »

Il cracha sur le côté.

« Le diable t'emporte de me faire souvenir de choses pareilles ! Maintenant, c'est comme si j'y étais encore... Je suis à côté de Rogeraine. J'ai envie de l'emporter dans mes bras. Mais pendant ce temps l'Andrône se peuple : il arrive le Bellivet, des tabacs, puis le Pévouillet, le boulanger, puis le Justin Bontoux ; tout ça les bras au ciel, complètement inutiles. A ce moment-là, le deuxième coup de fusil pète et nous nous retrouvons tous à plat ventre. Mais quelqu'un a dû téléphoner. Quand nous nous relevons, il y a déjà trois pompiers, et tout de suite après les gendarmes. On amène la civière. Le docteur Dutilleul arrive...

— C'était le prédécesseur du docteur Gagnon ?

— Oui. Celui-là il écarte les doigts et tourne la main de droite à gauche : " Une chance sur mille ! " dit-il. On entraîne aussi le Cadet Lombard qui saigne des deux mains comme un porc, mais qui hurle qu'on le laisse mourir tranquille... que c'est tout ce qu'il demande... Alors nous, comme on veut tout savoir, on se rue derrière les gendarmes et le pompier qui restait. Je leur crie : " Méfiez-vous ! C'est le père Gobert, je l'ai vu le fusil à la main ! " Il n'avait même pas refermé la porte, lui qui était si soigneux de son quant-à-soi. On l'a trouvé sur la terrasse, le fusil entre les genoux, un pied sans chaussure, pour pouvoir appuyer sur la détente avec l'orteil. Sa tête n'était plus qu'un bol, le crâne arraché au ras des arcades sourcilières. Les branches de la glycine étaient constellées de débris de cervelle. Les fleurs en étaient toutes rouges. »

Il se tut et regarda fixement le visage de Rogeraine sur cette carte postale vieille de trente ans.

« Roule-moi une cigarette, dit-il, je fume pas souvent, mais ce soir j'en ai besoin. »

Laviolette en prépara deux et sortit son briquet. Ils tirèrent quelques bouffées en silence. L'artisan avança un cendrier.

« ... Sur un guéridon, poursuivit-il, il y avait un pastis entamé, les deux glaçons y fondaient encore. D'après ce que j'ai cru comprendre, le père Gobert rentrait de voyage. Il n'avait pas trouvé sa femme à la maison. C'était normal. Il ne l'avait pas prévenue de son retour. Et le mardi, car c'était un mardi, elle avait souvent réunion au Conseil, dont elle était membre à l'époque, ainsi que le Cadet. Alors, ce Gobert, qui est rentré chez lui un jour plus tôt que prévu, il se prépare un pastis et, les mains derrière la tête, il respire le serein... Puis, insensiblement, il se rend compte que les branches de la glycine remuent, bien qu'il n'y ait pas de vent... Et d'ailleurs, elles remuent de cette façon que nous connaissons tous bien à Sisteron... Alors, il se lève sans bruit. Il se penche à la balustrade. Oh ! l'Andrône n'est pas mieux éclairée qu'aujourd'hui, bien sûr, et il y a huit mètres de profondeur entre la terrasse et la souche de la glycine. Mais... Est-ce que tu as vu la chevelure de Rogeraine ?

— Elle est rousse.

— Elle l'était deux fois plus à l'époque. Elle était presque rouge. On ne voyait qu'elle au fond de l'Andrône quand je l'ai trouvée étendue, la première fois. Elle ferait de la lumière jusqu'au fond d'une tombe ! Alors, tu penses, ce Gobert, qui a vingt ans de plus qu'elle — car elle était fière, sa mère aussi, à l'époque de marier les deux plus grosses fortunes de la région —, ce Gobert, donc, il voit cette chevelure dans les mains d'un autre homme... Quand je suis allé voir le Cadet Lombard à l'hôpital, ces deux mains-là, elles étaient emmaillotées jusqu'au coude. Il avait pris six chevrotines dans chacune d'elles. Il pleurait parce qu'il venait d'apprendre que Rogeraine vivrait, mais qu'elle ne marcherait jamais plus. Il me disait : " Si au moins je l'avais serrée plus haut ! Je l'aurais un peu protégée ! Tu vois j'aurais préféré qu'on m'ampute des deux mains ! Ça fait quatre ans que je l'attendais ! Depuis le jour où on s'est évadés ensemble de Saint-Vincent ! Et jamais ! Seulement ce soir, je te jure ! " Alors il m'a raconté — je te la fais courte — comme quoi, en rentrant de la réunion, il faisait bon, ils étaient allés se promener par les ruelles en chuchotant et ils se sont fait les dernières confidences : " Et tu es heureuse au moins chez toi ? " Et ils se disaient des choses de plus en plus tristes à mesure qu'ils se rapprochaient de la glycine. Ils avaient vingt-sept ans l'un et l'autre ! Vingt-sept ans ! C'est l'âge où l'on ravage les lits comme des chevaux de labour ! Seule-ment, eux, ils n'avaient pas de lit... Et ils se sont

165

arrêtés. Et il s'est assis sur cette espèce de spirale qu'elle fait, cette glycine maléfique ! Oui, parfaitement, maléfique ! Tu as déjà vu, toi, des glycines faire un tour sur elles-mêmes comme un serpent python ? Elle vous invite à vous reposer sur elle, à attirer sur vous celle qui vous accompagne ce soir-là, par malheureux hasard... Oui... ce Cadet Lombard sur son lit d'hôpital, il me disait : " C'est ma faute entièrement. Elle ne voulait pas. Elle disait qu'il était trop tard pour nous... J'ai dû lui faire un petit chantage à voix basse. " Et il pleurait, et il se traitait de salaud, et moi je lui essuyais les yeux parce que, avec ses mains, il ne pouvait pas...

— Un petit chantage ? répéta Laviolette.

— Oui. Ce sont ses propres paroles. Je ne lui ai pas demandé, tu penses, de quel chantage il s'agissait. Voilà, c'est tout... »

Pendant tout le temps qu'il parlait, il n'avait pas quitté des yeux l'image de Rogeraine sur l'agrandissement enseveli parmi les cartes postales. Il le tira sur le côté, machinalement, révélant une autre partie du cliché où se tenaient deux filles, les jambes un peu en cerceau, les oreilles pointues.

« Ce sont ses sœurs... Elles sont mortes toutes les deux : l'une héroïquement, l'autre de maladie. Mais... Toute la beauté, c'était Rogeraine qui l'avait ramassée... »

Il extirpait la photo complètement, il la saisissait enfin à deux mains, pour la détailler plus à loisir. Et alors, à côté des trois sœurs, un peu à l'écart, debout elle aussi derrière une bicyclette, une quatrième fille apparut.

166

Dès qu'il la vit, Laviolette eut la sensation d'encaisser un coup de poing au creux de l'estomac. Il se mit la main devant la bouche, comme pour s'interdire de parler, puis il la retira en proférant :

« Vingt dieux de vingt dieux, de vingt dieux de vingt dieux !

— Eh bien, dit l'artisan, surpris, qu'est-ce que tu débites comme chapelet ! »

Mais Laviolette restait muet, les yeux rivés sur ce quatrième personnage.

« Eh bien ? Qu'est-ce que tu as ? On dirait que tu as vu l'Antéchrist ? »

Laviolette articula sourdement :

« C'est peut-être ça... La photo..., souffla-t-il. Il me la faut !

— Ah ! là, tu me contraries...

— Je te la rendrai. Je vais en faire faire un agrandissement. Il faut aussi... que je t'interroge..., mais pas tout de suite... plus tard... plus tard... »

Cette voix mal assurée était à peine audible. « On dirait une lampe qui s'éteint », se dit l'artisan. Laviolette lui tendit une main molle. Ils se séparèrent en silence. Devant sa porte, le menuisier, intrigué, suivait des yeux le commissaire qui se profilait chancelant sur la pénombre du Glissoir.

« On dirait plutôt un homme ivre, se précisa-t-il. Est-ce que par hasard il boirait ? »

Le ciel de Sisteron roulait des volutes de nuages boueux qui se bousculaient au passage dans ce goulet, entre la Baume et la Citadelle. Les lampes venaient de s'allumer. Les enfants criards au sortir de l'école se houspillaient d'un trottoir à l'autre. La ville s'enlisait dans le soir.

Laviolette restait sourd à cette vie tranquille. A peine était-il capable de suivre le chemin vers son hôtel. Il salua d'un geste vague le patron, inquiet de lui voir une mine à faire peur. Il monta lourdement à l'étage, buta contre un palier, pénétra dans sa chambre, s'y enferma. Alors, il s'affala sur le lit, sans quitter son pardessus, son chapeau et son cache-col.

Il alluma la lampe de chevet et, tirant de sa poche la photo prise chez l'artisan, il demeura un quart d'heure, une demi-heure sans bouger, un peu haletant, devant l'image exposée à la lumière de la lampe.

Un instantané est impitoyable. Les êtres s'y guindent, sans en avoir conscience. Sur ce vieux cliché, Rogeraine Gobert semblait déjà effacer l'avenir de ses deux sœurs, étroités et maigres, serrées l'une contre l'autre. Mais son égoïsme envahissant n'atteignait pas le quatrième personnage du groupe. Cette fille semblait s'y soustraire, prendre ses distances. Les traits éclairés d'un modeste sourire, elle considérait ses trois compagnes d'un peu loin, avec un certain recul, eût-on dit.

Moins grande que Rogeraine, moins apparemment provocante, sa personnalité s'imposait, trahissant l'élan d'une sensualité naissante, encore dans l'ombre, mais qui ne demandait qu'à éclater.

Elle était chaussée de sandales à talons plats, portait une jupe plissée blanche retenue à la taille par une ceinture dorée, en rouleau, très étroite, qui plaquait un chemisier à pois probablement bleu pâle... A son poignet, mais à peine visible, se lovait une spirale de métal fin.

Laviolette s'était contraint à réserver pour la fin l'examen du visage. Le menton lourd, les lèvres ingénument charnues, les pommettes saillantes, le front bombé dont on s'était efforcé d'atténuer la ligne fuyante par la tresse épaisse des cheveux clairs, ce visage n'offrait que la beauté du diable. Et pourtant, par le regard, par l'éclat indéfinissable des yeux à l'iris singulièrement large, un charme poignant se dégageait de ce portrait qui forçait l'attention.

Cependant, si une sorte de terreur panique refroidissait Laviolette à contempler cette banale adolescente sur la vieille photo, ce n'était pas pour son aspect en lui-même. C'est qu'elle était, trait pour trait, l'incarnation du fantôme qu'il avait évoqué chez l'imprimeur, qu'il avait décrit en tâtonnant pour le docteur Gagnon et dont il avait parachevé l'esquisse chez les demoiselles Romance. Or, cette fille, il ne l'avait jamais rencontrée de sa vie. Il l'avait *inventée*. Elle était le fruit laborieux de son imagination.

L'incrédulité goguenarde qui l'avait lui-même toujours protégé contre ces manifestations paranormales est la chose du monde la mieux partagée ; aussi n'était-il pas question d'aller trouver le chef Viaud pour lui affirmer tout à trac : « Voici le portrait de Gilberte Valaury, diffusez-le ! » Pas plus qu'il ne pouvait, armé de sa seule conviction, accuser aucun des suspects ni des témoins. Il n'y avait d'un côté qu'un nom sans visage et de l'autre un visage sans nom.

Laviolette se frappa violemment du poing la paume de la main.

« Et pourtant, je suis sûr que c'est elle ! » s'exclama-t-il.

Il baissa le ton pour murmurer :

« Et je suis sûr qu'elle est morte ! Une vivante n'aurait eu aucune raison de me renseigner... »

Il resta l'oreille aux aguets durant quelques secondes pour se persuader qu'il était bien seul et que nul ne pouvait l'entendre proférer ces énormités. Rassuré, il considéra longuement le portrait, avant de murmurer :

« Et maintenant, tu vas me dire qui t'a aimée... »

« Hou ! Il fait un temps de chien ! » annonça Rosa.

Elle retira sa pointe de laine où perlaient des gouttes de pluie.

« Tu n'es pas venue en voiture ?

— Venir en voiture depuis le chemin de la Marquise ? Le temps de la sortir du garage... non... le Vincent m'a abritée. Vincent ! Qu'est-ce que tu fabriques ? Viens vite te chauffer ! »

Mais Vincent, au bout du corridor, s'obstinait à vouloir faire franchir le portillon à l'immense parapluie rouge, lequel préférait que le vent l'emporte. Il finit par se résigner à le replier à l'extérieur et, comme il s'y attendait, reçut en récompense sur la nuque le surplus d'une gouttière bouchée. Il pénétra au salon en gloussant comme une poule mouillée.

« Referme vite ! » lui intima Rosa.

La cousine Évangéline répondait aigrement à sa première remarque :

170

« Toi au moins, c'est la porte à côté, mais moi, il va me falloir retourner à Ribiers à cyclomoteur ! »

Rosa eut un geste d'insouciance :

« Oh, dis-je, je te plains pas ! Tu as qu'à pas tant vouloir économiser ta voiture !

— Tu es rigolote ! C'est toi qui me paieras l'essence ? »

Le docteur Gagnon, les demoiselles Romance, l'Aglaé Tournatoire et son époux avaient pris les meilleures places autour de la table ronde, devant l'âtre. Rosa et Vincent ne disposaient plus que des deux chaises à dossier droit contre un des radiateurs, toujours plus ou moins tièdes chez Rogeraine qui n'était pas frileuse. Rosa fit la grimace.

« Ça vient du sud, dit-elle, j'ai dû mettre la serpillière sous la porte pour que ça n'inonde pas le couloir.

— Vous n'auriez pas dû venir par ce temps, dit Mme Gobert, j'aurais fort bien compris.

— Vous savez bien, chère Rogeraine, dit maître Tournatoire, que nous ne manquerions pas pour tout l'or du monde notre *scrabble* du samedi. »

« Qu'est-ce qu'il attend d'elle ? » se dit Rosa, intriguée. Elle avait renoncé à ce jeu qui lui fatiguait la tête. Elle préférait apporter des chaussettes à repriser, ça lui permettait d'être sur le qui-vive, aux aguets de quelque réflexion mal contrôlée. Elle raffolait de ces longues soirées d'automne où mijotent les secrets de famille. En effet, comment se distraire, à Sisteron ? La télévision, elle s'endormait devant ; les livres, elle s'endormait dessus ; l'amour, elle s'y résignait sans appétit. Ces deux crimes étaient son aubaine pour toute la mauvaise saison. Il s'agissait d'en faire durer le plaisir. Et justement, à propos de ces deux crimes...

« Et, avec cet hiver qui vient, dit-elle, qu'est-ce que tu comptes faire ?

— Comment, qu'est-ce que je compte faire ?

— Eh bien, oui ! D'une fois à l'autre, la neige va tomber, drue, Constance va avoir ses douleurs et cette pauvre Évangéline, pour venir de Ribiers tous les soirs à cyclo... Moi, bien sûr, je me sacrifierais bien volontiers quelquefois et les demoiselles Romance aussi se dévoueraient à tour de rôle, mais enfin... »

Dans cette réquisition des bonnes volontés, elle avait omis volontairement Aglaé Tournatoire, mais celle-ci ne se laissa pas effacer.

« Mais moi aussi, dit-elle vivement, je peux venir un soir ou deux, ou un soir de temps à autre, voir si vous n'avez besoin de rien... Et même s'il s'agissait de coucher... En somme, en établissant un tour de rôle...

— Ce ne serait pas très pratique, objecta maître Tournatoire, avec nos deux enfants...

— Bien sûr que non ! appuya Rosa. Avec des enfants rien n'est possible. Il ne faut pas songer à se distraire. »

« Celle-là, se disait-elle, pour passer, fût-ce dix minutes, à se faire tripoter les fesses par son amant, elle est prête à tous les sacrifices. Et, au fait, qui est-ce son amant ? Et d'ailleurs, est-ce qu'elle en a un, d'amant ? »

Ces pensées de la méfiante Rosa illustraient assez bien sa manière d'échafauder les histoires. Malheureusement, fruits de son intuition, de ses sens aux aguets, ses soupçons étaient souvent fondés.

« Ne vous fatiguez pas les uns les autres, dit Rogeraine, je vois que vous vous inquiétez pour mon bien-être et je veux tout de suite vous rassurer. »

Elle tira de son fourre-tout une lettre du Secours catholique de Digne qu'elle fit circuler parmi eux.

« Ils vous ont trouvé quelqu'un ! s'exclama Esther Romance. Mon Dieu, que je suis contente ! Que je suis soulagée d'un grand poids !

— Oui, confirma Rogeraine. Et, Rosa, tu ne diras plus que je devrais offrir un peu plus ; parce que j'ai offert quinze cents francs ! »

Il parut à cet énoncé que les flammes mêmes de l'âtre exprimaient leur désarroi.

« Rogeraine ! gémit Athalie Romance. Vous auriez dû songer à nos femmes de ménage ! On ne va plus pouvoir les retenir quand elles connaîtront ce tarif insensé !

— Vous pourrez toujours leur répondre, dit Rogeraine posément, que chez vous, au moins, elles ne risquent pas de se faire assassiner...

— Et elle arrive quand, cette perle ? demanda Évangéline pleine d'espoir.

— Demain au soir, sans doute.

— Tu sais, Rogeraine, dit Rosa, je te trouve bien imprudente, après tout ce que nous savons, d'annoncer cette arrivée à tout le monde.

— Je ne le dis pas à tout le monde, je vous le dis à vous.

— Précisément... Tu sais ce que pensent les gendarmes... En tout cas, moi, si j'étais à la place de l'assassin, je sais ce qui me resterait à faire.

— Toi, tu sais toujours tout... Tu sais aussi,

probablement, pourquoi il a tué Jeanne ? Pourquoi il a tué Raymonde ?

— Ah ça non ! »

Elle était en train d'appointer avec soin un brin de laine entre ses lèvres minces.

« ... Parce que, poursuivit-elle lentement, si je savais ça, ce serait moi l'assassin... »

Rogeraine la dévisagea intensément.

« Non, dit-elle, je ne crois pas que ce soit toi... Quoique Vincent soit très fort, qu'il ressemble à un tueur d'abattoir et qu'il t'obéisse comme un automate... Non, sérieusement, je ne le crois pas... »

Rosa en avait le souffle coupé. Elle s'était posé les deux mains à plat sur la poitrine. Elle ouvrit la bouche, mais Rogeraine ne lui laissa pas le temps de s'exprimer.

« Je l'ai fait exprès ! annonça-t-elle. Je vous ai renseignés exprès ! »

Elle les laissa languir sur ces paroles pendant près d'une minute, tout en sirotant sa verveine.

« ... Parce que moi, reprit-elle, je connais un détail que vous ignorez tous...

— Chère Rogeraine, le moment n'est peut-être pas bien choisi pour...

— Mais, si, mais si ! il est très bien choisi au contraire. Nous nous connaissons tous depuis trop longtemps...

— Que voulez-vous dire ?

— Nous nous connaissons tous depuis trop long-temps pour ne pas savoir exactement ce qui bout dans nos marmites. Je sais bien que ma fortune vous cause à tous le plus grand souci et que, dernièrement, vous

174

avez tous appris quelque chose qui vous a paru bien propre à essayer d'en profiter… »

Tournatoire haussa les épaules.

« Voyons, Rogeraine ! Nous jouissons tous d'une confortable aisance, vous nous jugez mal ! Comment après tant d'années d'amitié…

— C'était une amitié d'attente… Vous occupiez les sièges de l'amitié comme on prend date… Vous vous étiez dit : " Qui sait, quelque jour, peut-être, l'occasion ?… " Et l'occasion, cette fois, vous paraissiez bien l'avoir trouvée… Vous êtes tous venus, tous ! »

Elle frappait les bras de son fauteuil du plat de la main. Ils avaient reculé leur siège le plus loin possible d'elle, comme devant un serpent qui va mordre.

— Moi j'ai la conscience tranquille ! cria Rosa d'une voix aiguë.

— Et puis, quoi ? dit le docteur Gagnon, il était bien normal, vous connaissant depuis tant d'années, que nous fassions tous appel à vous !

— Vous parlez de ce chantage d'un air si naturel, mon cher Benjamin, qu'on pourrait presque croire à vous entendre qu'il s'agit simplement d'un exercice de philosophie !

— Chantage ! Comment chantage ? »

Ils se récriaient tous ensemble.

« Vous m'avez fait le chantage à la peur…, dit sombrement Rogeraine. Chacun de vous m'a dit, ou à peu près : " Quand nous nous sommes redressés autour du lit du Cadet Lombard, j'ai surpris le regard de quelqu'un et je te jure, Rogeraine, que, si tu l'avais vu comme moi, tu aurais eu peur pour ta peau ! " Voilà ce que chacun de vous m'a dit. Or, si j'ai bien compris, il n'y avait que vous — ici présents —, autour du lit de mort de Cadet. Alors de deux choses l'une : ou bien vous m'avez tous menti, ou bien vous vous êtes tous redressés avec cette lueur de meurtre dans le regard...

— Vous faites complètement fausse route, Rogeraine, dit le docteur Gagnon ; jusqu'à ce jour, nul ne s'est attaqué à vous. Ce n'est pas vous qui êtes en danger.

— Sauf si l'on veut me faire mourir à petit feu. Sauf si l'on veut me forcer à me souvenir malgré moi... mais à me souvenir de quoi ?

— De quoi... ? demanda Aglaé. Vous avez donc oublié ? »

Rogeraine ne répondit pas à la question.

« Heureusement, je ne vous dis pas tout. Il y a un détail que je garde pour moi. Mais s'il arrive quelque chose à ma nouvelle aide-soignante, je connaîtrai alors très exactement l'identité du meurtrier et, poursuivit-elle, je ne le désignerai pas à la justice... »

Elle avait fourragé dans son fourre-tout. Elle déposait devant elle un objet lourd enveloppé dans un foulard qu'elle déroula d'un coup. Propre et net, le pistolet de l'armée anglaise glissa sur le noyer de la table.

« A bon entendeur, salut ! Et cela dit, je ne vous interdis pas d'aller méditer tranquillement mes paroles chez vous... »

Ils protestèrent tous, cherchant à l'assurer, malgré son mauvais caractère, de leur indéfectible affection. Rosa elle-même se força de l'embrasser sur les deux joues.

176

« Cette pauvre Rogeraine, dit le notaire au docteur Gagnon, lorsqu'ils furent dehors, cette pauvre Rogeraine est bien à plaindre ! L'excès de ses tourments lui donne des visions... Nous ! Elle nous accuse, nous... Je te demande un peu ! Vous n'avez pas cru, j'espère...

— Je crois que nous sommes tous au-dessus de tout soupçon », répondit le docteur Gagnon.

Dans l'ombre opulente du philodendron qui prospérait près d'un radiateur, Constance, changée en statue de sel, tenait en main depuis vingt minutes la théière qu'elle était censée rapporter à la cuisine. Elle avait tout entendu. Dès que Rogeraine fut seule, elle révéla sa présence.

« Madame ! s'écria-t-elle, vous n'êtes pas un peu folle ! Vous venez de vous désigner aux coups de l'assassin !

— Qu'il vienne ! » répondit Rogeraine.

Constance la considéra d'un air soupçonneux.

« Je me demande, dit-elle, quelle saloperie vous avez bien pu faire pour qu'ils soient tous à vos trousses ? Et ça m'étonnerait, comme vous essayez de le leur faire croire, que vous l'ayez oubliée... »

Rogeraine la considéra sombrement :

« Je n'ai rien oublié... Mais ils se trompent sur mon caractère. J'ai fait ce que je devais faire. Un point c'est tout. Depuis... j'y pense chaque nuit... Et même souvent le jour, et je me dis : " Tu as fait ce que tu devais faire... "

— Y a longtemps que vous vous dites ça ?

— Depuis... Qu'est-ce que ça peut te faire ? Va-t'en ! laisse-moi seule !

— Oh, je disais ça parce que, avant, je vous ai jamais vue vous préoccuper beaucoup du passé ! Alors, si c'est seulement depuis que vous savez qu'ils sont tous au courant... Notez bien, je sais ce que c'est que le remords ! Tant que c'est affaire entre sa conscience et soi, on le supporte allègrement... Mais dès que les autres sont au courant, c'est comme si c'était eux votre conscience... Alors, si c'est ça, au lieu de discuter avec votre remords nuit et jour, vous feriez mieux de commencer à vous repentir. Ça durerait moins longtemps. »

Elle esquiva avec maestria l'objet qui venait de siffler à ses oreilles. C'était l'œuf à repriser les bas qui traînait toujours dans la corbeille à ouvrage de l'infirme. Constance alla le ramasser en soupirant et le remit en place.

« Tu sais bien, Rogeraine, dit-elle, que je suis trop sur mes gardes. A douze ans, tu ne pouvais déjà pas m'atteindre. Seulement, à force, un jour tu me viseras avec ton revolver et alors, là, tu n'auras plus personne pour t'aimer... »

9

Derrière la vitre du bureau d'accueil, les deux bénévoles regardaient s'éloigner la fille échevelée sous la pluie froide du crépuscule. Elles étaient toutes deux replètes, colorées et plantureuses. Leur contenance joyeusement affairée annonçait déjà Noël.

« En tout cas, grâce à nous, elle a de bonnes chaussures.

— Et une bonne houppelande de berger.

— Tu vois, tu disais toujours que cette houppelande on n'arriverait jamais à la placer. Eh bien, tu vois, tout arrive ! »

Bien chauffées par le radiateur à huile, contre lequel elles s'appuyaient, elles parlèrent chiffons tout en suivant des yeux, à travers la vitre, leur bonne action qui s'éloignait. Au bout de la perspective, sous les grands arbres pleurant de pluie, elle n'était plus qu'une silhouette que la nuit absorbait déjà. Quelques rares passants fuyaient l'averse, abrités sous des parapluies. Un facteur en ciré et qui paraissait désœuvré venait de surgir tout noir devant la permanence et se hâtait maintenant vers l'avenue.

« Dis-moi, Brigitte, je suis prise d'un scrupule tout à coup... Ces filles, tu crois que ça lit les journaux?

— Oh ça, Rosette, ça m'étonnerait! Ça ne m'intéresse déjà pas moi!

— Mais alors... Elle n'est peut-être au courant de rien?

— Qu'est-ce que ça peut faire qu'elle soit ou non au courant?

— Je parle de ces crimes... Tu crois qu'elle aurait accepté, si elle avait su?

— Mais dis! Quinze cents francs par mois, nourrie, logée, tu crois que c'est rien?

— Oui, mais enfin... Si elle les touche, mettons un mois, et qu'après elle se fasse assassiner, ça met cher la journée de travail...

— Oh, tu m'horripiles avec tes scrupules! Cours-lui après! Le car de Sisteron ne passe qu'à six heures... Vas-y! Tu aurais bonne mine d'aller lui dire ça, et devant tout le monde! Et qu'est-ce que tu diras à Mme Gobert, quand elle te téléphonera? »

Lourd de pluie comme une barque qui fait eau, le car de Nice, qui dessert Sisteron en remontant vers Gap, éclaboussa la devanture du bureau d'accueil. Les deux dames suivirent pensivement ses feux rouges qui s'estompaient dans la perspective.

La fille entra au débit de tabac. Avec la somme destinée à payer son voyage jusqu'à Sisteron, elle s'acheta un briquet à jeter et quelques paquets de gauloises qu'elle enfourna dans la poche de la houppelande. Elle avait calculé que, de toute manière avec vingt francs, il n'était pas question de s'offrir du hasch, d'autant qu'ici elle n'avait aucun contact.

Elle se sentait pesante dans ses vêtements d'emprunt et la pluie l'alourdissait encore. Les gouttes l'aveuglaient, mais elle avait l'habitude. Ayant allumé sa première gauloise qui s'effilochait sous l'averse, et s'éteignit en grésillant, elle s'engagea sur la chaussée du carrefour, sans tenir compte ni des feux ni des clous. Presque invisible à cette heure entre chien et loup, dans sa houppelande couleur muraille, elle avançait avec nonchalance. Il y eut des coups de freins brutaux. Quelques conducteurs l'insultèrent, auxquels elle répondit par d'autres insultes.

Aller déshabiller le corps adipeux de cette infirme dans son fauteuil, ça ne lui disait vachement rien. Seulement... Il fallait bien croûter..., pensait-elle.

La mauvaise saison, c'est la débâcle pour les marginaux qui vivent en Provence sous des toits crevés. A deux cents mètres à la ronde, et souvent chez des voisins maugréants, on a épuisé le bois mort pour faire la bouffe. Alors, on rejoint la famille, plus ou moins ravie de vous revoir...

Non. Il valait mieux être ici, à traverser la Bléone qui meuglait en bas, dessous, à faire péter les piles du pont ; à prendre la flotte qui vous dégouline sur le menton ; à cingler cahin-caha vers cette vieille dans son fauteuil d'infirme, qui offre quinze cents balles, logée et nourrie. « J'y reste trois mois, si je peux tenir, puis je me tire. Avec quatre ou cinq mille balles d'économies, je me fais toute mon année ! »

Ainsi songeait Anna sur le trottoir, le bras tendu, pouce renversé, dans cette attitude résignée du men-

diant du transport, qui parcourt sans espoir, au bord
des routes, des centaines de kilomètres à pied. Le sac
ne pesait rien, ne contenant pas grand-chose. Elle
avançait sous les jaillissements de boue et de fuel mal
brûlé. Dans les bonnes chaussures procurées par les
deux dames, l'eau pénétrait quand même, sournoise-
ment distribuée par les roues des véhicules qui la
frôlaient.

« Marche ou crève ! » se dit-elle.

Elle s'abrita quand même une minute pour griller
une cigarette convenablement et mettre au sec les
paquets de gauloises sous son chandail, car les poches
de la houppelande commençaient à pomper l'eau.

Elle repartit, le bras tendu, le pouce renversé. Sa
main exposée ainsi à l'averse et au vent s'ankylosait,
lui faisait mal. Autour d'elle, la circulation se raréfiait.
Parfois elle restait seule dans la nuit déserte.

Alors, allant dans le sens de sa marche, des phares
apparurent au bout de la ligne droite. A leur clarté,
Anna vit s'allonger devant elle sa silhouette de funambule qui courait, mouillée et sautillante, le long des
arbres.

Le véhicule allait lentement. On devinait son
approche grâce aux flaques d'eau qu'il déchirait. Anna
tendait toujours le pouce, mais toujours avec la même
indifférence résignée. L'auto arriva à sa hauteur,
ralentit, la dépassa, ralentit encore. Ses projecteurs
révélèrent une aire à poubelles ménagée pour les
touristes. Elle quitta la chaussée, se gara sur le terre-
plein, s'arrêta. Le clignotant droit faisait de l'œil vers
Anna incrédule. Elle s'élança dans sa direction.

La portière était déjà ouverte du côté de la fille. Anna fouilla du regard l'intérieur obscur de la voiture.

« Vous allez à Sisteron ? »

Elle ne distingua qu'une forme noire, la tête couverte d'un capuchon, qui fit un geste affirmatif. Sans attendre de réponse, Anna s'était déjà installée, son sac à l'arrière. Le véhicule démarra en souplesse, les pneus crissèrent sur le gravier de l'accotement et les vagues de l'averse qui ondoyaient devant les essuie-glaces se profilèrent sur la chaussée.

« Ouf ! dit Anna. Vous êtes gentil ! Il faisait quand même pas un temps à laisser une fille dehors ! Je peux fumer ? »

De nouveau, le capuchon noir s'abaissa affirmativement. Anna prit une gauloise. Pour un peu, elle en eût mis deux ensemble entre ses lèvres, tant il lui tardait d'aspirer enfin goulûment de la fumée sèche, de l'avaler entièrement, de la rejeter ensuite, s'il en restait un peu, par les narines.

« Parole ! dit-elle, sans vous je crois que je me couchais dans le ruisseau pour me laisser crever. »

Un froissement léger lui fit tourner la tête. Elle vit que le profond capuchon était animé d'un mouvement de dénégation.

« Quoi, non ? Est-ce que vous êtes dans ma peau ? Vous savez ce que je vais foutre à Sisteron ? Je vais servir de souillon à une infirme. Parce que j'ai besoin de manger ! »

Le chauffeur, à ses côtés, ne réagit pas.

« Pourquoi gardez-vous votre capuchon ? Il ne pleut pas dans la voiture ? »

L'une des mains gantées quitta le volant pour

désigner du doigt un point précis sous la pèlerine, à la hauteur présumée de la mâchoire.

« Ah ! Vous avez mal aux dents ? »

Elle éclata de rire.

« C'est le mal d'amour ! »

Un mouvement de dénégation agita le capuchon.

« Excusez-moi, je ne devrais pas rire... On m'en a arraché deux, ça n'a rien de marrant ! »

Elle se tut. Elle était bien. Le chauffage commençait à l'engourdir. L'odeur du ciré lui inspirait confiance. Elle sentait le travailleur.

L'aiguille du compteur lumineux indiquait soixante à l'heure. La pluie paraissait moins violente à Anna, depuis qu'elle n'y était plus exposée.

« Vous tournez là ? Vous n'allez pas à Sisteron ? »

La voiture ralentissait encore pour s'engager sur une voie étroite. Sur un panneau indicateur elle lut : « *Thoard 15 km.* » A la secousse qui l'ébranla elle comprit qu'ils franchissaient un passage à niveau.

A cet instant, quelque chose grogna sous le capuchon, qui ressemblait à une voix.

« Raccourci ! » entendit Anna.

« Bon ! Il a probablement envie de me baiser... », se dit-elle avec une humble philosophie. Elle connaissait ce genre de gars qui met parfois six cents kilomètres à peser le pour et le contre. Ce sont les plus dangereux. Mais pour l'instant, rien n'existait de plus dangereux que cette pluie et cette nuit. Toute chaleur, même repoussante, lui paraissait infiniment préférable.

« Et, au fait... je dis un gars... Est-ce que j'en suis seulement sûre ? Un vieux cochon peut-être ! »

Elle contempla les mains dans l'ombre. Elles parais·

saient fines sous les gants noirs. Les pieds, appuyés
sur les pédales, se discernaient à peine, car les plis du
ciré les cachaient.

L'épaule, osseuse, qu'elle touchait à travers le tissu
épais de sa houppelande, ne la renseignait pas.

« Et au fait, qu'est-ce que tu t'en fous, jeune ou
vieux ? Si tu as pas envie, tu sais toujours comment les
empêcher de s'exciter. » Elle était bien. Elle avait
chaud.

Ça montait. Le conducteur changea de vitesse. La
route se haussait par de grandes courbes au-dessus des
lumières falotes de Thoard. Des loupiotes éparses
trouaient la nuit au flanc des vallons. On entendait
mugir un ruisseau qui s'était fait torrent pour la durée
de l'hiver.

La lumière des phares sabrait les lacets de la route
qui s'écrasaient, se bosselaient, s'amalgamaient, en
une fuite éperdue qui les poussait vers l'aval. Parfois,
la chaussée se réduisait en de véritables tumescences
d'argile, épanouies. Dangereusement en surplomb, ou
enlisés à demi, plongeant de l'étrave dans cinquante
mètres d'argile plastique comme de la lave en fusion,
de grands murs de soutènement avaient tenté de
barrer l'écroulement des peloux. Mais aujourd'hui ils
s'entassaient les uns sur les autres, fondations
comprises, intacts, simplement déposés d'un seul
tenant au long de la pente, parfois à plus de trente
mètres de leur emplacement primitif.

« Il faut en avoir envie pour passer là ! s'exclama
Anna. Mais aussi pourquoi ? Qu'attendez-vous de
moi ? Parlez ! Découvrez-vous ! Je vous affirme que je
n'ai pas peur ! »

Alors, la main quitta de nouveau le volant, se tendit devant Anna vers la boîte à gants, l'ouvrit, en tira un étui couleur de vieil argent et fit jouer le ressort. Cinq cigarettes apparurent, d'un modèle plus réduit que les gauloises et qui paraissaient cousues main. Anna en eut le souffle coupé.

Prestement, de trois doigts crochus comme des pattes d'araignée, elle se saisit de l'une d'elles et la porta à sa bouche. Son mince poignet tremblait tandis qu'elle battait le briquet. L'étui se referma avec un bruit sec et regagna la boîte à gants.

« Si vous comptez sur le hasch pour m'apprivoiser, vous pouvez toujours courir ! Vous allez voir que ça ne me fait rien ! Absolument rien ! Comme si je pissais dans un violon. »

Elle tirait sur sa cigarette qui se consumait à vue d'œil, tant elle se gorgeait de fumée, sans pouvoir se modérer. Ses joues étaient creuses à force d'aspirer.

Ils étaient sortis maintenant de cette portion de route qui se décomposait dans les convulsions de l'argile. Autour d'eux, fuyant immobiles, se contorsionnaient les pins sous le vent du sud.

« Comme si je pissais dans un violon ! » répéta Anna avec beaucoup d'énergie.

Mais, à peine avait-elle rejeté la première bouffée qu'un gémissement très féminin franchit ses lèvres closes ; un gémissement irrépressible comme celui de l'orgasme, et qui avait de quoi faire envie ou pitié.

Elle ne se résigna à cracher la cigarette que lorsqu'elle ne fut plus qu'un point incandescent contre sa bouche et que la braise du mégot lui brûla les lèvres. Elle se sentait beaucoup plus forte. Les quelques petits motifs d'intérêt qui la forçaient à vivre cahin-caha, d'ordinaire, avaient pris les couleurs de l'espoir. Elle se jugeait de taille à défier le destin.

Elle eut envie, brusquement, par jeu, de tirer en arrière ce capuchon agaçant à ses côtés, mais l'habitude de la réalité sordide la retint. « A quoi ça t'avancera, se dit-elle, de savoir que c'est une simple tête d'homme ? Il doit être connu, c'est pour ça qu'il dissimule ses frasques. L'essentiel, c'est de ne jamais le perdre de vue... »

La route se faufila par des ruelles d'un pays qui s'appelait Authon. Les phares, tout à l'heure, avaient révélé le poteau indicateur. Sous la pluie, une fontaine forestière éparpillait l'eau de son canon à la lueur d'un seul lampadaire. Et de nouveau, ce fut la nuit.

On traversait une forêt de bouleaux et de hêtres. Leurs feuilles mortes tourbillonnaient dans la clarté des phares. Anna était éblouie par leur lumière, par la valse lente qui ondulait devant son regard. Elle ferma les yeux.

Il y eut un choc. Anna reprit conscience, le cœur battant. Elle s'était endormie. Sa main se crispa au fond de sa poche. La voiture était immobile, moteur arrêté. Le ciré du conducteur était toujours sans mouvement.

« Eh bien ? dit-elle, c'est Sisteron ? »

Le capuchon s'agita de droite à gauche.

« Ma maison..., dit la voix étouffée.

— Vous voulez que j'y entre ? »

Le capuchon fit un signe affirmatif.

La clarté des phares découpait une haute porte à deux battants au sommet de trois marches de pierre.

C'étaient de très vieilles planches, aux mortaises disjointes. Des crevasses écartées par les pluies, l'excès de soleil, de vent, les balafraient de haut en bas. Elles étaient grises, de ce gris des poutres de chêne dans les ruines détoiturées.

« Et si ça ne me plaît pas ? » dit Anna.

La main droite du conducteur passa devant elle en la frôlant. Elle ouvrit la boîte à gants, en tira une forte torche électrique et l'étui doré aux cigarettes de hash. Anna avala sa salive.

Le conducteur éteignit les phares, descendit délibérément de voiture et vint ouvrir la portière du côté d'Anna. Le cône de clarté dirigé vers le bas illuminait au passage l'étui à cigarettes.

« Passez devant ! » dit-elle brusquement.

Le ciré noir obéit sans hésiter à cette injonction et dirigea la clarté de la torche vers la maison. Anna lui laissa prendre cinq mètres d'avance. Et c'est seulement lorsqu'il fut arrêté devant la porte, occupé à tourné la clé dans une vieille serrure, qu'elle enclencha sa virole. C'est que ce cran d'arrêt faisait un bruit du diable lorsqu'on pressait sur le bouton.

C'était un couteau rapporté d'Andalousie par un copain. Au début il était inoffensif, mais à force de l'ameuler amoureusement contre toutes les pierres du chemin, à grand renfort de patience et de jets de salive, c'était devenu une sorte de bistouri. Anna l'utilisait pour se raser les jambes. Il n'avait jamais servi à autre chose. Cette nuit, peut-être, ce serait l'occasion…

Il régnait une curieuse clarté. Car les nuits de pleine lune, dans ce pays, quelle que soit l'épaisseur des nuages, une traîne de pénombre réussit toujours à séparer le ciel de la terre. Anna voyait luire, à deux pas, l'asphalte de la route. La pluie, semblait-il, tombait sur un vaste cirque de hauteurs dénudées, car le vent soufflait très loin sur la forêt.

« Je n'ai qu'à me tailler, se disait-elle, s'il me poursuit et qu'il me rattrape, tant pis !... Je ferai celle qui s'évanouit et, au moment où il me saisira toute molle et croyant m'avoir, je lui plante mon couteau n'importe où... »

Seulement, outre l'étui à cigarettes, une curiosité morbide l'attirait vers cette forme noire qui l'intriguait et qui, sans se préoccuper d'Anna, s'escrimait sur le vantail récalcitrant.

Anna, qui s'était rapprochée pendant l'opération, eut le temps d'apercevoir dans la clarté de la torche, à la même hauteur sur chacun des battants de la porte, deux grands cachets de cire noircie, ainsi qu'un lambeau d'affiche aux couleurs fanées où se lisait : « *Ron, Toire, à prix* », c'était tout. A cet instant, le vantail céda devant la forme noire qui s'engagea dans l'ouverture et disparut.

Serrant fermement le couteau au fond de sa poche, Anna suivit.

« Il faut que je me souvienne, se dit-elle, de ne jamais le précéder, de ne jamais lui tourner le dos, comme avec les fauves... »

La clarté de la torche comblait un espace dont elle ne révélait pas les limites. A trois pas derrière le ciré noir, Anna le vit soudain s'élever devant elle et se retint pour ne pas trébucher. Le ciré noir et sa torche escaladaient des marches très larges, bordées d'une rampe à balustres de bois qui n'existaient plus que par place.

« Vous n'avez pas l'électricité chez vous ? » dit Anna.

Il lui parut que le vacarme de sa voix causait un scandale dans le silence et qu'il allait chercher l'écho à des distances infinies.

« Cette maison est vide, se dit-elle, vide de meubles, vide de gens. Et elle est vide depuis très longtemps. »

La torche tira des ténèbres de belles portes aux rinceaux surannés. Une rosace de plâtre se profila au plafond. Le ciré noir s'engagea rapidement vers une autre volée de marches. Il ne s'inquiétait pas d'Anna.

« Il sait que je le suis comme un chien, se dit-elle, à cause du hasch, et peut-être aussi à cause de ma curiosité. Mais ce qu'il ignore, c'est que j'ai dix-sept centimètres de lame bien affûtée à sa disposition, le cas échéant... »

Ils longeaient un corridor où les portes semblaient plus communes, quoique de chêne, qu'à l'étage inférieur. Il y stagnait une odeur ancienne de bruyères à vers à soie.

La clarté de la torche révéla en un éclair un morbier à heaume de baron tapi dans cette solitude et se détourna aussitôt vers une autre volée d'escaliers. Anna, distancée et surprise par la soudaine obscurité, bouscula l'horloge dont la gaine sonore vibra harmonieusement. Et tandis qu'Anna et l'ombre noire escaladaient d'autres marches, le balancier oscilla longtemps sous cette secousse, avant que la vibration s'équilibrât en un mouvement latéral, déclenchant le mécanisme d'une crémaillère qui se mit à marteler les secondes.

« C'est ici, se dit Anna, le cœur battant, il ne peut plus hésiter plus longtemps... »

Ils débouchaient au sommet d'un escalier étroit, entre des cloisons, et qui commandait directement un vaste plancher de chêne que chaque pas ébranlait. Anna entendit la pluie piétiner les tuiles.

Le ciré noir s'immobilisa devant elle. Anna recula d'un pas, se prépara à tirer son couteau.

A cet instant, cette voix indéfinissable qui sortait malaisément de dessous le capuchon s'éleva de nouveau.

« Vous dormirez là... », disait-elle.

La lumière fixe de la torche désignait une porte grossière, quoique solide, barrée de traverses de fer à clous forgés.

« Avec vous? demanda Anna.

— Seule... », prononça la voix.

Alors, toujours de côté, toujours sans se montrer à elle, toujours le dos tourné, l'inconnu tendit à Anna l'étui aux cigarettes.

« Prenez! » dit-il.

Lorsqu'il se baissa pour déposer la torche sur le sol et dégager la porte à ferrures, tandis qu'il s'escrimait sur le verrou récalcitrant, sa silhouette imitait le vol d'une chauve-souris. Son ciré noir, déployé comme une voile et claquant dans le courant d'air, masquait à la jeune femme l'ouverture du vantail qui cédait peu à peu et livrait son mystère. Anna serrait toujours très fort, au fond de sa poche, le manche de son couteau, mais sa main gauche triturait impatiemment l'étui aux cigarettes.

« Dès que je serai seule, se disait-elle, j'en fumerai vite une et je garderai les trois autres pour demain... »

La perspective de se coucher tout à l'heure en compagnie du hasch lui obnubilait l'esprit.

Soudain, dans la clarté de la torche qui tranchait les ténèbres en diagonale et n'éclairait que des pans de mur, le ciré se referma comme un éventail. Le personnage s'effaça de côté, le capuchon s'inclina légèrement, la main gantée désigna civilement le seuil de cette porte. C'était le simple geste de politesse d'un homme envers une femme. Anna le prit machinalement pour tel et s'avança d'un pas.

Le bruit plus clair de la pluie l'avertit aussitôt, mais il était trop tard. En passant à la hauteur de l'inconnu elle avait rompu sa garde. En un éclair, elle songea à réparer son erreur. Elle esquissa un quart de tour sur elle-même et parvint à extraire le couteau de sa poche. Mais ce fut tout. Une formidable poussée la projeta en avant. Et elle sut alors que la chambre qu'on lui destinait était la nuit profonde de décembre qui l'accueillait comme une vieille connaissance promise depuis longtemps à sa patience.

Elle avait toujours cru pouvoir dire merci à la mort, mais, quand le pied lui manqua, ce fut un lamentable cri de misère qui lui échappa, avant qu'elle ne s'écrasât au sol.

Alors, l'inconnu rejeta son capuchon en arrière, dévala les trois étages dans l'obscurité, parcourut le long corridor aux dalles convexes et tira à lui la porte vermoulue.

Il alluma sa torche et courut vers le petit tas formé par le corps de la femme dans la boue de la cour. Il sortit de sa poche un carton qu'il épingla au col de la houppelande.

L'odeur de l'averse traînait de vieux remugles de bergerie froide et de fumier désséché. Le vent montait de plusieurs vallons obscurs et soufflait au loin sur la forêt. Il s'aiguisait contre le tranchant d'un cirque de rochers en imitant un glissement d'aile. La pluie tombait toujours.

10

Laviolette s'était fait faire un agrandissement de la photo, où la jeune fille était séparée des trois sœurs, et il l'avait serré dans son portefeuille, avec les deux cartes à frontispice de myosotis.

« Une fille de par là-haut dedans..., se disait-il. De par là-haut dedans... »

Il était sûr que c'était elle. Il était sûr qu'elle était morte. Il était obsédé par elle. Il commençait à l'aimer. Il regrettait de ne pas l'avoir connue. Mais, étant donné la fragilité de ses déductions, il ne pouvait communiquer sa certitude à personne.

Laviolette était retourné voir Vincent dans l'espoir de vider l'abcès. Mais ce dernier avait interposé prudemment le fauteuil de sa femme entre le commissaire et lui, et il avait nié avoir communiqué ce renseignement. Il avait nié posément, effrontément, les yeux dans les yeux de Laviolette, à tel point qu'à force de contenir sa peur il avait les joues deux fois plus rubicondes que d'ordinaire.

« Vous savez, soulignait Rosa avec nonchalance, si Vincent vous affirme qu'il ne vous a jamais rien dit, c'est qu'il ne vous a jamais rien dit... Je le connais, mon Vincent, il est un peu simple, mais franc comme l'or. Pas vrai, Vincent, que tu es franc comme l'or ?

— Je suis franc et loyal, affirmait le Vincent, qui trouvait que cette proclamation faisait bon effet.

— Et d'ailleurs, il est de Manosque. Je l'ai épousé il y a quinze ans. Jusque-là, il ne connaissait même pas Sisteron. Comment saurait-il...

— Donc, vous admettez qu'il y a plus de quinze ans il y avait quelque chose à savoir ?

— Jamais de la vie ! Qui a dit ça ? Mais, vous n'avez pas honte de me faire dire ce que je n'ai pas dit ! Je répète : je ne connais pas Gilberte Valaury. Je ne l'ai jamais connue ! Je n'en ai jamais entendu parler ! »

S'il avait espéré qu'elle serait femme à s'évanouir d'émotion, il lui aurait sorti la photo, mais il était certain qu'elle continuerait à faire sa maille à l'endroit, sa maille à l'envers, avec le plus grand calme.

Longtemps après qu'il fut parti, sans doute pour ne prendre aucun risque, Rosa empoigna le téléphone sur la table gigogne. C'était la tradition. Chaque soir, elle appelait Rogeraine. « Et alors ? Tu vas bien ? Comment s'est passée ta journée ? Et Constance n'a pas été trop désagréable ? Tu n'as besoin de rien au moins ? Tu sais que je suis là ! » Et Rogeraine répondait invariablement : « Mais non, Rosa, je t'assure ! Tu es trop gentille de tant te préoccuper de moi ! » Et Rosa remettait le combiné en place, toute ronronnante, dans la quiétude de sa conscience tranquille.

Mais, ce soir-là, les choses ne se passèrent pas comme d'habitude.

« Hélas non, ma pauvre Rosa ! répondit Rogeraine, les choses ne vont pas bien !... Tu sais, cette fille qu'on m'envoyait de Digne ? Eh bien, elle n'est pas arrivée !

— Tu vois ! Je m'en doutais ! Mais peut-être qu'elle aura simplement changé d'avis...

— Mais non elle n'a pas changé d'avis ! J'ai téléphoné à Digne. Brigitte et Rosette, que tu connais, m'ont soutenu mordicus qu'elles lui avaient remis le billet pour le car et qu'elles avaient toute raison de croire qu'elle l'avait pris.

— Et alors ?

— Alors, ce n'est pas vrai ! Constance a questionné le chauffeur. Il ne l'a jamais vue !

— Tu as téléphoné aux gendarmes ? »

Rogeraine fit attendre sa réponse.

« Je n'ai pas l'intention de le faire, répondit-elle enfin.

— Pourtant... Étant donné les circonstances...

— Non ! Je n'ai pas changé d'avis. Je vous ai prévenus vendredi : je laverai mon linge sale en famille... »

Rosa tourna sept fois sa langue dans sa bouche avant de questionner Rogeraine :

« Évangéline est avec toi naturellement ?

— Non. Elle m'a couchée et elle a regagné Ribiers.

— Oui mais, enfin, Constance est là ?

— Constance est rentrée chez elle.

— Comment ! Elles ont osé te laisser seule dans cette grande maison ! Avec ce qu'elles savent !

— C'est moi qui les ai renvoyées.

196

« — Rogeraine ! Tu es folle ! Toute seule ? Je vais t'envoyer Vincent tout de suite !

— Tu ne vas m'envoyer personne... Tu vas te mêler de ce qui te regarde. Celui qui doit venir viendra de lui-même.

— Que veux-tu dire ?

— J'ai laissé la clé sur la porte. A l'extérieur. Je suis seule dans la maison. J'allais t'appeler, toi aussi, pour te le dire.

— Comment, moi aussi ?

— Oui. J'ai prévenu tout le monde. Ce soir et tous les autres soirs, ma porte sera ouverte. La clé dans la serrure. »

Le claquement sec de l'appareil reposé fusa aux oreilles de Rosa qui en resta pantoise, le combiné à la main.

« Mon Dieu, songea-t-elle, la clé sur la porte ! Elle est complètement folle ! Quoi qu'elle en dise, je vais lui envoyer Vincent ! »

Elle allait le héler, mais elle ravala son appel. Une idée fulgurante venait de la traverser.

« Et si, par hasard, c'était lui ? »

Elle le contempla d'un œil tout neuf. Devant la télé tonitruante, il faisait son premier somme, les mains sur le ventre. Avec son front en pain cuit, sa nuque droite et sa grosse gueule de jouisseur sournois, il offrait le faciès type du futur décapité. Cette constatation lui glaça le sang. « Il a été capable de me tromper avec la grosse. Il est capable de tout ! » Il ne s'agissait plus de s'abandonner à la panique, mais de réfléchir mûrement. Et, tout en réfléchissant, subjuguée, elle ne quittait pas des yeux le visage de son époux. Au fur et à mesure qu'il se confiait tout entier au sommeil, sa tête prenait de plus en plus l'aspect d'une dépouille qu'on vient de tirer du panier de son pour la montrer au peuple.

« Mon Dieu, que Dieu garde ! » souffla Rosa les mains jointes.

« Vincent ! » clama-t-elle d'une voix aiguë.

Il fallait vite que cette tête redevînt vivante. Vincent sursauta.

« Va un peu me chercher cet album de famille qui est dans le tiroir de gauche du buffet, au salon », dit-elle, plus calme.

Il le lui apporta, quelques moments après.

Elle l'ouvrit sur ses genoux, le feuilleta avec soin. Parfois, elle extirpait une photo hors des onglets, l'examinait, soupirait et la mettait de côté. Elle en réserva ainsi sept ou huit, puis repassa soigneusement le classeur afin de vérifier qu'elle n'avait rien oublié.

« Vincent ! Soulève-moi le rond de la cuisinière. »

Quand il se fut exécuté, elle jeta ces quelques souvenirs sur les charbons ardents. Elle les regardait brûler en se frottant les mains, dans la satisfaction du devoir accompli.

« Par là-haut dedans, se disait-il. Par là-haut dedans... »

Il monta à la Citadelle. Il inspecta les hauteurs environnantes d'un long regard circulaire. Les montagnes voisines abritaient dans leurs replis des villages aux façades joyeuses. On ne distinguait pas d'aussi loin si leurs volets étaient simplement tirés ou définitivement clos.

Il s'acheta une carte d'état-major et classa dans l'ordre tous les noms de pays, jusqu'à vingt kilomètres à la ronde. La photo des quatre filles tenant leur bicyclette avait été prise à Sisteron, devant la tour de la médisance. Il fallait donc que l'inconnue au diadème de cheveux blonds y soit venue habituellement rejoindre ses amies. « Avec ses sandales d'été, sa jupe blanche plissée, son air sage et bien lavée et une bicyclette sans dérailleur, d'où voulais-tu qu'elle vienne... Dix, quinze kilomètres au maximum. Mettons vingt... »

Il biffa sur sa liste les lieux dépassant vingt kilomètres. *Par là-haut dedans*, constituait un éventail limité à gauche par Noyers-sur-Jabron et à droite par Salignac. Il n'existait pas de ces *par là-haut dedans* en aval de Sisteron, sur la Durance, et les villages de Lure étaient à plus de vingt kilomètres.

Il roulait lentement, aux aguets, repérant chaque lieu-dit, descendant de voiture pour demander aux conducteurs de tracteurs si, par hasard, ils ne connaîtraient pas... Il déambulait, mains au dos, dans les ruelles des villages en ruine où, sinon des hippies, il n'y avait plus personne depuis longtemps. Il découvrait parmi les hérissons de ronciers les champs de repos. Il se frayait un passage parmi les hautes ivraies et les chardons Notre-Dame qui seuls fleurissent les cimetières morts. Il les écartait pour lire les noms effacés sur les tombes. Pendant trois jours, il alla du Vieux-Noyers à Valbelle. Il promena sa perplexité à travers les forêts de hêtres, par les invraisemblables virages des routes oubliées dont le goudron qui s'effrite semble toujours marquer le terminus. Il traversa des pays où les mairies sont mortes, des routes que les conseillers généraux, découragés, abandonnent aux soins d'un vieillard qui remonte toute l'année son rocher de Sisyphe, avec une pelle et une brouette.

Il poussa jusqu'à Entrepierres, jusqu'à Vilhosc, jusqu'à Saint-Symphorien. Dans les cimetières nulle sépulture pourtant ne lui livra le secret qu'il voulait découvrir. Et pourtant, cette fille à diadème avait sûrement été le rayon de soleil de quelqu'un de ces vallons à désespoir qui lui criaient : « Vous comprenez pourquoi nous sommes dépeuplés ? »

Il avait en quelques jours épuisé tous les pays de *par là-haut dedans*. Il avait laissé pour la fin cette route qui accusait six cents mètres de dénivellation en moins de douze kilomètres ; il avait jugé improbable le parcours fréquent de cet itinéraire par une fille de dix-sept ans sur un vélo sans dérailleur. Et, lorsqu'il s'y engagea, un après-midi, ce fut plutôt en désespoir de cause.

Le grand froid et le grand vent étaient venus, mais la lumière d'un des derniers beaux jours frisait encore les crêtes de la montagne de Gache. La terre s'effritait autour de ses arêtes. Des fermes mortes se blottissaient au creux des vallons, confondues avec la couleur de la terre, à peine indiquées par l'osier maigre qui signalait une source perdue.

Mais ces lignes sans arbres et cette aridité, peut-être à cause de la lumière du ciel pur, ces courbes délicates, ne respiraient pas l'abandon. L'air s'y brassait avec une sorte d'allégresse à mesure qu'on s'élevait.

Au bout de quelques kilomètres à mijoter dans la chaleur, Laviolette commença à se dire que la vie était courte, qu'il était vieux, que la solution de cette énigme, les gendarmes la trouveraient bien tout seuls si lui-même n'y parvenait pas. Bref, il gara sa voiture sur une aire de l'Équipement et il poursuivit sa route à pied.

Tout de suite, la journée lui parut plus belle. Il marchait d'un bon pas. Le chemin traversait maintenant une gorge où sifflait le vent.

A partir de là, le panorama que commandait ce défilé commença de se dévoiler peu à peu. La crête lumineuse de la montagne à perte de vue reparut la première. Laviolette résistait mal à l'envie d'escalader les éboulis pour aller sauter de rocher en rocher à travers cette joyeuse lumière. Il parcourut deux cents mètres le nez en l'air, à caresser l'idée de cet exploit impossible. Il baissa enfin les yeux à la lisière de l'ombre, lorsque le soleil le réchauffa de nouveau. Alors il s'immobilisa brusquement devant le paysage, apparemment perdu en contemplation, mais en réalité plongé dans une inquiète perplexité.

Une citation l'obsédait, qu'il rumina longtemps avant de l'exprimer à mi-voix :

« Ce soir je reviens d'une terre où je ne suis jamais allé »...

Son esprit lui fournissait spontanément cette réminiscence qui résumait parfaitement son impression subite : il avait déjà contemplé ce site en une autre occasion et pourtant il n'avait jamais mis le pied sur cette route. Il écarta tout de suite l'idée qu'il s'agissait d'une de ces certitudes bizarres, le sentiment du *déjà vécu.* Non, Laviolette avait déjà *réellement* vu tout cela. Simplement, la mémoire lui faisait défaut. Un jour — mais quand ? — il se souviendrait. « Et pourtant, se disait-il, je mettrais ma main à couper que jamais je ne suis venu ici, jamais je n'ai foulé ce sol, jamais je ne me suis assis sur cette borne kilométrique. »

C'était un cirque d'éteules blondes brûlées par la sécheresse du vent d'hiver ; interdit d'horizon de toutes parts à cause des barres rocheuses qui le dominaient comme des gradins d'arène. Un ruisseau asséché, au lit profond, se frayait passage parmi ces prairies. Au fond de la cuvette, à plus de cinq cents mètres de là, une ferme était entravée au plus obscur d'un désordre d'arbres. Des draps à l'étendoir s'y gonflaient au vent. Un concert d'oies inquiètes flairaient déjà un intrus. Les portes béantes de la bergerie annonçaient que le troupeau était sorti. Il était là-haut, dans les éboulis de la montagne de Gache. Comme tous les troupeaux qui, sous le vent, refusent la pâture, il lovait sa spirale immobile au soleil couchant.

Sa vision limitée d'un côté par la paroi rocheuse et la route légèrement incurvée qui lui masquait une partie du paysage, Laviolette avançait au pas de promenade, l'esprit aux aguets. Il éprouvait un curieux malaise, l'impression d'être observé dans son dos par une présence immobile. Il se retourna. Au penchant d'un coteau se dressait une maison de maître. On n'en distinguait que l'étrave d'un angle et les génoises à quadruple alvéole qui fuyaient dans la perspective, tels des nids de guêpes.

Posée sur ce gazon court et propre qui atteste, autour des fermes à l'abandon, que personne, depuis

202

longtemps, n'a plus foulé le sol, elle s'abritait sous le squelette d'un tilleul dénudé. Tout y était calme, silencieux, sans un souffle. Les trois étages de volets gris y étaient soigneusement clos.

Cache-col au vent, les mains enfoncées dans les poches de sa veste de velours, Laviolette laissait errer son regard sur la bergerie au loin, le troupeau violet sous les roches grises et la maison de maître au soleil d'hiver. Il ne se rassasiait pas de cette aride beauté. Mais si les jeux de la lumière enchantaient ses yeux, c'étaient pourtant les versants au nord, sous la sombre verdure des pins, qui l'appelaient irrésistiblement. Là-bas — à peut-être trois cents mètres — s'incrustait au ras du sol une masse noire de pierre ornée de quelques minuscules taches aux teintes vives. Pour gagner l'ombre de ces bois, Laviolette traversa la ruisseau à sec. Sur un chemin charretier dont se perdait la trace, quelques stères de rondins de pins oubliés naguère par les forestiers finissaient de pourrir. Récemment, une lourde voiture avait imprimé ses empreintes sur les ornières humides. A mesure qu'il avançait sur ce chemin, Laviolette distinguait mieux les taches aux teintes vives qui l'intriguaient. C'était une ribambelle de fleurs artificielles aux couleurs criardes piquées au hasard sur le monticule d'une fosse toute fraîche. Non loin de là, adossé contre une murette, un caveau disparaissait sous la grosse branche arrachée par la tempête au pin qui le surplombait.

« C'est sûr, se dit Laviolette, que si j'enlève cette branche, je trouverai dessous un toit en tuiles romanes et une croix de fer complètement de travers. »

Il s'escrima sur la branche, réussit à la rejeter de côté. Il avait parié juste : le toit à quatre pans était en tuiles romanes, la croix était penchée en avant.

« C'est ce que je pensais, triompha-t-il. Et pourtant, le diable m'emporte ! C'est la première fois de ma vie que je foule ce sol ! »

Il venait de découvrir le plus petit cimetière qu'il eût jamais vu. Il s'inscrivait tout entier dans l'enceinte d'une chapelle romane rasée à hauteur d'homme. L'opulente fosse toute fraîche, semée de cette profusion de « regrets » si voyants, en occupait une bonne moitié. On comprenait bien que ce mort tout neuf, étant le dernier en date, avait éclipsé tous les autres par sa nouveauté. Il reposait sous ce tertre élevé comme un dormeur de campagne sous le dôme d'un édredon. Il comblait tout le chœur, refoulant à droite et à gauche de la nef ce caveau à toit de guingois et cette large dalle plate que mangeaient les lichens gris. Autrefois, une stèle verticale dessinant trois feuilles de trèfle avait veillé au chevet de cette fosse, mais, par un dur hiver, elle s'était écroulée, brisée net par le gel.

Laviolette jeta un coup d'œil distrait sur le nom du dernier mort et vérifia, sous le caveau de tuiles, celui de son occupant. Il tomba finalement en arrêt devant la stèle écroulée. Bien que relativement mince, elle paraissait très lourde et, de plus, elle adhérait étroitement à la dalle anonyme qu'elle dissimulait en partie. Il songea à sa hernie. Mais où trouver du renfort ? On ne pouvait compter que sur soi-même.

Arc-bouté sur l'obstacle, il réussit d'abord à le décoller de quelques centimètres, de quoi passer dessous sa grosse chaussure pour le bloquer. Il se laissa joyeusement écraser le pied tandis qu'il reprenait souffle. Un curieux sifflement s'exhalait de ses bronches. « Il a raison le docteur Gagnon, se dit-il, l'emphysème me guette... » Il se remit pourtant à sa besogne courageusement. Les veines de son cou gonflées à éclater, il se redressa, lentement, lentement... Soudain, la stèle atteignit son point d'équilibre et revint presque d'elle-même à la verticale. Laviolette l'adossa doucement contre la murette. Une douleur aiguë lui traversait la poitrine. Sa bouche s'ouvrait spasmodiquement comme celle d'un poisson hors de l'eau. A l'aide d'une branche de pin il balaya soigneusement la stèle pour la rendre bien lisible.

Depuis très longtemps, sans doute, cette pierre s'était écroulée en avant, protégeant ainsi la partie où l'on avait inscrit les noms gravés qu'on déchiffrait clairement :

Antoine Valaury
15.10.1900 - 23.6.1944

Barbe Valaury
née Bernard
3.7.1902 - 23.6.1944

Gilberte Valaury
19.9.1922 - 23.6.1944

Priez pour eux !

Laviolette s'affala lourdement sur l'édredon de terre qui couvrait le nouveau mort. Il avait conscience d'avoir accompli la moitié du chemin.

« Vous êtes assis sur la tombe de mon pauvre père... »

L'homme le regardait depuis ce qui avait été l'entrée de la chapelle. Il avait l'œil mi-clos, le mégot pendant au coin de la lèvre, l'air soupçonneux.

« Je vous ai vu fureter de loin. Alors, comme c'est la tombe de mon pauvre père...

— ... Vous vous êtes dit : celui-là, de tout sûr il est en train de me le piquer...

— Pardieu pas ! Mais vous savez, il y a de tellement drôles de gens maintenant, mon pauvre monsieur !...

— Vous êtes d'ici ? »

Ça se voyait assez. Il ne pouvait pas venir de bien loin, le fouet sur l'épaule, avec cette ficelle pour toute ceinture, ce béret en pointe, vernissé d'avoir été tripoté mille fois par des mains grasses de fumier. Ses godillots relevaient arrogamment du bout comme des chaussures tibétaines. Il portait en bandoulière un olifant creusé dans une corne de bœuf.

« J'habite par là-bas dedans », dit-il, en désignant la ferme lointaine.

Du bout du fouet, il indiquait aussi le troupeau parmi les éboulis.

« Je suis le berger. Et vous ?

— Je suis dans la police.

— Alors vous êtes en vacances.

— Malheureusement non.

— Alors vous cherchez quelque chose.

— Justement j'ai trouvé », dit Laviolette.

Il achevait d'inscrire sur son calepin les trois noms et les dates qu'il avait déchiffrés sur la stèle.

« Vous êtes né ici ? demanda Laviolette.

— Pardieu pas ! Nous, nous sommes de Guillestre. Nous descendons la moitié du troupeau ici l'hiver. Oh ! c'est de pauvres pays ! C'est mon pauvre père qui avait acheté ça en 55. L'été on fauche l'herbe, on la rentre, et l'hiver on y amène la moitié du troupeau. Soi-disant qu'ici on peut le sortir un peu plus qu'à Guillestre. Oh ! C'est pas ce que ça rapporte !... »

Laviolette repassait le ruisseau, l'homme sur ses talons. Il se dirigeait vers le grand tilleul et l'étrave de cette maison de maître qui se présentait curieusement de travers par rapport à l'exposition générale du vallon. Le gazon, ras sous le gros arbre, était, de ce côté, creusé de traces de roues à demi effacées par les dernières pluies.

« Et ça, demanda Laviolette, c'est à vous ?

— Ah ça, non ! Mon pauvre père avait acheté les terres, mais la maison, il en a jamais voulu. Il a jamais voulu même y entreposer une meule de foin ni y faire chômer un troupeau. Mon pauvre père, il avait la science. La première fois qu'il l'a vue — j'étais avec lui — il a dit : " Les terres oui, la maison non ! "

— Il savait quelque chose sur le pays ?

— Rien du tout ! On venait de Guillestre, je vous dis. Chaque année on changeait. Une fois Châteauneuf-de-Chabre... Une fois La Revest-Saint-Martin... Mon père en avait marre de changer. On est tombé ici par hasard. Y avait " A vendre " sur un panneau par là-bas dedans... Non. Mon père y savait rien. Dommage qu'il soit mort, il vous le dirait lui-même. Pourquoi ? Y avait quelque chose à savoir ? »

Ils s'étaient rapprochés de la maison. Elle n'avait rien de sinistre. Elle était claire, avenante ; sa façade avait bien vieilli. Elle était dorée comme un pain cuit. On s'attendait à entendre un volet claquer joyeusement là-haut, contre le mur.

La porte, au sommet de trois marches, était craquelée de part en part. Il y avait des jours à travers les fentes des mortaises disjointes. Au-dessus de l'imposte, un gnomon était gravé. L'ombre de sa tige marquait quatre heures et demie. Laviolette s'arrêta au bas des marches. Il aperçut, au-dessous de la grosse cadole, deux cachets de cire noircis au gré du temps et le ruban accroché qui les liait autrefois. Sur l'un des panneaux, était collé un lambeau d'affiche légale où se lisait encore quelques syllabes à caractères plus ou moins hauts : « *ron, toire, à prix...* » Laviolette appuya sur la cadole, dont d'innombrables pouces avaient incurvé le fer. Mais le pêne de la serrure était engagé.

« Naturellement vous n'avez pas la clé ? » demanda-t-il.

L'homme l'observait curieusement, un œil toujours mi-clos, mais un autre mégot au coin des lèvres.

« Pourquoi ? Vous voulez l'acheter ? Tout à l'heure vous m'avez dit...

— Je vous ai dit que j'étais policier, maintenant je vous le prouve... »

Il lui mit sa carte sous le nez.

« Ah ! Différemment je préfère ça ! dit le berger. Parce que je vous avoue que je vous ai pas cru jusqu'ici ! »

Laviolette lui lança quelques paroles en patois, l'autre répondit de même. Au bout de trois minutes de cette conversation de reconnaissance, ils étaient l'un devant l'autre à rouler chacun sa cigarette et le berger hochait la tête.

« Différemment…, répétait-il. Différemment… Oh ! mon père devait bien savoir où trouver une clé de cette maison, mais moi !…

— Dommage ! » soupira Laviolette.

Il n'avait pas le droit de forcer cette porte. Et pourtant il était avide de connaître ce qu'elle défendait. Il était certain que c'était là qu'avait vécu la pauvre Gilberte Valaury, morte à vingt-deux ans le 23 juin 1944…

Il se désolait de voir venir la nuit qui allait interrompre ses recherches. Or, la nuit venait vite. Aux approches du solstice d'hiver, quand toute la terre est bistre, c'est le ciel tout seul, dans les jades du soir, qui fleurit comme un printemps. Ça dure vingt minutes vers cinq heures puis tout s'éteint. C'étaient ces vingt minutes-là qui égayaient le vallon.

« Attendez donc ! dit le berger. D'habitude, enfin, chez nous on fait comme ça… D'habitude, pas trop loin de la porte, on cache toujours une clé de secours. Vous comprenez : d'une, que dans nos maisons, il n'y a jamais grand-chose à prendre ; de deux, que si on a oublié la clé par les champs et qu'il faille retourner la chercher… Alors, ma foi, un trou sur la façade… Ou bien un galet de Durance… »

Il avait dressé son fouet contre le mur et, tout en parlant, furetait partout d'un regard perspicace.

« Vous voyez ! Qu'est-ce que je vous disais ! »

Il fouinait sous le tilleul où une pierre carrée à demi recouverte de feuilles mortes était disposée juste au pied du tronc. Il la souleva avec effort. Une grosse clé apparut qui reposait sur un lacis de fragiles racines très blanches.

« Et je peux même vous dire une chose ! s'écria le berger, le nez soudain très froncé. C'est que cette clé... Cette clé ! Quelqu'un l'a utilisée récemment. Regardez ! Elle avait creusé son nid dans les racines depuis si longtemps et elle n'est plus dans cette empreinte ! On l'a reposée à côté, au petit bonheur. On a dû la reposer de nuit ! »

Saisissant la clé dans sa main gantée, Laviolette l'introduisit dans la bénarde et donna deux tours. Il appuya sur la cadole et poussa le battant à grand-peine.

Il s'avança sur les dalles bombées. L'endroit était sonore comme une église vide. Une odeur indéfinissable y stagnait où dominait pourtant encore celle des bruyères sèches où se branchent les vers à soie. Le berger n'avait engagé que le buste dans l'ouverture.

« Vous entendez ? » chuchota-t-il.

Quand la vibration de sa voix se fut éteinte, ils perçurent tous deux, dans le profond silence, le tic-tac d'une horloge.

« C'est dans les étages ! » souffla le berger.

Le clair-obscur révélait un escalier blême, aux balustres dégradées, où Laviolette s'engagea. Le berger lui emboîta le pas sur la pointe des pieds. Il observait avec inquiétude, oscillant au plafond du large vestibule, la forte tige de fer d'un lustre dont il ne subsistait plus que quelques verroteries couleur de brûlé.

Là-haut, en sourdine, la pendule les guidait vers elle.

Ils s'y heurtèrent, à l'angle malencontreux d'un corridor, scellée au mur — et l'on comprenait pourquoi, car elle était si mal placée qu'on ne pouvait éviter de la bousculer au passage. Dans la vaste maison vide, elle devait être le seul meuble qu'on n'eût pu emporter.

Par l'un des orifices, comme tracés au compas, que les pics-verts pratiquent avec bonheur dans les volets, un rayon oblique du soleil couchant caressait la gaine de la pendule, contre ce renflement en étui de contrebasse où se meut le balancier. La poussière s'accumulait sur cette belle courbe.

« Regardez ! s'écria le berger. Regardez donc ! »

Il désignait, imprimée dans cette poussière dorée, l'empreinte d'une toute petite main.

C'est à partir de là que Laviolette sut ce qu'il cherchait. Il monta lourdement le dernier étage de marches très raides. Il traversa un grenier parqueté sous une carène d'énormes poutres. Une porte de fenière y béait sur le vide au ras du sol. On voyait, par l'ouverture, un morceau de ciel écorné par la génoise et fleuri de légers nuages dorés, comme un rameau d'amandier précoce.

Laviolette s'avança jusqu'au bord du vide, le berger sur ses talons.

En bas, dans cette cour de ferme où l'ombre montait, un corps de femme gisait sur les pavés. Il était recouvert d'un bizarre manteau à grand col, où l'on distinguait une tache claire.

Laviolette n'avait pas besoin de descendre jusqu'au cadavre pour savoir que cette tache était une carte de visite ornée d'une branche de myosotis. Il n'avait pas besoin d'aller y voir de près pour savoir qu'il y trouverait gravé ce nom qu'il venait de déchiffrer tout à l'heure sur la dalle du cimetière.

11

Cette fois, le vide s'élargit autour du fauteuil de l'infirme comme au chevet des grands contagieux. Les plus sceptiques comprirent vaguement que se mouvoir dans l'entourage immédiat de Mme Gobert risquait de porter malheur. On se le disait à mi-voix. Les familles retenaient à bras-le-corps les filles dont le salaire offert par Rogeraine risquait d'attiser le courage.

« Vous comprendrez, Rogeraine, dit la cousine de Ribiers, que vous assister la nuit alors que n'importe qui peut entrer soit au-dessus de mes forces. Moi, à Ribiers, le soir je m'enferme...

— Vous comprenez, madame, renchérissait Constance, que si vous tenez à vous faire jeter par la fenêtre, c'est votre affaire, mais moi je me claquemure chez moi avant la tombée de la nuit. »

Et Constance ne venait plus que le matin. Le matin, la maison en effet était gaie : le facteur, le ménage à fenêtres ouvertes, le linge propre qu'on rapporte, les fournisseurs, le téléphone, les rumeurs de la rue... Mais, dès deux heures de l'après-midi, en ces jours les plus courts de l'année, les lumières s'allument dans les maisons de Sisteron, les rues s'endorment, les coups sourds et les bruits feutrés qui résonnent de loin en loin alarment plus qu'ils ne rassurent. Constance faisait tout ce qu'on voulait le matin, mais, l'après-midi, la peur la saisissant, elle n'était plus bonne à rien...

Quant à Rosa, elle avait fait se coucher Vincent de vive force, avec un diagnostic d'embarras gastrique dont on se demandait si d'un jour à l'autre il n'allait pas se transformer en fièvre de Malte.

Les demoiselles Romance se tortillaient l'âme depuis deux nuits, écartelées entre l'épouvante et le remords. Elles se rendaient visite d'une chambre à l'autre, à trois heures du matin, en raide chemise de nuit blanche, permanente enserrée sous le filet, pour se communiquer leurs affres. Elles contemplaient longtemps, derrière leurs croisées dont elles ne fermaient jamais les volets, la traîne laiteuse du Buech et ces volutes de brume qui roulaient au-dessus, venues des hautes montagnes. Elles aussi se défiaient de quelque présence secrète qui se serait embusquée dans le noir.

« Non. Ce que nous savons n'avancerait à rien...

— Nous devrions pourtant le dire.

— Non. Nous n'avons pas le droit. " Malheur à celui par qui le scandale arrive. "

— Tu confonds toujours tout, ma pauvre Esther ! Il s'agit de celui qui le cause, le scandale, non de celui qui le révèle !

— Et puis... Cela n'aiderait en rien notre pauvre Rogeraine.

— Ce qui l'aiderait beaucoup, en revanche, ce

serait que nous ayons le courage d'aller l'assister chaque soir...

— Nous avons bien essayé dès hier, lorsque nous avons appris l'horrible découverte que le commissaire a faite là-haut.

— Et nous avons compris que c'était au-dessus de nos forces... »

Elles restaient là, bras ballants, les pieds froids sur leur beau parquet ciré. Soudain, Esther agrippa le bras d'Athalie.

« Simone ! souffla-t-elle.

— Tu es folle ! Tu veux ajouter d'autres transes à celles que nous endurons déjà ?

— Tu sais, Athalie, restons pratiques : notre peur, c'est une réaction de vieilles femmes, je suis sûre qu'à l'âge de Simone nous n'aurions pas hésité...

— Tu es certaine de ça ? »

Sans répondre, Athalie descendit pieds nus vers le téléphone. Il était trois heures du matin. Lorsqu'elle revint près de sa sœur, Athalie était beaucoup plus rose.

« Cette chère Simone sera toujours la même. Sais-tu ce qu'elle m'a répondu quand je lui ai brossé un tableau de la situation ?

— Tu as été précise au moins ? Tu lui as bien dit ce qu'elle risquait ? Parce que... Elle est comme Roge-raine, elle n'ouvre jamais un journal !

— Je lui ai simplement dit qu'elle risquait sa vie. Je lui ai décrit la porte ouverte et que, dès le jour où on la saurait installée chez Rogeraine, immanquablement, celui qui devait la pousser...

— Mon Dieu ! Tu lui as dit ça ! Et elle a accepté quand même ? »

Athalie haussa les épaules.

« Tu sais bien qu'elle est toujours à faire des paris sur le Bon Dieu ! Tu sais ce qu'elle a répondu ? " Où serait le mérite de la compassion si c'était un tapis de roses ? " Voilà ! Ça c'est tout Simone ! »

« J'ai été stupide l'autre soir, se dit Rogeraine, j'aurais dû m'abstenir de leur montrer mon arme. Maintenant, il se méfie… J'ai beau laisser ma porte ouverte, il ne se présentera pas de face. Il viendra par-derrière, à la dérobée. Il m'étouffera. Mais non, suis-je bête, ce n'est pas ce qu'il veut… Ce qu'il veut, au contraire, c'est que je vive et que je me souvienne. Constance a raison… Depuis que je les sais tous au courant, c'est sous l'angle de leur bonne conscience à eux que je me vois. Je passe mes nuits à me défendre contre eux… Je me débats. Je refais minutieusement les mêmes gestes, je prononce les mêmes paroles et j'essaye d'y découvrir ce qu'ils y trouvent de si abominable… Et parfois j'y parviens. Oh ! ce n'est jamais pour très longtemps !… Mais enfin, il me semble quand même que depuis quelque temps, j'y arrive de plus en plus souvent… »

Ce matin-là, on sonna à la porte et Constance alla ouvrir.

« Ah c'est vous ? dit-elle. Je ne crois pas que madame ait le cœur à donner. »

Elle avait reconnu Simone et savait que, de temps à

autre, celle-ci quêtait pour quelque Journée nationale. Or Constance, très savamment sceptique sur la destination finale de toute collecte, ne donnait jamais rien, de crainte d'être dupe.

« Je ne viens pas pour quêter ! protesta Simone.

— Ah, c'est vous ? dit Rogeraine, méfiante. Vous voilà encore avec votre charité doucement insistante ? »

Rogeraine souffrait très mal la supériorité d'autrui, surtout lorsqu'elle était désintéressée. Mais quand Simone était forte du but à atteindre, elle était capable de parer son visage d'un sourire angélique et de mentir sans vergogne à l'abri de ce masque. Elle esquissa mentalement un petit signe de croix et regarda Rogeraine bien en face.

« Mais non, madame, dit-elle, s'il y a charité, c'est moi qui vous la demande. Vous savez, le tissage, en ce moment, ça ne marche pas très fort et je vous avoue que, lorsque j'ai vu que vous offriez deux mille francs par mois...

— Quinze cents ! coupa Rogeraine.

— Excusez-moi, alors... Je croyais avoir lu deux mille... »

L'intonation de sa réponse trahissait une telle déception, et elle sut si bien ébaucher le geste de se lever pour partir que Rogeraine s'y trompa.

« Eh bien, soit ! Deux mille... », dit-elle brusquement.

A tout prendre, elle préférait ça à la charité.

« Mais, ajouta Rogeraine, vous savez que c'est un dur travail que j'exige...

— J'ai fait la journalière chez des paysans. Je ramassais les pommes de terre. Après ça...

— Et vous n'avez pas peur ? Vous n'ignorez rien, naturellement ? Vous savez que ma porte reste ouverte la nuit ? Vous savez que c'est vous qui serez visée. Le savez-vous ?

— Je n'ignore rien et je n'ai pas peur. De quoi pourrais-je bien avoir peur ? Le Bon Dieu ne permet que ce qui lui paraît juste. »

Rogeraine ricana en levant les yeux au plafond.

« Ah oui ! Parlons-en de celui-là, tiens ! »

Soudain elle devint blême et regarda Simone intensément.

« Vous y croyez... à ce point ? dit-elle à mi-voix. Au point de lui confier votre vie ?

— Mais... oui. Y a-t-il une autre façon de croire ? Et puis, avec vous je ne crains rien. Cette maison est très avenante. Je l'aime beaucoup. De quoi pourrait-on avoir peur dans une telle maison ? Et vous-même, vous ne craignez rien... Alors ?

— C'est vrai ! s'exclama Rogeraine. Je ne crains rien. Et que pourrais-je bien craindre ? »

Ce qu'elle pouvait craindre, elle le sut dès ce soir-là.

Quand Laviolette heurta à la porte, à la tombée de la nuit, Simone vint lui ouvrir. En la voyant devant lui, l'inquiétude l'envahit et ne le quitta plus.

« Je vous avais dit... », s'écria-t-il.

Elle posa son index sur les lèvres.

« J'ai vingt ans, chuchota-t-elle. Je suis saine d'esprit et...

— Et vous avez Dieu derrière vous ! Je sais ! Mais, votre attitude présente équivaut à un suicide. »

Il s'avançait, très agité, peu maître de lui. Il serrait sous son bras une grande enveloppe. Il trouva Mme Gobert moins triomphante, quoique toujours aussi impérieuse.

« J'ai tardé à venir, dit-il, mais c'est que je voulais être bien certain que le terrain soit parfaitement déblayé entre nous... »

Il tira de la grande enveloppe le document qu'elle contenait. Il le contempla un instant avec une évidente satisfaction. Et puis, brusquement, il le présenta à Rogeraine, à cinquante centimètres de son visage.

Elle poussa un hurlement qui parut à la fois interminable et familier à Laviolette. Il avait déjà entendu le même. Simone, qui œuvrait à la cuisine, eut le temps d'accourir avant qu'il cessât.

« Que lui avez-vous fait ? s'écria-t-elle. Son cri m'a épouvantée !

— Moi aussi, dit Laviolette. Apportez le vinaigre ! »

Il interrogeait les traits de Rogeraine, les yeux clos. Sa tête aux cheveux roux s'était affaissée sur le côté. Elle était sans connaissance. Simone revenait avec un gant de toilette qu'elle imprégnait de vinaigre.

« Attendez une seconde ! commanda Laviolette. Est-ce que vous vous seriez évanouie, vous, devant ces photos ? »

Tout en bassinant les tempes et le front de Rogeraine et en lui promenant le flacon de vinaigre sous le nez, Simone jeta un coup d'œil discret aux documents et hocha négativement la tête.

Pendant qu'elle s'activait avec compétence, Laviolette admirait son chef-d'œuvre. C'était un montage de quatre clichés empreints de ce réalisme saisissant et obligatoire auxquels sont astreints les spécialistes de l'identité judiciaire. Le premier représentait en gros plan le cadavre de la troisième victime sur les dalles de la cour de ferme. Le second, pris avec un objectif grand angle, montrait le même cadavre, mais avec, derrière lui, la façade de la maison sur toute sa hauteur ainsi que la porte de la fenêtre d'où il avait été précipité. Le suivant cadrait, dans le cimetière minuscule, la stèle en feuille de trèfle et les trois noms bien visibles. Enfin, le dernier était le portrait agrandi de cette jeune fille inconnue, née « dans » l'imagination de Laviolette, avant que celui-ci le découvre en photo chez le menuisier du Glissoir.

« Théopole ! Gilberte ! Théopole ! »

Ces trois mots, Rogeraine les proférait avec effort. Son premier regard, affolé, tourna sous ses cils rapprochés. Simone lui tenait la tête contre elle, pour lui masquer le cliché et Laviolette. Pourtant Rogeraine aperçut celui-ci en un éclair et elle se ressaisit sur-le-champ devant ce dangereux intrus qui venait de la blesser jusqu'au fond de l'âme, sans même lui avoir posé une seule question.

« Allez-vous-en ! souffla-t-elle.

— Ah non, ce serait trop facile ! Vous venez de pousser tout à l'heure le même cri que cette pauvre Jeanne, le soir de *La Tour de Nesle*. Ce n'était pas un cri de souffrance ni même d'horreur. C'était le cri lamentable de quelqu'un qui perd pied dans le vide...

— Ce n'est pas vrai !

— Comment le savez-vous ? Vous vous êtes entendue ?

— Allez-vous-en ! Je ne veux plus vous voir ! Je suis chez moi ! Vous n'avez pas le droit !

— Vous m'avez affirmé ne pas connaître Gilberte Valaury. Or vous venez de prononcer son nom et celui du lieu où elle vivait. Et ce portrait ? C'est elle, n'est-ce pas ? Avouez que c'est elle !

— Monsieur, dit-elle avec peine, vous m'avez montré ces horribles visions et c'était suffisant pour que je perde connaissance. Dans ce cas, on prononce des mots sans signification...

— Vous aurez à les répéter ces mots, je vous le garantis, et peut-être bientôt ! Dans le bureau de la gendarmerie...

— C'est ça ! Faites-moi convoquer, mais allez-vous-en ! C'est mon dernier mot. »

Il fit mine de mettre la photo sous enveloppe puis il se ravisa.

« Au fait... Je vous la laisse. Vous n'allez pas pouvoir vous empêcher d'y jeter un coup d'œil de temps à autre... »

Debout au milieu de la pièce, il pointa l'index vers Rogeraine.

« Vous connaissez l'assassin ! Et vous savez *pourquoi* il tue vos aides-soignantes ! Je vais essayer de le découvrir sans votre aide. Mais je vous jure que si, entre-temps, il arrive quelque chose à Simone... Je vous ferai inculper pour non-assistance à personne en danger de mort ! Car elle est en danger de mort et vous le savez, et vous savez pourquoi. »

« Je n'ai pas de commission rogatoire, annonça-t-il sans aucun préambule, mais vous êtes docteur en droit et vous savez ce que parler veut dire : je puis en obtenir une dans deux heures si le cœur vous en dit...

— Ça ne sera pas nécessaire... »

Le notaire était souple comme une peau de chagrin.

Toute l'étude bourdonnait anormalement. On venait de voir entrer le policier chez le patron et on imaginait le pire. De temps à autre, le petit personnel regardait à la dérobée la porte verte matelassée, espérant presque voir apparaître maître Tournatoire, menottes aux poignets. Le fondé de pouvoir, fort de sa familiarité, avait même tenté une incursion désinvolte, un dossier sous le bras. Il s'était fait éconduire sans ménagements.

Il faisait sombre dans le cabinet. Dehors, le ciel était noir. Le vent soufflait dans la ruelle, sur les fils électriques. La lampe verte était allumée.

Maître Tournatoire, tout contrit, contemplait la photo déposée par Laviolette sur le sous-main. C'était un agrandissement du lambeau d'affiche décollé sur la porte de Théopole.

« Voilà ! dit Laviolette. Il n'y a pas deux notaires à Sisteron et le nom de celui qui est en exercice se termine bien par " toire ". Donc votre étude est intervenue dans la vente annoncée par cette affiche et bien entendu vous saviez que ce domaine appartenait à la famille Valaury. Or, toute la presse a diffusé notre demande de renseignements. Vous n'êtes pas sans le savoir. Pourquoi avez-vous gardé ce renseignement par-devers vous ?

— Je... », commença le notaire, fort gêné.

Il s'étrangla un peu. Il n'avait pas coutume d'être

222

mis en état d'infériorité dans son propre cabinet. La situation était proprement scabreuse.

« Je..., répéta-t-il. C'est mon père qui a eu affaire aux Valaury, pas moi. A l'époque, je faisais mon droit à Paris et je n'étais pas tenu au courant des affaires de l'étude.

— Oui. Mais vous avez des actes, des minutes comme vous dites, où sont consignées les circonstances de cette vente. Vous avez un répertoire de ces actes. Vous ne pouvez ignorer ce qui s'est passé à Théopole, le 23 juin 1944...

— Ah ! pour ça je vous jure bien que si ! Les actes se bornent à la description des circonstances d'une transaction. Et si mon père détenait quelque renseignement que ce soit, il ne m'en a pas fait part ! »

Laviolette serrait fermement les poings au fond de ses poches, afin de ne pas les arrimer au col du notaire. Tournatoire, qui devait avoir l'intuition de cette contrainte, crut devoir se mettre à l'abri d'un artifice de procédure.

« D'ailleurs, dit-il, en levant timidement le doigt, vous savez bien que pour des faits aussi anciens, il y a prescription...

— Sans doute. Mais c'est une loi que l'assassin paraît ignorer. »

Laviolette se dressa et vint se planter devant le bureau, les poings appuyés sur le sous-main et la tête à vingt centimètres du visage de maître Tournatoire.

« Alors ? Vous me les sortez ces dossiers, ou bien va-t-il falloir que j'aille les chercher moi-même ? »

Le notaire, à grand regret et en soupirant, plongea vers les profonds tiroirs de sa table de travail pour en extraire la fameuse chemise bistre qu'un réflexe de prudence l'y avait fait enfouir. Il la jeta en pâture à Laviolette qui s'en saisit avidement.

Elle contenait les trois actes de vente pour une maison avec café sise à Mison, pour une forêt sise à Abros, pour deux cents hectares de terre sis au lieu-dit Théopole. Sur le dessus de ces copies, était soigneusement épinglé un « *pouvoir* » : « *Je soussigné, Pierre Valaury, né le 13 août 1928, donne pouvoir à Maître Alphonse Tournatoire, etc.* »

Au pouvoir était agrafée une lettre jaunie, écrite à l'encre violette sur une feuille de cahier d'écolier : « *Maître, demain je prononce mes vœux définitifs. Avant ce moment solennel, je tiens à vous renouveler mes instructions en ce qui concerne mes biens... * »

Il léguait tout à l'Ordre et il signait : « *Pierre Valaury pour la dernière fois.* »

« Il est entré au couvent ?

— Oui.

— Lequel ?

— La Grande Chartreuse. »

Laviolette siffla et, par la fenêtre, il observa le ciel.

« Savez-vous s'il est toujours en vie ?

— Je n'ai aucune autre nouvelle, ni de lui ni du notaire de l'Ordre. Par conséquent, il doit l'être encore, sinon, il y aurait eu un certain nombre de formalités à accomplir où j'aurais été partie. N'oubliez pas que la maison n'est toujours pas vendue...

— Cet homme, prononça lentement Laviolette, connaît probablement la vérité sur ce qui s'est passé à Théopole le 23 juin 1944... Avez-vous bien présent à l'esprit, maître Tournatoire, que si vous m'aviez communiqué ce renseignement dès après le premier meurtre, les suivants n'auraient *peut-être* pas eu lieu ?

— Avec des peut-être ! s'exclama le notaire. Que voulez-vous, j'ai eu un réflexe de décence. Il est navrant, avouez-le, que d'aussi belles familles soient soudain le point de mire de l'actualité, à propos de sordides histoires, et lors même qu'elles ont été depuis longtemps oubliées.

— Parce que d'après vous, c'est pour s'amuser, c'est par distraction bien sûr que l'assassin épingle ce nom sur chacune de ses victimes... Ça ne vous a pas frappé, vous, ces trois morts, le même jour, 23 juin 1944 ? Vous avez accepté ça sans sourciller ? Sans jamais questionner votre père ? Ça vous a paru normal qu'un jeune homme, qui devait avoir seize ans à cette époque, songe à se faire chartreux ?

— Mon père n'a pas cru devoir me mettre au courant. Je n'écoute pas les ragots et notre profession ignore l'étonnement.

— Bien ! Je ne vous ferai pas de longs discours, mais j'attacherais du prix à ce que, si vous quittiez Sisteron, fût-ce pour un week-end à votre chalet de Vars, vous ne le fassiez pas sans m'en avertir.

— Comment ? Suspect ? Moi !

— Vous n'avez aucun alibi pour aucun des meurtres ! D'accord, vous n'êtes pas le seul en ce cas. Tous les commensaux, de près ou de loin, de Mme Gobert en sont là... Seulement, eux, ils ne détenaient pas un élément essentiel de la vérité ! Jusqu'à preuve du contraire... »

Il se leva comme pour partir, tourna le dos, se ravisa :

« Je vais toutefois vous rassurer sur une chose. Depuis hier soir, Mme Gobert a de nouveau quelqu'un pour l'aider. Quelqu'un qui y passe ses nuits...

— Malgré la clé sur la porte ? Qui est cette folle ?

— Oh, vous la connaissez sans doute ! Une fille dévouée qui fréquente les mêmes milieux que vous : Le " Bartéou ", le Secours catholique, etc. Elle s'appelle Simone.

— Simone ? Vous ne voulez pas dire Simone Rouvier ?

— Je ne sais pas... La fille du tisserand de Peipin.

— Mon Dieu ! proféra maître Tournatoire.

— Vous pouvez l'appeler effectivement car, s'il ne s'en occupe pas, elle est dans la gueule du loup.

— Mon Dieu, Simone ! répéta le notaire à voix basse.

— Oui, Simone ! Et il n'y a aucune raison sérieuse pour croire que l'assassin va l'épargner, simplement parce que c'est *elle*. »

Il se rapprocha du bureau encore une fois. Maître Tournatoire contemplait le commissaire d'un air terrifié.

« Regardez ce qui se prépare là-dehors, dit Laviolette, en indiquant par la fenêtre le coin de ciel visible. Il va neiger. Il va verglacer sur les routes. Les gendarmes sont déjà sur les dents. Effectifs trop peu nombreux. Ils ne peuvent pas veiller sur Simone. Moi, je vais partir à la recherche de ce Pierre Valaury. Cette nuit et la nuit d'après, Simone sera *seule* dans la maison avec cette infirme qui laisse sa clé sur la porte !

— Mon Dieu proféra encore maître Tournatoire.

— Alors ? Vous ne savez toujours pas ce qui s'est passé à Théopole, le 23 juin 1944 ? »

Le notaire secouait la tête et gardait ses mains en bâillon devant ses moustaches à l'ancienne.

« Attendez ! dit-il enfin. Ce n'est plus possible. Je vais vous dire ce que je sais... »

Il était assis, les mains inactives entre les cuisses, le chapeau sur la tête, les pans du pardessus traînant au sol. On lui avait imprimé le nom de Simone dans la tête et elle obscurcissait tout son horizon. Il s'était fait le vœu à lui-même de ne plus fumer tant qu'il n'aurait pas la clé du problème, tant qu'elle ne serait pas hors de danger.

En face de lui, le juge Molinier l'observait et attendait, lui aussi.

« Vous savez, dit-il, qu'un chartreux est mort au monde. Il n'a plus qu'une identité secrète. En ce moment même toute une machine très compliquée et très lente se met à remonter le cours de la Règle. Bien sûr, ce Pierre Valaury, quel que soit son état, est justiciable. Encore faut-il le découvrir.

— Le notaire avait conservé l'enveloppe de cette fameuse dernière lettre. Elle portait le cachet : " *Correrie de la Grande Chartreuse* ".

— Fort bien ! Encore faut-il qu'il consente à parler. N'oubliez pas qu'il est enseveli dans l'anonymat comme dans un suaire. S'il ne consent pas de sa propre autorité, il faudra dépouiller l'anonymat de quarante chartreux pour le débusquer. Je ne sais pas si vous imaginez...

— J'imagine, dit Laviolette, mais je compte fort sur le Dieu de Simone... »

Le juge d'instruction jeta un coup d'œil sur le ciel de Digne par la grande croisée. La journée s'annonçait funèbre. Lui, il n'avait pas fait vœu de ne plus fumer. Il alluma une cigarette. Laviolette le regardait faire, la gorge sèche.

Ils restaient là, tous les deux, en silence, les yeux fixés sur le téléphone. Ils imaginaient des combinés soulevés et reposés. Ils imaginaient entendre dans l'air de l'hiver de lentes voix d'hommes très circonspects se croisant sur les ondes, pesant, supputant, traînant en longueur.

Le juge consultait la pendule à la dérobée. Laviolette observait tour à tour le juge et la fenêtre. Il ne neigeait pas encore. Mais il semblait qu'une main de fer contenait à grand-peine la meute de l'hiver avide de foncer. Parfois, comme en un mouvement d'impatience, le vent sifflait à travers les platanes nus.

Le téléphone sonna. Le juge, plus agile, plongea dessus avant que Laviolette eût fait un mouvement.

« Oui... Oui... Oui... Oh! Bien! Naturellement! Le commissaire Laviolette ne manque pas de tact. Je signe... Bien. Nous vous rendrons compte, madame le substitut... dès que possible. Oui. Ne craignez rien. »

Il raccrocha.

« Il consent à parler », dit-il.

Laviolette était déjà debout.

« Nous avons le choix, dit le juge. Ou bien je peux faire descendre ce chartreux au SRPJ de Grenoble aux fins d'interrogatoire, ou bien je vous délivre une commission à vous, pour aller l'interroger sur place.

— A moi ! Et tout de suite ! Je suis poussé par une anxiété qui n'animera personne d'autre. Moi seul sais que chaque minute compte ! Je suis en train de me mijoter un infarctus ! Je ne fais confiance qu'à ma célérité.

— La tempête sévit sur toutes les Alpes, le col de Porte est sous deux mètres de neige !... Vous me faites rire avec votre célérité ! Comment allez-vous vous y prendre ?

— Ça, c'est l'affaire de Combassive, mon chef ! Mais je vous garantis que si un vivant peut atteindre la Grande Chartreuse, j'y serai dans deux heures ! »

L'hiver s'était rué sur la Provence et sur les Alpes avec une sauvagerie soudaine. L'aérodrome de Saint-Auban miroitait sous trois centimètres de verglas. L'Estafette esquissa plusieurs fois quelques pas de valse, avant de s'immobiliser à dix mètres de l'hélicoptère.

Un grand gendarme casqué, botté, le baudrier bien en place, battait la semelle. Laviolette lui serra la main, monta dans le « déconcertant insecte » et respira un peu pour la première fois de la journée. Le grand gendarme s'installa aux commandes.

« Ça va pas être de la tarte, dit-il. Vous n'avez pas peur ?

— De quoi ?

— De ça ? »

Il désignait d'un mouvement de tête le ciel au-dessus d'eux, compact comme une muraille.

« Et vous ?

— Moi, on m'a choisi parce que c'est mon métier. Je suis dans les patrouilles de sauvetage en haute montagne... Mais, vous savez, il n'y a pas de quoi pavoiser, parce que, aujourd'hui, il doit être à peu près aussi facile d'atteindre la Grande Chartreuse que le sommet du mont Blanc !

— Vous êtes marié ? Vous avez des enfants ?

— Non. Mais je voudrais bien en avoir !

— Bon ! Alors, je vais vous rassurer tout de suite : il y a une fille qui s'appelle Simone, qui est en danger de mort et qui le sait, mais elle dit que, avec le Bon Dieu à côté d'elle, elle ne risque rien. Alors, comme pour l'instant le Bon Dieu passe par notre canal... Tirez-en les conclusions qui s'imposent...

— Alors, bateau ! » s'écria le grand gendarme en riant de bon cœur.

Mais son rire s'éteignit vite et Laviolette comprit qu'il lui fallait se taire. Tous deux sentaient, dans la ouate alentour, veiller des arêtes de rocher qui les appelaient. C'était le chant des sirènes du silence. Soudain se dévoilait la mort, droit devant, à quatre ou cinq cents mètres, par la tranche aiguë d'un surplomb ou l'énigme d'une spirale de brouillard qui n'était peut-être que le fond d'une nasse où l'on était déjà bien engagés. L'hélico, sous la main souple de son pilote, faisait du slalom parmi les volutes de la brume, les sournoises giboulées de neige qui tentaient de le saisir en traître dans leur soudaine obscurité et les turbulences du vent.

« Le pot au noir, dit le pilote entre ses dents. On est à l'extrême limite de la sécurité, et même plutôt en dehors... Je comprends qu'ils aient fait la grimace avant de me donner l'autorisation de décoller... Vous me la baillez belle avec votre Simone... »

Ils se trouvèrent par surprise à l'aplomb d'une grande ville qui tenait le ciel noir à distance, à force de lumières et de fumée. Elle brillait à deux heures de l'après-midi comme en pleine nuit. L'odeur de ses usines se glissait jusque dans l'habitacle.

« Grenoble ! annonça le pilote.

Il amorça une lente ascension balisée par des repères de lui seul connus.

« Vous êtes guidés par quoi ? demanda Laviolette.

— Par mon amour du métier... », grommela le pilote.

Il avait la face hargneuse d'un chien de chasse qui a perdu la piste.

« Un trou..., grinçait-il. Il faut qu'il y ait un trou. Il y en a toujours eu un par là, si je me souviens bien... »

Il mordait entre ses dents le bout de sa langue, ce qui attestait une attention tendue.

Et soudain l'horizon se déchira. A deux kilomètres devant eux, la falaise de la Dent de Crolles leur barrait la route.

L'hélico émit un vrombissement exaspéré d'abeille dérangée sur un beau butin. Une rapide manœuvre ascensionnelle l'amena au niveau du sommet.

« Je savais bien, dit le pilote, qu'il y avait un trou... »

En bas, sous les rayons obliques du couchant, une forêt se tenait l'arme au pied, tronc contre tronc. Les cimiers fumaient de givre sous leur carapace de glace.

« Le Désert ! » annonça le pilote.

Là-bas, encerclé par cette forêt que ses murs

écartaient, le couvent dressait son architecture méthodique, conçue à la fois pour la grâce et l'utilité. Les beaux toits et les belles façades invitaient à la halte, au séjour définitif. Le monde se concentrait peut-être ici et se résumait à ceci. Par ces lignes, ce silence, ces espaces et ce mystère, la paix sur la terre y exprimait sa perfection.

« Vous êtes sûr qu'on a prévu ?

— Regardez ! » dit le pilote.

L'appareil glissait comme une feuille morte, de plan en plan, jusqu'à l'aplomb du couvent.

En bas, vingt moines, pelles en main, achevaient d'aménager une aire de fortune. Il y en avait même un, juché sur un gros tracteur rouge à chenilles, qui repoussait la neige avec l'étrave de son engin.

« Mâtin ! dit le pilote, admiratif. La vie de votre Simone me paraît être entre de bonnes mains... »

L'oratoire dominait par une grande croisée le cimetière des moines.

Il régnait dans la pièce un parfum de scierie. Laviolette était debout, sa respiration se condensait devant lui et pourtant il n'avait pas froid. La douceur de ce parfum de bois suffisait à charmer le gel qui cernait le couvent. La pièce était nue sous son ogive.

Le père chartreux s'agenouillait très bas sur un prie-Dieu, devant un crucifix très haut placé contre le mur. Invisible sous son capuchon, il tournait le dos à Laviolette. La buée qui s'évaporait hors de sa bouche attestait seule qu'un homme vivait sous tous ces plis blancs.

« Mon père, dit Laviolette, d'abord je vous remercie et ensuite je vous demande de me pardonner. Je vais vous contraindre à remuer des souvenirs que je devine terribles. Mais une vie est en jeu... Vous me comprenez... »

Le capuchon s'abaissa deux fois, en signe d'acquiescement.

« Vous vous appelez bien Pierre Valaury, né le 13 août 1928, à Saint-Geniez ?

— Je m'appelais... », dit le chartreux.

Sa voix était jeune, très claire. Laviolette tressaillit en l'entendant. « Il doit ressembler à sa sœur, se dit-il. Je suis sûr qu'elle avait cette voix. »

« Que s'est-il passé à Théopole, le 23 juin 1944 ? »

Le chartreux affermit ses genoux sur le prie-Dieu. Les plis de sa robe se dérangèrent. Il brandit très haut, au-dessus de sa tête prosternée, ses mains vers le crucifix. Elles n'étaient pas jointes, mais puissamment imbriquées l'une dans l'autre, doigts croisés. Il se mit à parler doucement.

« Le 22 juin au matin, dit-il, il est arrivé trois camions de soldats allemands dans le vallon. Ils ont barré la route. Ils avaient des chiens. Ils sont partis à travers les bois et la montagne. C'était plein de maquisards dans toutes les ruines. Ils étaient mal gardés. Ça a tiré tout le matin. Ça tirait partout. A chaque rafale, je sursautais comme si c'était moi qui prenais les balles dans ma chair... A midi mon père est rentré. On était à table, ma sœur et moi. On avait une barre en travers du gosier...

— Votre sœur ? dit Laviolette. Gilberte Valaury ?

— Oui, ma sœur, Gilberte Valaury. »

Laviolette porta la main à son portefeuille et se ravisa. Non. Il n'allait pas lui imposer cette épreuve.

Il se contenta de la décrire.

« Votre sœur était blonde… Elle avait les yeux pers, les pommettes hautes. Elle se coiffait avec des nattes qu'elle arrangeait en diadème sur sa tête. Parfois elle portait au poignet une sorte de serpent d'or en guise de bracelet…

— Oui, confirma le chartreux.

— Continuez.

— On était pâles comme du linge. On n'avait pas faim. On s'était mis à table par habitude. On avait les jambes mortes. Ma mère, en servant la soupe, n'arrêtait pas de trembler. J'entends encore le bruit de la louche contre la marmite. Elle a dit à mon père : " Tu entends cette abomination ? ", et mon père a répondu… Mon père a répondu… »

Un silence se fit. La forêt était si proche du couvent qu'au-delà de ses hauts murs on entendit la forte houle du vent. Laviolette avança d'un pas. Sous la robe blanche se soulevait et s'abaissait l'échine du chartreux.

« Mon père a dit… »

Non, il ne parvenait pas à sortir les mots de sa bouche et, pour enregistrer la suite, Laviolette fut contraint de s'agenouiller à côté du prie-Dieu.

« Mon père a dit… »

Mais il poursuivit à voix si basse que même à proximité et prêtant l'oreille, Laviolette n'entendit pas.

« Je suis obligé, dit-il, de… »

234

Le moine se racla la gorge et reprit plus fermement :

« Il a dit : " Je sais. C'est moi qui les ai donnés. "

— Pardonnez-moi de vous avoir fait répéter ça.

— Non. Je suis là pour le répéter toujours. C'est
pour son âme que je suis là... Nous étions pétrifiés.
Ma mère tenait la louche au-dessus de la marmite et
depuis vingt-quatre ans il me semble qu'elle n'a jamais
achevé son geste. " Tu as fait ça ! " a crié Gilberte.
Elle s'était dressée. Elle reculait le plus loin possible
de mon père. Elle est sortie en courant. On l'a
entendue courir sur la route. " C'est pas vrai,
Antoine, répétait ma mère, c'est pas vrai... Tu n'as
pas fait ça... Tu n'as pas pu faire ça et que j'ai pu
mettre ma tête contre ton épaule pendant vingt-cinq
ans et encore hier soir ! Antoine ! " Elle s'est mise à
hurler : " Et penser qu'il y a une part de toi dans
chacun de mes enfants ! C'est pas possible ! — Si, je
l'ai fait ! Si, je l'ai fait ! criait mon père. J'en avais assez
de partager avec eux ! La moitié de mes moutons ! La
moitié de mon blé ! Assez ! " Il est tombé la tête dans
ses mains devant sa soupe...

— Pardonnez-moi, répéta Laviolette la gorge
nouée.

— Je suis là pour répéter les mots de mon père, les
mots de ma mère, et pour prier... Je suis resté prostré
sur ma chaise jusqu'à la nuit. A deux heures, ça s'est
arrêté de tirer. Nous n'avons vu personne. Nous avons
entendu aboyer les chiens. Les camions sont repartis.
Il pleuvait... Il pleuvait... Gilberte est rentrée à la
nuit, couverte de boue et de sang, de sang surtout.

Elle en avait sur ses vêtements, elle en avait jusque sur le beau diadème de ses cheveux. »

« Dans la terre qui la recouvre, se dit Laviolette, ils brillent peut-être encore. »

« ... Elle est passée raide devant mon père, continuait le chartreux, elle n'a pas dit un mot à ma mère ni à moi. Elle était ailleurs... »

Il remua un peu sur son prie-Dieu. Il serra plus fermement ses mains brandies jusqu'à toucher le crucifix. On entendit craquer ses jointures.

« On n'est montés dans nos chambres ni les uns ni les autres. On est restés là, dans la nuit, les volets ouverts, écrasés par le forfait de mon père. Et il l'était lui aussi... Et le jour s'est levé et ma mère était toujours là à tripoter sa toile cirée sans rien faire, elle toujours si active, et mon père ronflait au coin de la table. Et les yeux de ma mère allaient plusieurs fois du tisonnier à la tête de mon père. Je lui ai dit : " non, man, ne fais pas ça... " Elle a tressailli : " Quoi ? Qu'est-ce que tu croyais que j'allais faire ? " »

Il s'interrompit de nouveau. Il s'arrêtait après chaque révélation, comme aux stations d'un chemin de croix.

« A neuf heures on a entendu marcher dehors. Mon père s'est levé. Il a voulu prendre le fusil. Il n'a pas eu le temps. Ils sont rentrés, trois hommes. Noirs. Il y a eu une rafale de coups de feu. Mon père est tombé. Ma mère a hurlé. Ils l'ont entraînée dans le vestibule et ils ont tiré mon père par les pieds. Il respirait encore. Ils lui ont passé des cordes au cou. Je m'accrochais à leurs cirés. Ça glissait. Je leur criais : " Non ! Pas maman ! Pas maman ! " Ils m'ont envoyé m'écraser contre le mur. J'ai entendu ma mère qui disait doucement : " Pierre... " Ma sœur est apparue en haut des marches. Elle est restée raide, sans un mot. Je lui criai : " Dis-leur, toi, de ne pas tuer maman ! " Mais ils tiraient déjà sur la corde. Ils les avaient accrochés au lustre du vestibule et ils tiraient de toutes leurs forces pour les arracher au sol. J'ai entendu le bruit... J'ai entendu le bruit... »

Il avait disjoint les mains brusquement pour se les appliquer sous la capuche, sur le visage. Il sanglotait. Laviolette lui serra l'épaule à travers la robe.

« J'ai entendu le bruit des vertèbres qui se brisaient. J'ai entendu le bruit du sang de mon père qui gouttait sur les dalles. Alors... Alors l'un des trois a montré Gilberte. Ils se sont précipités vers elle tous ensemble. Ils lui ont fait remonter les marches. A la fin, l'instinct de conservation l'avait reprise. Elle criait : " Non, non ! " Elle s'est accrochée à l'horloge qui était scellée. Ils ont eu toutes les peines du monde à l'en détacher. Ils l'ont traînée jusqu'au grenier, jusqu'à la fenêtre. Je me jetai à leurs pieds, j'entravai leur marche. Je hurlai. J'ai entendu l'un des hommes dire : " Non ! Quand même pas elle, chef ? ", et, celui qui l'avait désignée du doigt a répondu : " Si ! Elle aussi ! La trahison c'est la maison tout entière ! Jetez-la ! " Mais, à deux, ils ne parvenaient pas à lui faire franchir le seuil de la fenière. Elle était forte. Elle résistait. Et les deux, je voyais bien qu'ils faiblissaient devant ses supplications... Alors, le troisième a pris sa mitrail-lette par le canon et il lui en a donné un grand coup dans les omoplates... Un grand coup !... Un très grand coup !... Je vois encore cette forme noire dressée et qui me paraissait formidable. Et j'entends encore le cri de ma sœur qui tombait. Je l'entends encore... »

Et de dessous ce capuchon de chartreux, dans ce lieu de prières pour le monde, Laviolette entendit soudain poindre ce hurlement lamentable qu'avait poussé cette pauvre Jeanne, le soir où l'on jouait *La Tour de Nesle*.

Le chartreux était complètement prostré. Il n'avait même plus la force de tenir ses mains jointes devant le crucifix.

« Un des hommes m'a désigné, poursuivit-il lentement. Le chef a hésité une seconde et puis il a fait non de la tête. Je ne pouvais pas les reconnaître. Ils avaient des passe-montagne kaki jusqu'aux yeux et ils portaient des imperméables cirés de facteur qui leur arrivaient jusqu'aux chevilles. Non. Je ne pouvais pas les reconnaître. »

Il hésitait un peu.

« Et puis, tenez compte de mon émotion ! Je n'ai eu qu'une sensation qui m'est revenue très longtemps après, alors que j'étais déjà ici. Il me semble que lorsque le chef s'est dressé derrière Gilberte pour lui donner ce coup de crosse, il me semble que son capuchon s'est déplacé et que j'ai aperçu un peu de sa chevelure...

— Et ?

— Il me semble qu'elle était... non je ne sais plus !...

— Et leurs voix ?

— Elles étaient tantôt aiguës, parfois tremblantes... Elles vibraient de panique. On aurait dit que c'étaient eux qui allaient mourir... »

238

Laviolette médita deux secondes et dit :

« Et maintenant, réfléchissez bien ! A cette époque-là, votre sœur aimait quelqu'un, et quelqu'un l'aimait.

— Oui. Il est arrivé une demi-heure après. Il avait appris l'attaque des Allemands en débarquant du train. Il était inquiet pour Gilberte. Il avait sauté sur sa bicyclette. Les meurtriers étaient partis. Il pleuvait... Il pleuvait... Je m'étais précipité vers Gilberte. Elle n'était pas encore morte. Je criais : " Au secours ! " Personne ne venait. Il est arrivé, lui. Il s'est rué vers la cour. Il m'a vu. Il a vu Gilberte. Je lui ai dit : " Aide-moi ! Il faut la lever de là ! " Alors il s'est agenouillé à côté de moi et il m'a dit : " Non ! On ne peut pas. On va la tuer plus vite ! C'est trop tard ! " Et nous sommes restés là, sur le corps de Gilberte, à la protéger, à répéter son nom. Elle a mis une heure à mourir. »

Laviolette laissa passer une minute. Le temps que la vision devienne supportable pour celui qui l'ensevelissait en lui depuis vingt-quatre ans.

« Je dois vous prévenir, dit-il enfin, que cet homme à son tour est devenu un meurtrier et que vous avez le devoir de m'apprendre... »

Le chartreux brandissait à nouveau vers le crucifix ses mains soudées l'une à l'autre. Il secouait la tête :

« Ne me demandez pas cela ! Ne me demandez pas cela !

— Hélas ! C'est précisément cela que je suis venu vous demander... Non ! cria-t-il soudain. Attendez ! Attendez ! » répéta-t-il haletant.

En un foudroyant craquement de rideau qui se

déchire, sa mémoire venait de lui fournir la clé du problème.

En un tableau majestueux, l'aspect véritable du vallon de Théopole tel qu'il l'avait contemplé l'autre soir, et la vision qu'il en avait eue auparavant, en une autre occasion, se juxtaposaient dans son esprit, s'emboîtaient l'une dans l'autre, cadraient l'une sur l'autre : les crêtes du sommet de Gache, le minuscule cimetière et la croix tordue de sa tombe... Les génoises en alvéoles de ruche... Le tilleul dénudé... Il savait maintenant où il avait contemplé ce paysage pour la première fois, avant de le retrouver dans la réalité.

« Attendez ! dit-il encore une fois. C'est moi qui vais prononcer le nom et vous n'aurez qu'à confirmer d'un signe de tête si vous êtes d'accord. Cet homme qui aimait Gilberte Valaury et qu'elle aimait, c'était... »

Il prononça le nom. Et le chartreux approuva de la tête, longuement, tristement... Il venait de perdre son seul ami sur la terre.

12

Quand elle entendit soulever le loquet de la serrure avec une étrange énergie, elle se redressa un peu dans son fauteuil, pour écouter. Il poussait ce battant qui criait toujours lamentablement, il le laissait retomber dans le chambranle et il donnait deux tours de clé, sèchement. Elle perçut aussi le bruit de la barre de fer qui s'enclenchait dans ses mortaises. « Irrévocablement », songea-t-elle.

Il avançait, dans le long corridor, sur de solides chaussures d'hiver. Son pas était différent de ce qu'il était de coutume.

Lorsqu'il apparut au seuil de la salle à manger, il cligna un peu des paupières sous la profusion de clarté.

« Quel luxe ! dit-il. Est-ce donc une fête ? »

Il contemplait la table. La nappe damasée était aux grandes initiales de Rogeraine avant son mariage. Les verres de cristal dataient du début du siècle. La vaisselle était de Moustiers comme le chauffe-plats sur lequel, dans une cocotte, quelque viande mijotait doucement. Sept œillets de Nice blancs dressaient leur tige dans un vase très long. Sur les couverts d'argent usé, le monogramme était presque effacé.

« Ça dépendra de vous, dit Rogeraine. Vous vous êtes bien fait attendre...

— Mais... Vous m'avez téléphoné seulement hier...

— Ce n'est pas ce que je veux dire...

— Je vous entends. Mais vous avez eu alors une bien curieuse façon de m'appeler.

— Asseyez-vous donc ! Ne restez pas ainsi sur vos gardes derrière votre fauteuil, comme si j'allais vous estoquer. Voyez : je me suis fait coiffer en votre honneur ! »

Elle avança son verre.

« Et servez-moi à boire. Vous savez que j'adore le vin comme apéritif. »

Il saisit l'une des deux bouteilles débouchées qui semblaient fleurir la nappe blanche de leur somptueux aspect. Il l'éleva dans la lumière.

« Château-latour 53... Mazette ! Vous ne nous refusez rien...

— Et débouché depuis plus d'une heure par les soins de ma chère Simone. A l'aide, s'il vous plaît, d'un tire-bouchon à lamelles...

— Quel luxe dans les détails !

— Ah, je connais vos goût !...

— Autrement dit, vous savez que depuis longtemps je me suis quelque peu réfugié dans le vin...

— *In vino veritas*... Peut-être cela nous aidera-t-il à la dire... »

Il flairait le flacon. Il servit Rogeraine puis se versa à lui-même. Rogeraine gardait son verre levé.

« Trinquerons-nous, malgré tout ? »

Il hésita une seconde. Elle fit une moue de petite fille.

« Nous avons tant de choses à nous avouer. »

Le cristal tinta doucement. Ils burent avec recueillement.

« Vous voyez ! s'exclama-t-elle avec enjouement, tout est servi ! Au menu : pâté de grives, salade de truffes et, ce qui mijote là, du bœuf en daube qui demeure l'une de nos vulgarités chéries, n'est-il pas vrai ?

— Qu'avez-vous fait de Simone ?

— Je l'ai envoyée dans sa chambre. Tout est disposé. Nous n'avons pas besoin d'elle. »

Elle se pencha un peu pour chuchoter :

« Je lui ai bien recommandé de s'enfermer à double tour... »

Il haussa les épaules.

« Vous savez bien que c'est inutile.

— Inutile, croyez-vous ? Vous-même, pourtant, je vous ai bien entendu assujettir la barre après vos deux tours de clé. Me serais-je trompée ?

— Excusez-moi ! Il fallait bien nous assurer de notre solitude... Puisque vous y teniez. »

Il dégustait son verre à petits coups, tout en contemplant le feu. Et elle buvait aussi, en l'épiant à travers le cristal.

« Savez-vous, dit-elle, à quoi nous ressemblons tous les deux ? A de vieux époux fêtant leurs vingt-cinq ans de mariage. Alors qu'en réalité, dit-elle sombrement, c'est vingt-cinq ans de désert que nous célébrons...

Mais que cela ne vous empêche pas de déguster ce délicieux pâté. »

Il se servit, ainsi qu'elle-même.

« Allons, dit-elle, ce Cadet Lombard était aussi chargé de secrets qu'un âne l'est de reliques. Pourquoi, parmi tant d'autres, a-t-il cru utile de confesser précisément celui qui me concernait ?

— Il souffrait d'un cancer. Il ne pesait plus que quarante-trois kilos. Ce gaillard, ce superbe Cadet Lombard avec sa tête de dieu panique... Toutes les femmes se taisaient prudemment, quand leurs maris, devant elles, le critiquaient parfois... Vous souvenez-vous, Rogeraine ?

— Mon amant d'une heure, murmura-t-elle. Mon premier et mon dernier amant.

— Ce cancer lui a donné le temps de trier... Il a dû passer en revue toutes ses fautes. Elles ont dû tomber, dérisoires, devant le mal. Il a dû s'en croire suffisamment absous. Mais il en restait une, Rogeraine. Ce n'est pas sans dessein qu'il a voulu nous réunir autour de son lit, nous tous, vos amis, hors de votre présence. Il parlait de confession publique. Il disait que pour tout le reste il se tenait quitte, mais, que pour cette faute commise avec vous, Dieu seul pouvait l'en absoudre... Car il était croyant, paradoxalement... Mais d'abord, il voulait être assuré qu'il allait bien mourir, qu'il n'y avait pas la plus petite chance. Il a fallu le lui certifier. Il est mort entre nos bras. Nous étions tous là, à lui essuyer les trois sueurs. Oh, je ne dis pas que pour tous c'était pure compassion !... Vous avoir à leur merci les excitait au plus haut point... Et j'ai même vu tomber sur la courtepointe du mourant

244

un peu de salive de gourmandise... Mais j'ignore qui, à cet instant, éprouvait cette salivation anormale qui trahissait une satisfaction inespérée...

— Oh, il aurait tenu jusqu'au bout si je l'avais aimé !... Car, il est revenu après... Bien après... Alors que j'étais déjà comme je suis là. Il m'a dit : « Ça fait rien, je te désire toujours... » Mais moi, ce n'était pas lui que j'aimais... Pour me faire oublier mon état et m'empêcher de pleurer de honte, c'est un homme aimé dont j'aurais eu besoin...

— Vous vous faites mal, Rogeraine.

— Ne me retenez pas déjà. Je commence à peine. Si vous êtes venu, c'est donc que vous voulez m'entendre ? »

« Nous pouvons nous serrer la main, dit le pilote. J'ajouterai cette mission à mon répertoire, quand j'en raconterai quelques-unes à mes petits-enfants... »

Il venait d'exhaler un soupir qu'il retenait peut-être depuis que, descendant d'un rayon de soleil, derrière la Dent de Crolles, il avait plongé dans le ressac de la tempête qui battait les deux versants du plateau du Vercors. L'appareil s'était posé sur la piste de Saint-Auban. Les pales battaient l'air d'un vol de plus en plus mou et s'immobilisaient. Lorsqu'ils mirent pied à terre, la neige leur souffla dans les narines. Une Estafette attendait Laviolette. Il s'y engouffra. Les gendarmes lui rendirent compte :

« La situation est sérieuse, dirent-ils. Le chef nous a envoyés vous prendre. Nous avons reçu votre message il n'y a pas une heure. Il y a eu des perturbations...

Tout le monde est sur les dents. Nous avons eu trois accidents en deux heures sur douze kilomètres de route. Il ne restait plus que le piquet de garde à la gendarmerie. Quand votre message est arrivé, ils ont pourtant fait ce qu'on ne doit jamais faire : ils ont abandonné leur poste pour aller s'assurer du suspect. Il n'était plus à son domicile. Nul ne l'avait plus vu depuis le début de l'après-midi. A ce moment-là, on n'y voyait déjà plus à cinquante mètres. Les hommes sont rentrés au bureau. Nous, nous étions éparpillés un peu partout.

— Autrement dit, à l'heure qu'il est, l'homme est libre de ses mouvements ? »

Le brigadier acquiesça de la tête. Le fourgon prenait le virage du Barrasson, Laviolette était sombre.

« Cette fois... Dieu seul !...

— Que dites-vous ?

— Rien. Nous ne pourrions pas aller plus vite ?

— Vous voyez bien que ça verglace à nouveau ! Et il faut songer aux voitures qui ne sont pas équipées...

— Tu n'as pas remarqué une chose ? dit le brigadier. Il n'y a pas une seule voiture qui vient en face.

— Il n'y en a pas beaucoup non plus qui nous dépassent...

— Ils auront vu l'Estafette...

— Tiens... On dirait que ça bouchonne... »

Dans la nuit compacte apparaissaient soudain les halos de feux rouges que les appels de freins attisaient. Juste devant eux, une grosse voiture valsa sur le verglas, avant de percuter le véhicule qui la précédait, dans un bruit de phares brisés.

« Diable ! fit le brigadier. Actionne la sirène et double la file !

— On risque la mort !

— Non. Il y a obstruction dans l'autre sens. Tu vois bien que la circulation est totalement interrompue. »

Le signal du poste émetteur-récepteur clignotait sans répit, réclamant impérativement le piquet de gendarmes et le fourgon. Les ordres, en réalité, auraient exigé huit hommes et quatre véhicules. Il fallait trier parmi les urgences. Les appels au secours se multipliaient tandis qu'on dépassait, toute sirène hurlante, une file de trois kilomètres de long.

Ils furent pourtant bien forcés de s'arrêter devant l'obstacle. C'était un semi-remorque d'acier brillant dont la citerne contenait vingt tonnes d'on ne savait quel produit nocif. Il était vautré sur le flanc, en travers de la route, comme un animal qui en a assez d'avancer.

« La fin de tout ! gémit le brigadier.

— Tant pis ! décida Laviolette, je terminerai à pied ! »

Il descendit de l'Estafette et contourna le six-roues. Les pompiers s'affairaient à déconnecter les circuits électriques. En amont de l'accident, une autre file de voitures stationnait. Laviolette longeait cette file en examinant les véhicules un par un. Il avisa une quatre-chevaux munie de chaînes, occupée par un homme seul en béret basque, qui lui parut être un bon bas-Alpin. Il frappa au pare-brise. L'autre tourna la tête. Laviolette lui montra sa carte. L'homme ouvrit la portière.

Ils perdirent encore vingt minutes à sortir de la file, faire demi-tour et parcourir les derniers kilomètres.

Laviolette sauta dans la neige et prit sa course sur le verglas.

Dans sa chambre Simone, qui n'avait pas fermé sa porte à clé malgré les recommandations de Mme Gobert, s'abîmait à genoux pour sa dernière prière de la journée.

C'était l'instant où l'invité de Rogeraine se versait machinalement à boire en oubliant son hôtesse, laquelle lui tendait impérieusement son verre.

« C'était donc bien vous que j'attendais, dit-elle. Je ne m'étais pas trompée ?

— Je suis venu pour dissiper un malentendu. Et, si je comprends bien, au péril de ma vie. »

Il contemplait fixement le fourre-tout d'où Rogeraine l'autre jour avait tiré son arme pour la montrer à ses amis. Elle, de son côté, faisait miroiter son verre aux flammes du feu et détournait son regard. Elle fit la moue.

« Croyez-vous ? dit-elle. Ce ne sera pas si simple... Cela dépendra en définitive de ce que nous attendons en réalité l'un de l'autre.

— Est-il possible que vous soyez vous et que vous ayez été cette autre ? Je vous observe chaque jour, depuis, avec étonnement. A chaque fois, je suis obligé de me rappeler ce distique qui figure au fronton du cimetière de Fouillouse, dans l'Ubaye... Le connaissez-vous, Rogeraine ?

— *Passant, souviens-toi que nous avons été ce que tu es*

et que tu seras ce que nous sommes. Mais il s'agit des morts.

— Ce serait alors comme si vous aviez été d'abord morte et ensuite vivante, ce qui est un non-sens. Et pourtant... Si l'on a pour vous aujourd'hui toutes sortes de considérations, c'est justement en souvenir de ce que vous étiez autrefois, ou tout au moins de ce que chacun croit que vous étiez. Vous arborez ce ruban... »

Sa main tendue désigna le revers du tailleur noir qu'elle avait revêtu.

« Tiens, dit-il déconcerté, vous ne le portez donc plus ?

— Non, vous voyez ? répondit-elle brusquement. Je ne le porte plus. »

Il but lentement quelques gorgées. Il regardait tomber la neige à travers les hautes croisées.

« Je me suis cassé la tête, dit-il, à juxtaposer ces deux personnages : vous, dans ce fauteuil, jouant ou parlant paisiblement, relativement raisonnable, relativement vindicative, méchante par légèreté ou inconsistance, ou ennui... Vous, avec votre regard clair, vos belles mains qui, parfois, consentaient à nous jouer quelque sonate au violon... Et vous, étincelante, échevelée, telle que dans son agonie le Cadet Lombard vous décrivait... Savez-vous comment il est mort ? Il est mort en imitant ce cri lamentable d'une fille de vingt ans morte pour rien, morte par sucroît, dans l'ivresse de la vengeance dépassée, morte parce que, quand on commence à tuer, on ne peut plus s'arrêter...

— Vous avez bien fait de venir. J'ai eu raison de

249

vous appeler. Vous en êtes donc à croire que je l'ai tuée pour faire bonne mesure ? Vous vous imaginez que je ne savais plus ce que je faisais... Vous croyez que mes raisons étaient moins bonnes que les vôtres ? »

Elle sécha son verre d'un coup et le déposa brusquement sur la table :

« Écoutez-moi ! Depuis vingt-quatre ans, je croyais que tout était au fond de moi pour toujours. Mais je suis comme une vieille bouteille qu'on a retournée cul par-dessus tête : toute la lie est montée à la surface. Elle me soûle ! Écoutez-moi : je me souviens comme si c'était hier... Nous étions en mission, ce jour-là, Cadet Lombard, Simon Charlot et moi. Nous faisions une liaison avec le maquis de Saint-Jurs. Nous étions absents quand les Allemands ont attaqué. Ma sœur venait juste de monter avec du ravitaillement. Elle a été coincée avec tous les autres. Les SS ont pissé sur son cadavre. Nous, nous sommes revenus à la nuit. Il pleuvait... Il pleuvait... J'ai trouvé trois survivants et douze morts qu'ils avaient ramassés autour d'eux. Ça faisait une rigole de sang qui n'en finissait pas de se délayer dans toute cette flotte. Quelqu'un a dit : « C'est le père Valaury. » Alors je suis repartie. Cadet Lombard m'a suivie, mais pas Simon. Un autre s'est proposé, qui est mort depuis, lui aussi. On a marché sur Théopole. On a tué Antoine Valaury. On a pendu sa femme encore vivante à côté de lui. Les deux autres croyaient en avoir assez fait. (C'est dur, c'était dur, de tuer du civil, quand on n'a pas été entraîné pour ça.) Alors, j'ai levé le doigt et j'ai désigné Gilberte. Et vous croyez que si je l'ai fait, c'est que j'étais emportée par mon enthousiasme ? Dans une ivresse de patriotisme vengeur ? Écoutez-moi bien ! La vérité, je vais vous la dire : Antoine Valaury, sa femme, les douze camarades, ma sœur sur qui les SS avaient pissé, tout ça c'était mon alibi ! En réalité, quand j'ai contemplé toute cette horreur, j'ai compris en un éclair que je tenais Gilberte ! Que Gilberte était à ma merci !

— Mais... Pourquoi ?

— Parce que je t'aimais, imbécile !

— Moi ! Le fils du surveillant d'éclairage !

— Oui, toi, le fils du surveillant d'éclairage ! Et pourquoi pas ? Moi j'étais la demoiselle Pinsot, fille du pharmacien, celle qui paraît intouchable à cause du fric de son père, qui toute sa vie n'aura droit qu'à un seul homme : son mari ! Celle dont on évite de rêver ! Et moi, moi qui osais avec tous les galopins, avec toi je n'osais pas ! Parce que je t'aimais !

— Mais je n'ai jamais espéré et je ne t'ai jamais laissé penser...

— Oh ! l'espoir, tu sais, il en faut tellement peu pour qu'il naisse ! Un soir, au cinéma... C'était pendant la drôle de guerre. Toi, bien sûr, tu ne te souviens pas... Tu as fait ça machinalement. Je me souviens. On jouait *La Règle du jeu*. On était toute une bande. J'étais à côté de toi par hasard. Tu m'as pris la main. Tu l'as gardée serrée dans la tienne jusqu'à la fin du film. Et moi, j'ai répondu. Ensuite, on a été de nouveau tous ensemble... J'ai essayé de m'attarder seule, dans les rues sombres, quand nous nous raccompagnions les uns les autres. Mais tu ne me voyais plus. Tu discutais politique avec le grand Farnaud. »

Il tendit machinalement son verre et elle le servit. Et de nouveau il but et elle le regarda, tendrement amusée semblait-il, à travers le rubis sombre de son vin où elle trempait les lèvres de temps à autre.

« Mais, Gilberte..., dit-il. Ce fut un coup de folie. Un seul soir... Un seul aveu dans l'affolement général... Comment, justement, es-tu tombée sur ce soir-là, sur cet aveu ?

— Vous êtes venus faire l'amour contre ma glycine, dit tristement Rogeraine. Comment avez-vous osé venir faire l'amour sous mes yeux presque ? »

Son regard vague errait sur la terrasse. La clarté de la pièce découpait un rectangle de lumière dans la nuit et la neige qui s'amoncelait dessinait une haute guirlande blanche sur le cep de cette glycine. Rogeraine reprit à voix très basse :

« Moi qui rêvais que, en cet été 40, la pagaille générale allait remettre tout le monde au même niveau, que dans cette misère générale il n'y aurait plus de frontières pour l'amour. Je me disais : " Tu vas pouvoir le lui avouer. " Je passais en revue toutes les filles de Sisteron. Je me disais : " Il n'y en a pas une qui soit aussi bien que toi. Si elles sont belles, elles sont pauvres. Si elles sont riches, elles sont moches. " J'étais là, sur la terrasse. Mes sœurs écoutaient la débâcle au poste de radio, avec des exclamations de désespoir. Et moi — c'est pour te dire que je ne pensais qu'à toi — cette tragédie me laissait froide. J'étais nonchalante, heureuse. J'étais... comment te dire ? En attente de toi. Ne prends pas cet air gêné. Nous avons près de cinquante ans. Il y a si longtemps de cela, tu sais... J'étais assise sur ma terrasse... les mains nouées derrière ma tête. J'ai vu se balancer la glycine. Aucun vent ne soufflait et j'ai entendu un murmure... — Te souviens-tu que j'avais dix-huit ans? —, un murmure que je n'avais jamais entendu jusque-là. Un balbutiement. Oh, je l'ai reconnu tout de suite! Souvent, toute seule, j'avais eu à le réprimer en moi. Je me suis levée, électrisée par cette musique si ténue, si étrange, sous laquelle, d'abord, je me sentais fondre. Je me suis approchée de la balustrade, sur la pointe de mes pieds nus... Tu regardes au-dehors... Te souviens-tu?

— J'essaye de me souvenir...

— Rappelle-toi! C'était le black-out. Dans l'Andrône, il y avait juste deux petites lampes passées au bleu de méthylène. J'ai distingué d'abord la tresse blonde de Gilberte. Elle était bleutée. Et je t'ai reconnu toi. Le sais-tu que tu as les oreilles légèrement décollées et un épi en forme de jet d'eau au sommet du crâne? En fallait-il tant, d'ailleurs, pour que je vous reconnaisse?

— C'était la seule fois. Je reprenais le train le lendemain. On ignorait ce qu'on allait devenir. Et puis, tu sais, tu es payée pour le savoir, on était imprudemment passés trop près de ta glycine. Quand on est emmiellé dans le parfum de cette glycine, tout paraît facile, sans conséquence...

— Pendant deux heures, dit Rogeraine, deux heures! Imagine qu'on t'enfonce un clou dans la chair pendant deux heures en t'empêchant d'en mourir... Je n'avais plus qu'une idée : tuer ces deux interminables heures, pendant lesquelles ma glycine a frémi sous votre poids, où j'ai été traversée du désir de vous tuer tous les deux... Il y a eu aussi un instant, dans le paroxysme de mon attention, où j'ai cru que j'étais à sa place... Où j'ai cru... »

Ils burent tous les deux ensemble. Quelques bûches dans la cheminée s'écroulèrent en braises et le feu baissa.

Il se leva pour secouer son malaise.

« Que fais-tu ? » s'écria-t-elle.

Sa main était crispée sur son arme invisible dans le fourre-tout. Il la dévisagea, surpris.

« Mais... je voulais simplement faire quelques pas. Ta confession me bouleverse plus que tu ne peux l'imaginer... Seulement... »

Il se rassit lourdement.

« C'est curieux... L'émotion m'a coupé les jambes. J'ai les fourmis. Je ne les sens plus qu'à peine.

— Bois ! commanda Rogeraine. Moi, dit-elle en riant, l'avantage de mes jambes c'est que je n'y ai jamais ni froid ni chaud. »

Ils avaient éteint la veilleuse sous le chauffe-plats. Le pâté de grive était intact dans leur assiette. Ils n'avaient pas faim. Ils n'avaient que la force de trinquer à leur vie perdue.

« Et puis, poursuivit-elle, quand tu es revenu, j'ai compris que je n'avais tué que la moitié de cet amour... Tu en étais plein. Elle était plus présente à tes côtés que lorsqu'elle était vivante. Tu ignorais tout, bien sûr... Et pourtant, tu ne me voyais pas. Tu ne m'as jamais plus vue. Tu ne voyais personne. Tous les jours, tu montais à Théopole, fleurir sa tombe. Alors, j'ai compris que je l'avais tuée pour rien...

Alors, j'ai accepté Gobert. Alors, il y a eu tout le reste... »

Une profonde détresse la submergea. Elle tourna les yeux vers la croisée. Elle chercha d'un regard d'enfant perdu cette glycine tout en fête, sous les festons de neige. Il lui sembla qu'un vent narquois l'agitait frileusement.

« Ce doit être ça, la vraie punition. Avoir assez vécu pour comprendre enfin que tout ce qu'on a fait, on l'a fait pour rien. »

Elle avala goulûment le reste de son verre pour parfaire son ivresse et se réchauffer. Une sensation de froid lui envahissait le bas-ventre, un peu au-dessus des jambes où les nerfs étaient morts. Elle vit qu'il tentait de se lever, sans y parvenir.

« Et, dit-il lentement, c'est pour cela que tu crois que j'ai tué ces trois innocentes ? Tu imagines qu'en apprenant ton crime par la bouche du Cadet Lombard, j'ai voulu te le faire payer ?

— Oui, c'est ce que je crois.

— Mais pourquoi elles ? Pourquoi pas toi ?

— C'eût été trop doux, trop vite fait. Tu voulais que ma vie devienne un désert. Que tout le monde, frappé de peur, m'abandonne... Mais, surtout, qu'à chaque fois, le souvenir de Gilberte soit un peu plus lancinant. Eh bien ! sois heureux, tu as réussi ! Je l'entends pousser son cri toutes les nuits. Toutes les nuits je la vois se cramponner aux balustres de bois de l'escalier, avec une telle énergie du désespoir que la balustre vermoulue cède... J'entends le craquement... Je la vois s'accrocher au passage à la pendule... Je me revois — je me revois de dos ! Comme si c'était un autre qui me regarde ! — la frapper à coups de crosse entre les omoplates. Je l'entends s'écraser sur les dalles de la cour ! C'est ce que tu voulais, n'est-ce pas ? Et en même temps, elle est là... chaleureuse, familière, fraîche... Elle est mon amie d'enfance, des jours heureux. La seule à qui je racontais tout. »

Soudain elle s'enfouit le visage entre les mains.

« Pourquoi ne m'as-tu pas tuée ? »

A travers la table, il avança la main vers celle de son hôtesse, mais il éprouvait une peine infinie, comme si elle était ankylosée par une trop longue inaction. Rogeraine lui déroba la sienne, mais ce fut avec la même curieuse lenteur. Cela lui rappela quelque chose, mais il ne s'arrêta pas à cette sensation.

« Rogeraine... Rogeraine... Écoute-moi. Il y a vingt-quatre ans de cela ! Tu as été suffisamment punie... Bien sûr, aussitôt que j'ai entendu la confession de Cadet Lombard j'ai été abasourdi, comme tous les autres. Mais j'ai tout de suite compris que la femme qui avait commis ce crime, il y a vingt-quatre ans, n'était pas celle que je fréquentais aujourd'hui. Tu as fait fausse route, Rogeraine. Je suis venu te le dire : il y a bien longtemps, hélas ! que j'ai oublié Gilberte...

— Mais alors... Ce n'est pas toi qui t'es relevé au chevet du mourant avec cette lueur de meurtre dans les yeux ?

— Non, ce n'est pas moi.

— Alors qui ?

— Attends ! Il s'agit de quelque chose de bien plus important et il me semble que j'aurai à peine le temps de l'exprimer. Ce vin est trop généreux... J'en ai trop bu. Mais tout est clair quand même. Tu ne m'as pas suivi assez longtemps. Tu m'as épié portant des fleurs sur la tombe de Gilberte, tous les jours, c'est vrai... Mais déjà tu ne me suivais plus des yeux lorsque je n'y suis plus allé qu'une fois par semaine, puis une fois par mois... Jusqu'au jour où j'ai constaté que les fleurs de la fois précédente avaient eu le temps de devenir du foin que le vent avait entassé contre la tombe voisine. Ce jour-là, j'ai compris que mon geste était machinal. Que je m'abusais. Que j'avais oublié Gilberte. Et si tu savais combien j'ai été navré de ne pouvoir l'aimer plus longtemps, toute ma vie... Mais je n'y pouvais rien. Elle s'effaçait. Chaque mois qui passait, son visage, son allure, sa vie s'estompaient un peu plus. Même le son de sa voix...

— Ah! le son de sa voix, moi je l'entends encore!...

— Mais comment as-tu pu me croire assez pur pour imaginer que j'avais conservé cet amour pour une morte pendant tant d'années?

— Mais... parce que je t'aimais. Et pourtant, tu ne t'es jamais marié...

— Parce que... C'est ça que je voulais t'avouer ce soir. Parce que, Rogeraine, je ne l'ai découvert qu'à la longue et ne l'ai compris tout à fait que lorsque Cadet Lombard m'a appris ton forfait; ce jour-là, j'ai eu envie de te protéger. Et la vérité m'a ébloui... »

Elle le dévisagea, incrédule.

« Mais alors, qui? » s'écria-t-elle avec désespoir.

Il secoua péniblement la tête.

« Quelle importance? Nous avons à débattre de bien autre chose... »

Leurs mains rampèrent l'une vers l'autre sur le désert blanc de cette nappe de noces, mais s'arrêtèrent finalement à mi-chemin. L'immobilité montait en eux de plus en plus haut, comme si des liens invisibles les garrottaient. En entendant qu'on ébranlait au-dehors la solide porte de chêne, il voulut se lever. Mais il était déjà emmailloté des pieds à la tête par la mort.

Leurs regards restèrent rivés l'un à l'autre jusqu'à la fin.

Devant lui se dressait la maison Gobert. Elle était close de haut en bas. Pas une lueur ne filtrait à travers les volets pleins. Mais il songea que les pièces principales donnaient sur le jardin à la française et sur la Durance. Simone était là, derrière. Il était bien décidé à ne plus la lâcher jusqu'au matin. Il alla heurter à la porte. Il tira sur la sonnette. Il attendit. Deux phares tournèrent dans la neige sur la place de l'Horloge. Le chef Viaud descendit tout seul et s'approcha.

« C'est la fin de tout ! dit-il, découragé. J'ai réussi à vous rejoindre, mais vos inspecteurs sont coincés en route...

— Il nous faut absolument pénétrer dans cette maison.

— J'ai la clé. Je suis allé la chercher chez Constance Jouve.

— Venez vite ! »

Laviolette avait arraché la clé des mains du chef de gendarmerie. Il essaya de l'enfoncer dans la serrure.

« Une autre clé est de l'autre côté ! s'exclama-t-il avec inquiétude.

— Oui, dit Viaud. Comme Mme Gobert, ces temps derniers, avait exigé qu'elle reste sur la porte à l'extérieur, le fait qu'elle soit à l'intérieur ne peut signifier qu'une chose. Ce soir quelqu'un est venu, est entré et a refermé la porte sur lui... »

Laviolette donna un violent coup d'épaule. Viaud vint à la rescousse. Ils en eurent mal aux os. La porte ne frémit même pas.

« Et si c'était Simone qui l'avait refermée ?

— Mais non ! Elle n'aurait pas désobéi à Mme Gobert.

— Dans ce cas, il faut enfoncer cette porte !

— Mais avec quoi ? Les pompiers et leur matériel lourd sont sur les lieux de l'accident automobile...

— Venez ! » dit Laviolette.

Il entraîna Viaud vers l'Andrône où s'entassaient déjà quinze centimètres de neige.

« Qu'allez-vous tenter ?

— On grimpera par là ! »

Laviolette désignait la glycine dans la lueur du lampadaire, à travers les flocons. Viaud faillit lui répondre : « Moi peut-être, mais vous ? »

Mais Laviolette posait déjà le pied sur cet anneau spacieux à un mètre du sol, déjà feutré d'un beau fauteuil de neige. Tant bien que mal, s'aidant des pieds aux anfractuosités de la muraille, il entreprit d'escalader la glycine qui frémissait de toutes ses branches noueuses accrochées au berceau de la terrasse. Quatre mètres, cinq mètres, six mètres...

Laviolette peinait comme un damné, haletant, asphyxié par l'effort, le cœur en déroute.

« Au moins, eut-il le temps de se dire, je serai mort à la tâche... Je me serai efforcé jusqu'au bout... »

Il s'agrippa au rebord de la corniche. Ses doigts glissaient sur la neige. Il était faible comme un enfant. Il avait bonne envie de tout lâcher et d'aller dormir définitivement en bas des marches de l'Andrône. La vision seule de Simone s'efforçant vainement d'écarter de sa gorge les mains du tueur le retint en vie. Il se retrouva, sans savoir comment, plié en deux sur la balustrade, mou comme un pantin de feutre, râlant, les mains pendantes dans la neige et les pieds dans le vide. Ce fut Viaud qui le poussa en avant et l'aida à prendre pied.

« Respirez ! » lui ordonna-t-il.

Laviolette fit signe que non. Soutenu par Viaud il s'approcha de la porte-fenêtre brillamment illuminée. Ce fut lui qui brisa une vitre à coups de pied et tourna l'espagnolette. Le spectacle qu'il découvrit ne le retint pas. Il se précipita comme un fou dans le corridor en criant le nom de Simone.

Dans la chambre où il pénétra, à la lueur d'une veilleuse, sous un gros édredon jaune, Simone, la bouche ouverte, ronflait. Laviolette se pencha sur le visage sans beauté pour lui caresser les cheveux.

« *Sancta simplicitas !* » murmura-t-il.

Tout en la regardant dormir, il roula sa première cigarette de la journée et l'alluma avec un bonheur sans mélange.

Laviolette avait jeté quelques bûches sur les braises encendrées et tous deux, le chef et le commissaire, observaient, le dos au feu, cette noce de mort au pied de laquelle Simone priait à genoux.

« Empoisonnés tous les deux, dit Laviolette.

— Par quoi ?

— Par l'un quelconque des comestibles qui sont ici. »

Le chef souleva le couvercle du coquemar encore chaud.

« Non, dit Laviolette, pas le bœuf en daube ; à en juger par l'état des assiettes, ils n'y ont pas touché. Le pâté de grive, ils l'ont à peine goûté... Les desserts sont encore intacts sous leur linge, sur la crédence.

— Alors ?

— En revanche, il ne reste plus qu'un fond de l'une des bouteilles de vin... »

Viaud remit l'un de ses gants et s'empara de la bordelaise à peu près vide. Laviolette fit de même avec le verre en cristal de Rogeraine, dans lequel restait un peu de liquide. Ils passèrent leur nez très circonspect au-dessus de ces deux récipients. Ils reposèrent le tout exactement à sa place et se regardèrent.

« Ça vous dit quelque chose ? Moi, je ne suis pas expert. »

Laviolette secoua la tête.

« Sauf, dit-il, ce délicieux parfum de sous-bois à l'automne qui est le propre de ce vin,... non, vraiment rien...

— Un poison qui vous tient debout..., murmura Viaud, perplexe. Regardez, c'est hallucinant ! Ils sont comme des convives de pierre. Pas une contraction sur leur visage. Ils sont morts paisiblement.

— Il s'agit donc d'un anodin, dit Laviolette.

— Qu'est-ce que c'est que ça, un anodin ?

— Un poison non violent. Simone ?

— Monsieur ?

— Qui est allé chercher le vin à la cave ?

— C'est moi.

— Vous n'avez fait, naturellement, aucune constatation anormale ?

— Non... Mme Gobert m'avait bien expliqué : sur le troisième casier, deux bouteilles ensemble sur la seconde étagère. Elle a même soupiré : " D'ailleurs, il n'en reste plus que deux, malheureusement ! "

— Vous avez donc remonté ces deux bouteilles, et c'est vous-même qui les avez débouchées ?

— Oui, c'est moi.

— Quelqu'un d'autre est-il venu entre le moment où vous les avez déposés sur la table et celui où l'invité est arrivé ?

— Personne. Absolument personne !

— Et il s'est écroulé combien de temps ?

— Ça ! Je l'ignore... Je suis rentrée dans ma chambre, j'ai fait mes prières, je me suis endormie.

— Ils ont donc bu la ciguë tous les deux..., dit Viaud, pensif.

— Et l'un des deux savait qu'il était en train de la boire... Elle l'a invitée pour un dernier festin et elle s'est ensevelie avec lui pour que le silence se referme.

— Se referme sur quoi ? Vous m'avez entraîné dans cette maison en toute illégalité, mais n'oubliez pas que depuis que vous avez sauté dans l'hélico hier après-midi, vous ne m'avez pas fourni l'ombre d'une explication.

— Pardonnez-moi ! Le chartreux a parlé. »

Il lui raconta la mort de Gilberte Valaury. Viaud resta silencieux une grande minute.

« Et vous prétendez, dit-il enfin, que cet homme aurait conservé, pendant trente ans, le souvenir de son amie morte ? Au point d'avoir encore envie de la venger ? L'autre soir, fortement sollicité, Maître Tournatoire a fini par m'avouer qu'il avait assisté aux derniers instants de ce Cadet Lombard. Et celui-ci s'est confessé devant eux tous, les amis de Rogeraine. Il leur a avoué qu'il avait été le compagnon de Rogeraine, lors de l'expédition punitive de Théopole. Il le leur a avoué à *tous*. C'est-à-dire : les Tournatoire, les sœurs Romance, le docteur Gagnon, les deux Chamboulive et la cousine de Ribiers. Donc l'assassin a su à cet instant seulement, et trente ans après, qui avait tué Gilberte Valaury. Et trois jours plus tard la première victime mourait avec cette carte épinglée sur ses vêtements.

— Si longtemps après ! s'exclama Viaud. C'est incroyable ! Et par cadavre interposé ! Quel mal espérait-il lui faire ?

— La faire rentrer en elle-même ! C'était obligatoirement un esprit subtil, impitoyablement logique. Il savait que la Rogeraine d'aujourd'hui n'était plus celle qui avait tué Gilberte Valaury le 23 juin 1944, et qu'en lui enfonçant son crime dans la tête, à coups de répétition du même crime, il finirait par la punir d'une manière bien plus raffinée. Et il a réussi.

— Mais, regardez, dit Viaud, ils avancent chacun

leur main vers celle de l'autre, comme s'ils voulaient qu'elles se joignent à travers la nappe. La mort a interrompu leur geste...

— Oui, dit Laviolette. Je crois que la voilà la raison pour laquelle Gilberte est morte... Elles devaient aimer le même homme toutes les deux...

— Mais lui ? Pourquoi avance-t-il aussi sa main ?

— Au dernier moment, sans doute, il aura voulu lui pardonner. N'oubliez pas que ces deux êtres se connaissaient depuis l'enfance. »

Il alla se planter devant le mort pour le contempler pensivement.

« Vous avez commis une erreur, docteur Benjamin Gagnon, dit-il. Il fallait décrocher l'aquarelle qui était suspendue dans votre cabinet, derrière votre fauteuil. Elle était signée de vous. A force de chagrin, de regret, de nostalgie, vous aviez su lui communiquer une sorte de beauté bien supérieure à celles de vos autres œuvres accrochées sur vos murs. Elle criait littéralement, cette toile !... Elle représentait le vallon de Théopole, sa crête de rochers étincelants, sa maison au tilleul dénudé et son cimetière minuscule, à l'ombre du nord. Hélas ! Ce n'était pas dans quelque vie antérieure que j'avais déjà vu ce vallon, avant de le découvrir dans la réalité. C'était chez vous, le jour où je suis allé vous demander si vous connaissiez Gilberte Valaury. Et pourtant, j'en ai mis du temps à m'en souvenir. Mais je fais erreur... Dans le fond, teniez-vous tellement à vous en tirer ? »

Les voitures noires du parquet commençaient à disparaître sous les flocons. Sisteron, couleur de suie, se ratatinait sous la neige.

Laviolette sortit de la maison Gobert. Sa tâche était terminée. Il avait, tant bien que mal, exposé l'affaire à Mme le substitut qui lui avait opposé un scepticisme dubitatif, quoique silencieux. « Et d'ailleurs, avait-elle conclu, il semble bien que l'action de la justice soit éteinte. »

« Mais, quand même... vingt-quatre ans ! se disait Laviolette. Aurais-tu été capable d'aimer une morte pendant vingt-quatre ans au point de haïr encore ? »

Dans un déchirement de neige éventrée, un énorme engin rouge débordait la route devant le tunnel, sur la nationale. Son châssis portait en lettres noires les mots : *Equipement de Ribiers*. Laviolette tressaillit. Une association d'idées lui fit prendre conscience de ses désirs secrets. Il voyait, à travers cet engin, une belle et solide gaillarde, à la grande bouche rouge. Il imaginait là-bas, au bord du Buech, fumer sous la neige la cheminée d'une maison comme sur une carte de vœux de Noël. Il n'y manquait que la branche de houx. Il voyait luire la cafetière avenante qui attend le passant.

Alors, il se décida à monter en voiture et, à la suite de ce chasse-neige, de naviguer comme à la boussole vers ce havre incertain.

13

Ribiers était tel qu'il l'imaginait, fumant sous le ciel noir de toutes ses maisons cossues. Chaque soupirail de cellier exhalait l'odeur suave des poires mûres. La place était déjà dégagée, les trottoirs déblayés à la pelle et au balai de bruyère, parfois posés encore contre les murs. On avait essuyé avec soin le bas des belles portes qui brillaient comme des meubles anciens. Quelques rares flocons tournoyaient.

Par l'huis entrebâillé, le corridor de la cousine invitait à la visite. Il s'en déversait une senteur de bois frais et de petit déjeuner où miel et confiture exaltaient le parfum du café. Très alléché, Laviolette enjamba le seuil.

Au fond de l'auvent, au bout du couloir, la cousine fendait des bûches comme il l'avait vue faire en automne. Laviolette la couvait d'un œil attendri, cette infatigable Évangéline aux muscles durs... Il s'était avancé d'un mètre et demeurait là, immobile, ayant scrupule à la déranger, paralysé aussi par une timidité révélatrice de son état d'âme.

Derrière son dos, suspendu à la patère de la porte,

un vêtement claquait doucement dans le courant d'air. Il émanait de lui un remugle de vieux tissu caoutchouteux qui finit par atteindre l'odorat de Laviolette. Il se retourna machinalement. Négligemment accroché à l'envers par le sommet du capuchon, un ample ciré de facteur très élimé montrait son intérieur, violine à force d'usure. Il était vide, pendant, dégonflé, ne gardant même plus la forme familière qui avait dû imprimer sa silhouette dans ses plis, à force de s'y draper. C'était l'une de ces choses que l'on conserve dans les familles paysannes pour s'en couvrir sommairement les jours de pluie, lorsqu'on circule du couloir à la basse-cour, de la cuisine au bûcher.

« Tiens ! se dit Laviolette, comme je lui apporte de mauvaises nouvelles, il ne serait pas inutile de la faire d'abord un peu rire ! »

Sans hésiter et sans réfléchir davantage, il s'empara de l'imperméable, s'y ensevelit et en rabattit le capuchon sur les yeux. Ainsi affublé, il s'avança sans bruit dans le couloir et sur la neige tassée de la cour. L'attention d'Évangéline se concentrait uniquement sur les bûches qu'elle partageait avec une implacable régularité. Laviolette la contemplait de dessous son capuchon, svelte, la bouche rouge, les cheveux noirs et drus, échevelés par l'effort. Il aspirait de plus en plus à s'efforcer de rendre veuve pour la quatrième fois cette cavale sensuelle. Il se glissa en catimini jusqu'à côté d'elle, mais, pour attirer son attention, fut contraint d'émettre un petit sifflement qu'il crut être d'admiration.

Elle venait à cet instant d'abattre la cognée dont le tranchant, emporté par l'élan, s'était fiché dans le

billot alors que les fragments de bûche éclatée fusaient
de part et d'autre vers le tas de bois qui l'encadrait.
Elle détourna les yeux. Son faciès se tordit en un
hideux rictus. Un hennissement sauvage lui échappa.
Elle arracha la hache au billot à trois pieds qui se
renversa et la leva droit à la verticale de l'apparition.

« Évangéline ! C'est moi ! Laviolette ! C'est une
farce ! »

Précipitamment il ôtait le capuchon et se faisait
reconnaître. Le coup dévia, et la cognée, mal accom-
pagnée, cascada sur le tas de bûches.

« Vous m'avez fait une de ces peurs ! »

Sa voix était normale, mais son pâle visage de veuve
funèbre restait hostile, sans un sourire. Elle le dévisageait sans désarmer, les mains bien serrées sur le
manche de la cognée, et s'était reculée hors de portée
de ce fantôme qui venait de s'annoncer sous le nom de
Laviolette et qui, effectivement, en présentait tout
l'aspect. Elle le scrutait. Il paraissait débonnaire,
bonnasse. Est-ce que par hasard il le faisait exprès ?

Le picotement de la panique circulait à la racine des
cheveux d'Évangéline. Son regard venait de se river
sur l'accoutrement de Laviolette et ne s'en détachait
plus. *C'était son propre ciré qu'il portait.*

Quand le destin veut vous piéger, il vous ôte la
mémoire. L'autre nuit, en rentrant, au lieu d'aller
l'enfouir dans la malle du grenier, elle avait suspendu
à la patère, derrière la porte, le ciré de son père,
comme il le faisait lui-même durant toute sa vie, au
retour de ses tournées. Et il était si naturel, si normal
qu'il fût là qu'elle ne le voyait même plus... Mais,
maintenant, elle considérait fixement, au bas de

l'imperméable, contre l'ourlet, à l'angle de la fermeture, une tache longue d'une dizaine de centimètres, plus sombre que le tissu qu'elle raidissait en s'écaillant par endroits.

« Parbleu, se dit-elle, l'autre nuit, à Théopole, quand je me suis penché sur le corps de la fille pour lui épingler la carte, le bas du ciré a trempé dans son sang !... »

En un clin d'œil elle dit adieu au parti possible qui aurait pu lui assurer une nouvelle retraite. Elle aspira une grande goulée d'air et leva sa cognée.

« Évangéline ! »

Laviolette comprit en un éclair. Il esquiva le tranchant de justesse. La cognée partagea la neige dure jusqu'au pavé qui sonna. Mais Laviolette avait rompu de trois pas pour se mettre à l'abri et, avant qu'il eût réussi à la ceinturer, Évangéline se redressa, la cognée haute. Elle allait l'abaisser d'un seul coup, comme elle y était si habile. « Tu n'as pas une chance sur mille ! » se dit Laviolette. Engoncé dans la cape, il était entravé dans sa course. Le corridor, unique chance de salut, lui était interdit par une plaque de verglas où, tout à l'heure, il avait failli se casser la figure. Son seul recours était de tourner en rond autour du micocoulier qui marquait l'axe de la cour. La peur lui donnait des ailes. Pourtant, il sentait derrière lui le souffle égal d'Évangéline, lequel, en d'autres temps, lui eût paru si doux. Elle gagnait sur lui sans même y mettre toute son agilité. Elle ne se pressait pas. Elle tenait à ce que le coup fût bien décisif, bien assené, sans appel.

Il fallait en finir. Elle crut le moment venu. Il

faiblissait. Il se présentait bien. Il n'avait pas besoin de la voir pour comprendre qu'elle était assez près pour assurer son coup. Cette idée lui insuffla l'énergie nécessaire pour s'esquiver derrière le pilier du bûcher. C'était une poutre de bois vieille de deux cents ans. La cognée s'y ficha par la pointe. Les tuiles sonnèrent sur la soupente.

Il aurait pu, à cet instant, se jeter sur Évangéline pour tenter de la maîtriser. Mais il sentait qu'il se serait effondré à ses pieds, à bout de souffle. Il fallait au contraire mettre à profit cet incident pour récupérer. Elle aurait du mal pour arracher son arme à ce bois très serré. Il entendit un « ahan ! » décidé. Il risqua un œil hors de son abri, derrière la poutre. Elle avait posé un pied très haut contre le pilier pour s'arcbouter et, dans ce mouvement, montrait ses jambes jusqu'à la cuisse. Mais il n'avait pas le cœur à les regarder. Le cœur lui battait dans la gorge. De son côté, sous l'effort, le terrible visage d'Évangéline tournait au cramoisi. Elle s'escrimait en vain.

« Si je peux », se dit Laviolette. Il s'élança. C'est-à-dire qu'il lui sembla, comme dans un rêve, courir au ralenti. Il crut qu'il avait déjà traversé la plaque de verglas. En réalité, il y perdit pied au moment où Évangéline s'effondrait en arrière, la cognée bien en main. Elle se redressa avec une souplesse de panthère, alors qu'il avait encore un genou en terre. « Je ne suis pas de force », se dit-il. La cognée se leva tandis qu'il était encore arc-bouté. Il crut prendre élan pour lui ceinturer les jambes. Le verglas lui manqua sous le pied. Le tranchant de la hache était au droit fil de sa tête.

270

Alors il vit soudain les deux poignets d'Évangéline s'étoiler largement de sang comme un bouquet de feu d'artifice. Il entendit claquer deux coups de feu, coup sur coup. La hache, libérée, prit sa trajectoire vers son crâne. Il roula sur lui-même. La cognée percuta la plaque de verglas qu'elle étoila comme un miroir. Évangéline criait :

« Au secours ! Mon sang ! Je perds tout mon sang ! »

Deux gendarmes passèrent au-dessus de Laviolette. Il se mit à quatre pattes. Les imprécations d'Évangéline avaient ameuté des voisins, qui se ruaient à la rescousse, l'entendant hurler : « A l'assassin ! » L'un d'eux s'étala sur la plaque de verglas et l'un des gendarmes refoula les curieux qui accouraient. Laviolette se releva sur un genou. L'adjudant Viaud était en train d'empêcher Évangéline de ressaisir sa hache, en dépit de ses poignets sanglants. Elle éclaboussait de sang les deux hommes en se secouant les mains et hurlait en les contemplant. Elle les portait à son visage, à ses cheveux, et tout devenait rouge à mesure.

« Pardonnez-moi, dit Viaud, ce n'était pas le moment de faire les sommations d'usage ! »

Laviolette jouissait d'un atout majeur. Il récupérait étonnamment vite. Les coups au cœur, les coups au corps, il les essuyait comme avec une éponge on efface tout au tableau noir pour recommencer.

Il se rua sur Évangéline pour la secouer.

« Évangéline Pécoul ! s'exclama-t-il, vous allez perdre tout votre sang ! L'ambulance n'arrivera pas à temps ! Soulagez votre conscience ! Il en est à peine temps ! »

« Une chance, soupira Laviolette, que votre second coup de feu lui ait sectionné une artère de l'avant-bras. Ce sang l'a tout de suite affolée... C'est bizarre, le sang, quand c'est le vôtre ! Il en coule cent grammes, on croit en perdre trois litres. Quand je lui ai annoncé sans ménagements qu'elle n'en réchapperait pas, elle m'a cru.

— Ce qui nous a valu une confession qui, pour être illégale, n'est pas moins complète.

— C'est égal, vous êtes arrivés à temps...

— Nous vous cherchions pour vous dire que l'affaire n'était peut-être pas aussi simple que vous nous l'aviez décrite. Quelqu'un vous avait vu prendre la route de Ribiers. Nous nous sommes dit que vous vous étiez ravisé et que vous étiez sur la piste du coupable.

— Hélas, non, je ne l'étais pas ! Du moins pas dans le sens où vous l'entendez.

— Le hasard, dit Viaud, modestement. La cousine ignorait probablement, ou bien elle l'avait oublié, que les grands vins, chez Rogeraine, se débouchaient avec un appareil à lamelles.

— Raffinement salutaire, dit Laviolette en hochant la tête. Les lamelles se glissent entre le bouchon et le goulot et l'on évite ainsi que le vin soit en contact avec quelque sciure de liège.

— Pas de chance ! Avec un tire-bouchon normal, le passage de la vis sans fin se serait confondu en l'agrandissant avec le trou pratiqué par Évangéline et nous ne l'aurions jamais repéré.

— Heureusement, elle nous a précisé comment elle s'y était prise à l'aide d'un compte-gouttes et d'une aiguille à repriser. Elle l'a enfilée dans le trou du bouchon, elle a appuyé le compte-gouttes contre le chas de l'aiguille et le poison a coulé le long de l'acier à l'intérieur de la bouteille. »

Laviolette poussa un gros soupir.

« La conclusion logique de toute l'histoire, c'est que c'est moi qui devrais coucher en prison ce soir. C'est moi l'auteur de tous ces crimes...

— Là, commissaire, vous faites du masochisme.

— Hélas non ! C'est une autocritique. Il était grand temps qu'on me foute à la retraite... Un enfant de cinq ans n'aurait pas cru à cette histoire...

— Ne faites pas la fine bouche. Le coup, pour tortueux qu'il fût, ne manquait pas d'astuce. Il lui fallait un mépris total des êtres, joint à une hargne peu commune. Depuis qu'elle a failli vous coincer dans la cour à coups de hache, vous savez que la cousine n'en manquait pas...

— Oh ! les choses me reviennent !... Le soir de la représentation, quand, aidée de Jeanne qui allait devenir dans moins d'une heure sa première victime, elles ont déposé Mme Gobert dans la travée, j'ai bien vu qu'elle me dévisageait à la dérobée comme un personnage connu. Elle avait dû lire un ou deux de mes exploits et ça avait suffi à l'édifier. Elle me voit prêt à encaisser ce mélo avec un sourire béat de ravi de la crèche ! C'est alors que l'idée s'enjolive dans son esprit. Depuis qu'elle a entendu la confession du Cadet Lombard, elle sait confusément qu'elle tient là quelque chose qu'il faut exploiter. Elle calcule. Elle supute. Mais c'est un rêve... Soudain, ce soir-là, elle me voit tel que je suis, et l'idée se cristallise dans son esprit. Car non seulement je suis incurablement romantique, mais encore, je le porte sur la figure! Grâce à moi, tout devient possible. Si je suis là, lors du meurtre, c'est à moi que l'on confiera l'enquête! Dans son sac à main, depuis trois jours que le Cadet Lombard est mort, elle a glissé les quelques cartes de visite trouvées au fond d'un secrétaire qu'elle avait acheté quinze ans auparavant, à la vente aux enchères de Théopole. Elle les regarde parfois, les triture... Ce jour-là, trait de lumière : elles vont servir à faire croire à ce jobard de commissaire que le crime a été commis par un amoureux inconsolable qui veut se venger de Rogeraine. Ce commissaire — et celui-là seul — croira que l'amour pour une morte peut survivre à vingt-quatre ans d'existence. Bien jugé! Laviolette n'en croit pas ses yeux. Voici un crime comme il les aime. Il va y foncer tête baissée et oublier à qui le crime profite...

Il but un peu de café et commença de rouler une cigarette, signe certain qu'il *reprenait le dessus*.

« Je me suis trompé avec une consternante constance, dit-il philosophiquement, mais... le destin y a aidé... Car, dans le cabinet du docteur Gagnon l'aquarelle représentant le vallon de Théopole était chargée de tant d'amour... On pouvait croire que l'ayant fixé pour l'éternité, cet homme n'aurait pas oublié le passé... Je me suis vautré dans cette élégie criminelle alors qu'il s'agissait du meurtre le plus banal, du mobile le plus éculé. Il s'agissait d'éliminer l'obstacle qui séparait la cousine de l'héritage. Cet obstacle, c'était Jeanne, la nièce. Jeanne est la seule victime utile. Les deux autres ont servi uniquement de support — et c'est là que je me tape la tête contre les murs —, de support à cette fameuse carte de visite. Ceci dans le dessein que ce jobard de Laviolette s'affermisse bien dans l'idée qu'il s'agit de meurtres destinés à réveiller le remords dans l'âme de Rogeraine, par leur similitude avec celui qu'elle a commis autrefois.

— Vous n'êtes pas seul, dit Viaud, à avoir pensé au docteur. Rogeraine est arrivée à la même conclusion que vous...

— Tout naturellement ! La cousine, vivant en tiers parmi les commensaux, n'a jamais cessé d'épier Rogeraine. Elle était sûre de ses réactions : Rogeraine croirait d'autant mieux que le docteur Gagnon aimait toujours le fantôme de Gilberte, qu'elle-même aimait toujours le docteur Gagnon. Un jour, c'était fatal, elle l'appellerait en tête-à-tête pour s'expliquer avec lui. Vous entendez bien : pour s'expliquer, et non pas pour le tuer ! Mais cette absence d'intention, le commissaire Laviolette l'ignore. Il entrera au contraire dans la parfaite logique de son échafaudage : qu'elle le recevait pour le tuer. Il importe donc de ne pas la décevoir. C'était une occasion à ne pas perdre : on avait éliminé la concurrence à l'héritage pour un avenir plus ou moins rapproché et, maintenant, on avait la possibilité, cet avenir, de le rendre immédiat ! »

Laviolette leva le doigt.

« Et c'est là, la suprême astuce, celle dont elle a dû être le plus ravie. A partir de la double mort finale, il n'y aurait plus de meurtre à Sisteron. Tout rentrerait dans l'ordre, et cette version de l'affaire qu'a imaginée le commissaire Laviolette se confirmerait de semaine en semaine, à mesure que tout le monde se rassurerait, enterrerait les morts, oublierait. Et selon le mot de Mme le substitut : « L'action de la justice serait éteinte. »

— Croyez-vous que ces déclarations un peu extorquées suffiront à confondre la cousine ?

— Certes pas ! Un bon avocat la fera se rétracter devant le juge d'instruction. Mais nous avons la pèlerine, avec la tache de sang qu'on analysera... Nous avons les trois cartes qui restaient dans le tiroir du secrétaire... Nous avons cette obstination coupable qu'elle mit à vouloir me partager la tête, alors que je m'étais fait reconnaître. Économe comme elle était, il y a gros à parier qu'Évangéline n'aura jeté ni l'aiguille à repriser ni le compte-gouttes qui ont servi à préparer son dernier traquenard. A l'analyse, ils parleront. Mais surtout, surtout, nous avons le mobile ! Un mobile clair comme le jour, dépourvu de toute équivoque ! C'est un mobile qui plaît particulièrement aux jurys populaires : tuer pour hériter ! Ils l'enverront en prison pour le restant de ses jours, pour avoir failli réussir un exploit qu'eux-mêmes, pour l'avoir tourné et retourné sur toutes ses faces, ont toujours jugé irréalisable.

— Croyez-vous qu'elle aurait aussi tué Simone ?

— Sûrement pas ! Elle n'était pas utile à son scénario. Le soir où elle s'est présentée, après son premier crime, vêtue de son ciré, sous les micocouliers, en dépit de son coup de téléphone à Simone, c'est pour moi qu'elle y était. Elle me campait son personnage. Elle le rendait crédible... Elle m'a inventé une histoire sur mesure... En laquelle moi seul je pouvais croire... »

Laviolette sortit de chez la fleuriste avec une gerbe de roses sous cellophane sur les bras. Il les tenait devant lui entre ses mains, comme un bébé sur les fonts baptismaux. La dame vint lui ouvrir la portière, déférente devant le prix qu'il les avait payées. Il les déposa à côté de lui et prit la route de Saint-Geniez.

La tombe de Gilberte était sous la neige. Il se baissa pour déposer sa gerbe.

« Pardonne-moi, dit-il à voix basse. En décembre, on ne trouve que des roses, mais au printemps je t'apporterai un beau pot de myosotis. Tu ne voulais pas qu'on t'oublie... Eh bien, vois-tu, ils t'avaient tous oubliée... Mais, moi, si tu le veux bien, j'ai plusieurs femmes dans ma vie, mortes depuis longtemps auxquelles je pense souvent et que j'imagine vivantes. Alors, toi, si tu veux, je t'ajouterai à mes mortes... »

Le vent soufflait sur les arbres lourds de neige. Il émettait sourdement le soupir de reproche des choses qui parlent en vain. Laviolette eût la faiblesse de croire que cette voix lui répondait pour elle.

DU MÊME AUTEUR

POUR SALUER GIONO, (Folio n° 2448)
LES SECRETS DE LAVIOLETTE, (Folio n° 2521)
LA NAINE, (Folio n° 2585)
PÉRIPLE D'UN CACHALOT, (Folio n° 2722)
LA FOLIE FORCALQUIER, (Folio Policier n° 108)
L'ARBRE

Aux Éditions Fayard

LES ENQUÊTES DU COMMISSAIRE LAVIOLETTE

Aux Éditions du Chêne

LES PROMENADES DE JEAN GIONO *(album)*

Aux Éditions Alpes de lumière

LA BIASSE DE MON PÈRE

COLLECTION FOLIO POLICIER

Impression Société Nouvelle Firmin-Didot
à Mesnil-sur-l'Estrée, le 4 août 2003.
Dépôt légal : août 2003.
1ᵉʳ dépôt légal dans la collection : janvier 2000.
Numéro d'imprimeur : 64856.

ISBN 2-07-041022-6/Imprimé en France.
Précédemment publié aux Éditions Le Mercure de France.
ISBN 2-213-00862-0.